这本书献给我的外婆王元珍女士

Leave your dreams
outside the island

把梦留在岛外

李米苏
— 著 —

当代世界出版社
THE CONTEMPORARY WORLD PRESS

自序1

给自己松绑

2017年的4月1日这一天，平淡无奇，喝光杯中最后一滴清水，我从公司下班回家，穿过熙来攘往的人群钻入地铁口，立刻涌来一股隐藏了至少数十年的霉味，带着潮湿和腐朽的气息，扑打着我的鼻尖。

人很多，挤挤挨挨，目光涣散，面无表情，冷得如一条条冰过的三文鱼，全无鲜活气息，生活是刀，刀刀将鱼剥成薄片，鱼在案板上，任由切割。

我穿了一件黑色的外衣，额前碎发参差不齐，怀里抱着背包，目光与其他人无异，一脸茫然——被生活折磨得失去光彩和表情，只剩下一张张面具。忙碌整天之后的松懈，连皮肤都忘记了向别人微笑示好，全都塌倒在一处喘着微弱的气息。

那时候，我突然问自己：为什么要这样累死累活呢？于是，我做了一个很大胆的决定——辞职。从此不再打工，所以，我很快把这个想法告诉了身边的朋友。

"你是疯了吗？"得知我的想法后，石头这样发给我，接着他又说，"我知道了，今天是愚人节嘛。"

今天是愚人节吗？我翻看朋友圈，果然是。

朋友圈里一部分人在说着各种谎话，一部分人则在怀念张国荣，我的青春往事里也有张国荣。1997年6月30日初中毕业晚会之后，我们喝了点酒，一群同学跑到附近的镭

PREFACE 1

射小电影院里,看了一场《春光乍泄》,深夜十二点之后,整座小城沸腾了,鞭炮声此起彼伏,震得我们从电影院里跑出来,纷纷打听怎么了,原来7月1日香港回归了。

后来,我去了佳木斯读高中,1998年9月伙同几位不太熟悉的校友离家南下,抵达中国南方时尚之都广州,开始了我漫长无尽的流浪生涯。

这些故事讲过无数次了,我也一直想把它写成完整的小说,留给将来的自己看,所以,大概十年前,已经在上海生活的我提起笔,把过去记录下来,写了四五十万字的底稿,再分时间和章节做了更详细的修改。于是,你们看到了《行走的男子》和《就算世界与我为敌》,当然这期间还有一本《谎言西西里》。今天这本书《把梦留在岛外》也是经由我的青岛往事改编而成,不是以第一人称"我"来写,而是虚构了一个名叫"宋梨安"的男孩,故事发生在他身上,我想应该不会再有人拿着书打电话给我父亲和姐姐,询问真假了。

《把梦留在岛外》写男孩宋梨安在"翡翠岛"的成长,这次我想换一种笔法,用了很多维度来描写一个关于"时光隧道"的故事。

梨安十八岁来到青岛,进入一家物流公司。在这里,他结识了憨厚耿直的郁仓管、老谋深算的钱经理、诡计多端的田鸡、油滑懒惰的牛司机、善良温暖的美姨、脾气古怪的方会计、好吃懒做的花小姐等人，与这些人共同生活在一起，有时开心，有时伤感，浑浑噩噩过着每一天。在青岛生活的三年当中，总是听到一个关于"时光隧道"的传说，他以为只不过是一个有趣的故事，可他的生活又总跟"时光隧道"有着或多或少的牵扯。夜晚，黑衣人来到他的梦境里告诉他，如果想回到过去修改曾经的错误，黑衣人可以帮他，梨安将信将疑。当有一天，他被调往上海总部，在那列神奇的火车上突然醒来的时候，他才惊异地发现，原来不知不觉间他早已穿过了"时光隧道"，他总想知道"时光隧道"的尽头是谁在等他，当他终于走进去之后，却只看到了他自己。

梨安终于懂得和理解了人生，人生有时是长长久久对峙地老天荒，有时也只是一瞬间相遇电石火光。无论何种，过去都已经是过去，无法修改，也不必后悔。他唯一能做的，便是勇敢面对明天和未来，梨安知道接下去的路该怎么前行，他发觉自己长大了。

这是一个让人静下心来审视自己的故事，关于友情、亲情和爱情，故事始终弥漫着一种淡淡的情愫。梨安脱离了从前的苦难生活，开始了新的篇章，但在"翡翠岛"一切变得有条不紊后，他常常迷失自我。所以，这也是一本寻找自我的书。

这本书是在我的寓所完成的，我头顶有几株墨绿色的植物，伸展着浩大的枝叶，随着微风拂动着，召唤着某种隐秘的生灵，是人所不能见的。我想起了"时光隧道"，如果有一天，你能够走入"时光隧道"，看见从前的自己，你会跟他说什么呢？"嗨，你好吗？我是未来的你"，是这样吗？其实很多事都不必太纠结，放开过去，也就是放开自己，给自己松绑，生活会更轻松一些。

我辞了职，去泰国、菲律宾、土耳其转了一圈之后，回来把手边的书稿整理完准备出版，我开了一家日料小馆——"山町居食屋"，就在我所居住的安亭镇上，我还经营了六家民宿，名字统一叫"斑马旅馆"，相信以后还会有更多家。

我的收入比上班时少了，但时间多了，能做的事也多了。人生短短数年，不能把时间都浪费在工作和赚钱上，钱当然要赚，不必多，够用即可；生活也不必太奢侈，一日三餐填饱肚子就行，这也是我接下去要过的生活。

如今我生活在上海一隅，日出而起，日落而息，看书、写作、听歌、会友、旅行，养了两只猫——李公主和李萌萌，爱它们像爱自己的孩子。

另外，值得欣慰的是，身边一直有一群好友相伴，买房子都买到一起来，天天见面也不嫌腻烦，他们陪伴我一个又一个寒暑春秋，至今依然在，他们的友情是我人生莫大的财富，胜过金钱。

这本书是送给外婆的，也是送给朋友和家人的，还有我的外甥女朱紫陌，读完之后，你会认识和发现另外一个我，并且相信我讲的这个故事。

米苏于上海安亭寓所
2017年6月15日

自序 2

外婆的死

前天夜里，梦见外婆。

外婆到底有没有死，我一直对这个问题充满疑惑，春天来的时候，他们告诉我，外婆死了。

她被埋进了"稻田地"的泥巴地里，葬在外公身边，仿佛终于了了一桩谁的心事。

她几近眼盲，看不清楚这个世界，只能摸索着生活，跌跌撞撞，她的世界一半是黑色的。有一天，我站在她面前，让她猜我是谁，她急地直跳，冲我嚷："快告诉我你是谁？你长得这么高。"然后我说了我的名字，她一把拉住我。

她的孙辈有二十二个人，按年龄来算，我是居中偏下的一个，本不起眼，从小也未在她身边长大，但她却说一直很想念我。去世前一年的秋天，她曾用我父亲的手机打过一个电话来，我那时已经在上海了，她问我的生活如何，过得可如意。听力不好的她，在电话里不停地喊着："你说话，你说话呀。"

我说："外婆，我在说话。"

她不理我，自顾自地讲："那年，你送我的一块黄色手帕，有小兔子图案的那条，我一直用到现在，我用它盖在茶缸子上，那茶缸子也是你用剩了给我的，你还送过一把雨伞给我，说晴天遮阳，雨天遮雨，我都不太舍得用。晴天我沿着树下走，雨天我不出门。还有,上次你来看我,买了三包豆粉,你知道我不喝奶粉,奶粉太腥,你还给了我五十块钱……"

某一年秋天,我在佳木斯读书,家人全部搬离北方,只剩我。休息天,我乘几个钟头的车,跑回老家,外婆那时一个人住在舅舅一所空闲的房子里,很冷。那时也很拮据的我买了豆奶粉给她,用我不多的生活费。

外婆看不见,她摸着我的脸说:"你怎么这么瘦,这么高。"我说要去三姨家一趟,外婆问我晚上回来住吗?我说回来。后来,天黑透了,又下起秋雨,大到无法出行。三姨让我住下,我不肯,我说外婆一定在等我。结果,我顶着大雨跑回去,外婆果然没睡,她却说这么大的雨以为我不会回来的。

她的炕,冰冷冰冷,摸着冰手。她一直有眼疾,看不见,很多事不能做,她说有次不知道,舀了脏水桶的水喝了,闹了几天肚子。

外婆摸索着给我铺被子,我的眼泪一口一口悄悄咽进喉咙,怕她听见。我躺下,靠着外婆睡,炕冷得让人打哆嗦,但我一点也不嫌,心里心疼着外婆。

第二天一早,我要走了,翻口袋里只有八十五块钱,是我下半月的生活费,留了五十给外婆,她不要,我塞进她兜里,我满脸都是泪,可外婆不知道。

我离家在外多年，十几年间，只见了她这一次。听说她越来越糊涂，她打电话给我的第二年，就去世了。

那是一个盛夏的早晨，我在上海的某辆公交车上，准备去上班，接到老家电话，说外婆走了。我不能控制自己，在公交车里"哇"的一声哭出来，完全不能停止，我逃下车，跑到没有人的地方一直哭到下午。

后来我回过一趟老家，那个我出生的小村子——"稻田地"，绵绵雨天。那是外婆去世三年后的事。

跪在雨天的坟地里，心哭得发抖，裤腿湿成一张宣纸，舅舅和表哥在放鞭炮，巢里避雨的鸟儿被吓飞，回程的路上，有人沿着林子采蘑菇。

所有人，把上坟当成一种仪式，必须完成的烧纸放炮，然后其乐融融地下山。沿着小路往回走，只有我心里的酸楚无法排遣，我始终沉默不语，表姐问我怎么了，我说不出话。我没资格指责别人的对错或是要求别人同我一样悲伤，外婆去世的时候我不在，他们哭得呼天喊地，几乎背气的时候我也没看到，他们披着孝布守在外婆的灵堂前，熬夜烧锡箔纸的时候，我还在上海呼呼大睡。我没有资格说别人的长短是非，因为首先我就是一个不孝之孙。

外婆去世的消息是别人打电话通知我的，当时我哭到不行，泣不成声，但是下午过后，我就好了。我又变成了普通人、平常人，我的脸上看不见一点悲伤，照样做着自己的事，甚至还会外出见友人，吃饭喝酒，完全忘记我已经没有外婆了，我是不孝的。

但外婆却一直记挂着我，她去世的前一年也还时常同人提起我，她说："不知为啥，那么多孩子当中，唯独记挂着他。"她说："那孩子苦啊，小小年纪就离家走了，一生也要吃苦啊。"

外婆，世事都被你说中。

又是数年过去，我去杭州买房子，为了办各种手续，不得不时常往返上海杭州两地，累得心力交瘁。那次在杭州，中午等银行开门的间隙，我去一家面馆，边听音乐边吃着面，感觉很惬意。外面突然下起倾盆大雨，我抬头去看，窗外躲不及的人在雨里奔跑。

我猛然发现靠玻璃窗的位子上，坐着一位年迈的老妇人，她满头银发，气定神闲，悠然地吃着面，但她似乎眼睛并不好，一直眯着。我突然间想起外婆，耳机里的音乐正唱着"你会不会忽然地出现在街角的咖啡店，我会带着笑脸，只是寒暄，对你说一句，好久不见"，我的眼泪再一次决堤。

前天夜里梦见外婆，还是那个样子，眯着眼睛，一直对我笑，满脸爬满深邃的皱纹。

如果时光可以倒流，外婆，我是不是就能够再见到你了。

我知道有生之年，不会再见到她了。

目 录
Contents

- 001 -
第一章
在时光隧道里等你

- 037 -
第二章
去你的城市流浪

- 063 -
第三章
依稀有魂萦绕的梦境

- 103 -
第四章
听不见的潮汐卷起千层浪

- 143 -

第五章
在没有你的世界里逃亡

- 175 -

第六章
一切有如梦幻复制

- 211 -

第七章
还没结束已重新开始

- 243 -

第八章
终于是烟消云散天破晓

第一章

在时光隧道里等你

亲爱的S：

你好。

这是一封非常冒昧又唐突但是完全没有恶意的信，我还不知道你什么时候能够读到，也许一个月后，也许一年后，或者说是不是你本人读到，当然，我也不知"你本人"到底是谁。但我已经迫不及待要写这一封信了。

请原谅我这样奇奇怪怪的用词方式，因为我们根本不认识，我记得我或许见过你，或许没有，我也不能确定，因为我的脑子时常出现一些幻觉。

让我实话实说吧，我生活在遥远的北方，是一个学生，还在学校里死读着书，但我非常不喜欢读书，可老师和家长都告诉我只有读书才有出路，我只能按照他们说的做，所以我非常苦恼。你在读书还是已经工作了？能否给我一些建议呢？

老师让我们给远在外地的朋友写封信，可我没有外地的朋友，便胡乱在脑海中想了一个地址。说来也有趣，我一想，这个地址就从我的脑海中跳出来，沿着笔写了下去，于是，就写了这封信给你。当然"S"也是我随意写出的称呼，我想总有人的姓氏里面带"S"吧，比如我自己，我也这样称呼自己，所以，你才收到了这封信。虽然电脑已经不是特别稀奇的东西，但我们这个闭塞的小地方没有，我也只能靠"原始"方法与你交流了，盼望能收到你的回信。

另外，你见过一个画眼线的男孩子吗？还有，你养猫吗？

祝你一切都好。

你的新朋友S（如果可以成为你的朋友）

1993年3月15日

1

梨安知道天还没亮,深沉的夜像一张巨大的薄薄的带点腥气味的网,里面是个黑乎乎的混沌世界。他在这混沌之中睁不开眼睛,细碎的不知名的物质在空中飘浮着,使人无法呼吸。物质通过鼻腔进入到身体,然后植根在里面,慢慢地发散出它该有的东西,病菌或是养分,当然前者的可能性居多。

他对这表面熟悉实则陌生的世界连一句愤怒的话也说不出来,大概只需始终保持着刻意的装腔作势的微笑,笑对一切苍生,爱或者恨。每一个出现在他面前的脸孔,他都应该对其微笑,不管内心有多么起伏不平,都一定要掩盖此时的慌张,掩饰他的处事不惊。

这世界始终对他怀有敌意,处处与他作对,不容许他有丝毫差池。这世界像个手持皮鞭的奴隶之主,虎视眈眈地望过来,一旦有细微错处,它便将其恶意地无限放大,大到梨安的整个未来都岌岌可危,都将在这混沌之中沦失湮灭,永无再生的可能,所以他必须处处小心谨慎、步步为营,他的人生也将永远只能是如履薄冰地踯躅下去。

在遥远的北国一个荒败破落的小镇里,母亲站在一间随时准备关门歇业的小饭店前,望着他,泪眼婆娑,与他作别,但没有挥手,怕他不肯走。这次他没有不辞而别,而是早两天通知父母,他即将南下寻找生路,这也是父母所希望的。他一半是做给自己看,一半是做给父母看,而多半是因为后者。

那时雪还没有停止,几乎以每天一大场的姿态,下了个铺天盖地人世茫茫,他靠着火墙坐着,背后是暖的,心里却不知滋味,多少有点冷,好像被一只巨大的手掌推着前进,前面是火坑也得跳,硬着头皮也得跳一跳。

他眼见着一个穿着黑衣的小人笑着对他说:"跳呀,你跳呀!"

父母的态度是和善的也是无奈的,诚如母亲所说的:"这个小镇,一眼尽头的小小萝城,是没有多少活路的,你还是走吧。"他果然就打算走了,但该去哪儿还不知道呢。

他去对门的小卖店打了几通电话,天南海北地找熟人,终于拿到了一个新的号码。所以,他准备动身了,母亲满脸喜色地给他包饺子,她说:"上车饺子下车面,一路得顺呢。"

他去城里服装店找姐姐宋梨雯,还有躲在镇南一间小房子里的哥嫂,同他们道别,仪式也好,象征性也罢,必须要做的。那时所有人过得都不如意,回来的时候,他坐着一辆人力三轮车,风吹得很冷,车夫问他是哪里人,他说是本地人,车夫"哦"了一声没再说话,不过是平常的问候而已。

"我就要走了呢。"他突然对车夫说。

"哦。"车夫随口问,"去哪里?"

"青岛。"他答。

"好地方啊。"车夫说。他猜这车夫并不一定知道青岛到底是个什么样的地方,也许不管他说什么,车夫都会随声附和,不过是客套罢了。于是,再没有了接下去的话。

他不知道还要告诉谁他即将离开萝城的消息,想了半天,可能也没有谁想要知道吧,他从来都是独来独往,读书时也是如此,没有要好的朋友。小时候倒是有两个关系不错的女孩,但长大后各自去了不同的学校,也就不来往了。跟亲戚们也鲜有走动,有一个二伯住在乡下,一个小姑妈住在城里,但因他性格关系,问候也少,平辈的一些兄弟姐妹也不太搭理他,觉得他古怪得很。

他想起奶奶的姐姐——大姨奶,她的姓氏很长,名字叫桂珍,满族人,旧式礼教家小姐,民国前出生,读过私塾,也跟赤脚医生学过医术,懂得一点家常护理,还能帮人看一些医学常理无法解释的病症。她年轻时曾嫁给一个纨绔子弟,那人终日只知吸大烟搞垮了身体。她生过四五个孩子，但因健康问题相继夭折，虽然她略通医术也无回天之力。后来，那个纨绔子弟被新政府捉去戒烟，桂珍探望过一次，带了一件新缝的冬衣给他，他拿了冬衣，一句话没讲转身走了，他们的婚姻也就此宣告结束了。后来，桂珍又嫁了一个牙医，牙医有两个儿子不是桂珍所生，非常时期，由于迫害，牙医自缢身亡，两个儿子长大后各自成家离开，很少回来探望继母，所以桂珍变成孤寡老人，无依无靠，孤苦终老。

梨安第一次离家时去探望大姨奶，大姨奶已近百岁，对他说："我眼见的这些孩子当中，顶数你将来能有出息。"他说："我就要浪迹天涯了，能有什么出息？"大姨奶说："你是少小离家，吃遍辛苦，路途会越走越顺，将会过无忧的生活。"他赶紧追问："大姨奶，你说像我这样四处流浪的人会成家吗？"大姨奶微笑着却很坚定地说："不会。"他要离开时，大姨奶坚持要送他到小巷口，小巷口的路坑坑洼洼，他执意不肯，大姨奶说："你下次回来就不一定看得见我了。"果然，次年，他由广东返回萝城时，大姨奶已经去世，他一直记得大姨奶说过的话，他是少小离家，吃遍辛苦，路途却会越走越顺利。

他又想起他的外婆来，外婆叫王元珍，也是满族人，早年生活在辽宁省岫岩县黄花甸镇大崴子村。日军侵占东三省时，外婆还未出嫁，她说日本人为了吓唬村里百姓，每天夜里在村头的山边上吊打革命分子，鞭子沾了盐水，惨叫声响遍山坳，吓得老百姓不敢睡觉。后来，外婆嫁给了外公，举家迁至黑龙江省桦南县，因为那里田地多。如今，外婆依然生活在那里，也正是他的老家——小村"稻田地"，外公去世多年，外婆独居。老家没有电话，他来不及同外婆道别了。他还记得读书时候，有一个连绵雨季，他顶着大雨跑回乡下探望外婆，外婆眼神不好，看不清楚他是谁，问他，他不说，外婆急得不知如何是好。

此时，疲倦和困顿，连同饥饿使他神志不清，渐渐出现了幻觉，这幻觉时而清晰时而模糊，故意躲躲藏藏。

他眼前出现一道拱形的铁皮门，亮着金属色，紧接着"吱呀"一声，那门竟徐徐打开，门里现出一个呈圆形的深不见底的黑洞，如同一道忽明忽灭的隧道，一圈一圈铅黑色的纹路夸张地向外扩张，爬满了道壁，如一条蠕动的巨虫，似乎正在引导着他往里面走，而里面却黑暗一片，仅仅在边缘处有些许光亮，再往下去已是伸手不见五指。

它像一个巨大陀螺或是锥形容器，而黑洞的深处，发出轰隆隆的巨大声响，有一股子凉气伴随而来，从洞底向外升腾。紧接着，一阵阵悠扬诡异的笛声隐隐传来，空洞辽远，有如站在空旷的雪山之巅听到从远古吹过来的北风的哨声一样。

他只觉得身体突然处在了失重的状态，手脚都可以浮在空中，然后慢慢向前倾斜，顺着黑洞的方向，往里面飘去。不由自主地，他想喊叫却发不出任何声音，想抓住旁边的其他旅客，却发现所有人都和他一样，慢慢地向黑洞里卷去。他回手抓住座椅扶手，紧紧地抓住，他感觉到有一股无形的力量将他往一个方向吸引，他的鞋子、裤子正在渐渐脱离他的身体。此刻他也管不了这么多，只能紧紧抓住那扶手，并且保持身体上的平衡。

几秒钟后，车厢里除了他所有人都不见了，刚才还嘈杂喧哗的车厢突然凝固住，冰封了一样，变得悄无声息。黑洞的洞口摇摇晃晃了五六下戛然而止，突然消失不见了，带着心满意足的收获瞬间消失。那原本的走廊重又变回走廊，像一切从未发生过，只是所有人都不见了，只有梨安还拼尽全力死死地抓着那座椅扶手，吓出一身冷汗。

他"咚"地跌坐回椅子上，惊魂未定，刚才的一幕有如世界末日般来临。在他还毫无觉察的时候，一个巨大的黑色的深洞出现，凭空划了一道口子，靠着某种磁力将车厢里的所有人吸纳进去，又在瞬间闭合，消失得无影无踪。车厢内空空荡荡，但列车还在向前行驶，"切嚓切嚓"地轧过铁轨往远方而去。

车厢里的热量也渐渐消散，周围变得寒冷起来，再过几分钟已是四壁冰霜。

他渐渐也失去知觉和意识，只剩下天旋地转，好像喝了整整一箱烈性伏特加，一种俄罗斯酒，萝城满街都有售。酒从喉咙一直流入胃里，然后沿着各种血管将它们运输到身体各处，最初是脑部，两分钟后它首先麻木了，然后是他的四肢，四肢也无法动弹，最后是眼睛、鼻子、嘴，他不能看不能闻不能说，一切都不能，只能任人宰割。

列车突然钻进一个山洞里，黑暗一点一点笼罩了他。

一个紧急刹车，伴着车轮擦着铁轨尖锐的"哧哧"声，梨安突然惊醒，寒冷侵入他的身体，他打了一个结实的喷嚏，然后看清了半个车厢里发生的事。

他的对面坐着的那个身材有些浮肿的中年妇女，上半夜小心翼翼地从保温饭盒里翻出两个包子就着蒜吃，肉的香味很快便从简易餐桌上升腾起来，弥散在她的座位周围，她只顾大快朵颐，一口包子一口蒜。她双目低垂，眼袋奇大，鼻头上一颗褐色小痣，厚嘴唇"吧嗒"有声。她皮肤不太好，长满花斑，两鬓也有花白的碎发被鬓夹夹在耳后，现出两耳肥胖的轮廓，耳垂戴着金色的环状耳圈，泛着青红锈色。她扁平的额上有两道皱纹，一道浅一道深，仿佛浅的因为微笑，而深的因为愁苦，深的比浅的长，已快延伸至太阳穴。可想而知她一生苦比甜多，又是一个人出门，看起来可怜兮兮的样子，生活或许也并不如意，但她比梨安好些，至少她还有两个肉包子。

中年妇女的旁边坐着的民工模样的大叔在闭目养神，他五十几岁，枣红色开裂的皮肤上，皱纹千沟万壑如梯田般交错。他戴着一顶灰蓝色的前进帽，帽檐干瘪得塌了下去，穿着一身洗得发白的藏蓝色旧工装，口袋处磨破了边，有如旧城区上空交布的电线，外加一双泛着浓厚臭味的旧胶鞋。他交叠着双臂，右手的大拇指横过来抵着胃。他的一个大的蛇皮塑料袋装得满满当当，就堆在他的座位下，在他两腿之间夹着，紧得好像宝物一样生怕丢了。

梨安身边坐着的年轻男孩，或许是学生，一头蓬乱的枯草般的头发，黑铁框的方形大眼镜，满脸过敏似的一片片红斑，布满了高高低低的青春痘，三五个冒着脓包，几乎要崩裂迸溅出来似的。他捧着半张娱乐小报在读，好像是哪里捡来的，上面有个巨大的脏鞋印。车厢顶惨白的灯光晒得干燥，他几乎双眼合闭，却强撑着精神盯着报纸发呆，也许一个字也没读进去。

那个巨大的黑色的漩涡来了又走了，分分钟的事，梨安明明记得除他之外，所有人都消失了，可此时他们却毫发无伤地坐在车厢里，埋头做着自己的事，甚至没有一丝感知和不安，车厢里的灯光忽明忽灭，谁也没有在意。

唯有梨安清晰地记得那漩涡，他没有计算清楚到底持续了多久，脑子还处于半混乱的状态，有几千只小虫子进进出出，随便咬上一口，或者是十分钟，也或者是十五分钟，再或者只在他突然一时的晕厥之间。

他一下子清醒过来，是彻底醒了，身边的人像刚刚坐上这列车时的样子，精心地沉浸在自我的狭小的空间内，全无半点异样。所以，他觉得那大概是一场怪梦。

他冷得发抖，在梦里也没有一丝温暖，车内车外温度相同，寒风夹杂着雪花拍打着车窗，窗外黑黝黝的像掉入了深井。这是一个看似再普通不过的北方冬夜。

世界依然在旋转着，不管它是否曾带给你伤害，或是你已决定弃它而去，世界都将沿着既定的路线旋转。离了谁的世界都将没有任何变化，它有一条永远走不完的路，哪怕人类消亡，它依然自顾自地旋转。那车厢深处突然出现的黑洞再大，力量再强，也无法将整个世界包裹进去，当人们在那黑洞里化成骨血后，灵魂和思想便脱离出人体，浮在空气当中，可能变成细碎的不知名的颗粒，随风而舞，不管它漂向何处，都会如种子般落地生根。思想发芽种出希望，灵魂潜入，人便又一次复活过来，周而复始的轮回是人类最终的命运。

梨安想着奇奇怪怪的话，人与世界间的关联，难道仅是一条由黑洞串起的通道吗？那黑洞里也定有一个沉睡的人，每次洞门开启他便醒来一次，出来与某个现世中的人联系，完成他想象中的事，可这黑洞里又会是一个怎样的世界？

他出神地盯着窗口，恍惚间看到被冰霜层层覆盖的玻璃窗上出现一句话："布袋戏即将开始。"

2

"哈尔滨到了！哈尔滨到了！"列车员一边用脚踢着熟睡在地上的乘客，一边嚷着，手里"哗啦啦"拿着一大串钥匙去开车门。车门口围堵着准备下车的人，仿佛不给下去一样，争先恐后地推推搡搡。

"让让！让让！往后点儿，不开车门你们能下去吗？都别挤啦！"列车员喊着。

"哧哧"几声之后，火车终于停下，像被放了血断了气的千足虫，车底冒出阵阵白烟。站台的角落里堆着积雪，经年累月被烟熏得发黑，像一堆散煤。

千堆雪中必有一簇是温暖的，只是它还埋藏在深处，不能透气，只待有一天，它的热量将会无限放大，冲破雪层，融化整个世界。梨安望着在想。

哈尔滨，满语："晒网场"；蒙语："平地"。处于东经125°42′-130°10′、北纬44°04′-46°40′，人称冰城——冰雪覆盖下的珍珠之城。它沉睡在寂静无声的冰封洞穴已有千年，只等一簇温暖的火种开启它的大门，潘多拉魔盒便会自动打开，神秘人的故事便会上演。

站台上人烟稀少，有几个摆着各种三无零食的小推车停在边上，夜已冻得实诚，厚如棉被。看车的人已无力叫卖，他们神情落寞，全部缩着脖子半闭着困倦的双眼，两手插入袖口，袖口处现出三四层颜色各异的袖头，破破烂烂，长短不一。

初春的北方深夜，依然天寒地冻，依然冷得彻骨冰心。

乘客纷纷下车，疾行快步，冷清的站台稍微热闹了些。广播里叫出站的乘客到八号出口，声音空旷有力地回响在整个车站上空，伴着清冷夜色和着塞外北风，一股凄凉的宿命的味道涌入车厢里……这个时间，鲜有人上车，整个世界都在冷风中瑟瑟发抖。

梨安身边的几个人，包括地上坐着的人，稍微动了动身子，换了坐姿。这时，车下推车的妇女趁着停车冲上来，手里提着她的三无食品，高声叫着："香烟、啤酒、烤鱼片、热乎乎的茶叶蛋、卷饼咧……"可是无人理她。

"车要开了，快点下去！"列车员不耐烦地赶人，她仿佛没听到，抻长了脖子站在厕所与座席之间的空地巴巴地望着，满眼期待。或许她家里有读不起书的孩子，或有身患重病的丈夫和老人，不然任谁也不必大半夜的站在这里挨冻。梨安想掏钱买她的东西，但始终没去买：一来舍不得，二来怕她狠命宰他。梨安在心里祈祷有人买她的三无食品，可是车上的人仿佛个个火眼金睛，始终没人搭理她。她站了片刻觉得没什么戏，扬起脸翻了个白眼，也不知瞪谁，扭身下了火车。

列车员将车门重重关闭，发出"咚"的声响，然后"哗啦啦"上了锁，火车"哧哧"几声喷着白色雾气，回光返照般挣扎了一会儿继续向前行驶。

离开哈尔滨，火车飞快地行驶在山麓之中，穿过风雪和寒冷。窗外黑漆漆的，远天透着薄如蝉翼的微蓝，块块浮云便是翼中花纹，漫天横切，将山峦的形状映在天际，仿佛一只只蝶卵放纵游移，随着车行的方向前行，永远只是跟随而不靠近。近处偶尔一两盏微弱灯光散落田间，点缀着夜的凄清，像一只只坟灯，眨着鬼气森森的幽眼。火车忽而钻入山洞忽而钻出，轨道边上，每相隔一段距离，便有几幢低矮的平房，透过天的蓝，上面竖着的烟囱绕着电线张牙舞爪清晰可辨，几条街道横七竖八躺着，睡熟一般。

密封之后的车厢重新变得闷热起来，车窗上渐渐蒙上一层白雾，风景变得模糊。梨安收回视线，将怀里的包移了个位置，腿有些麻，他的胃咕咕叫。九点钟的时候，他吃了一袋方便面，一口面一口水，冰冷冷地冲入食道，假装把胃填满，而现在是深夜两点，即便是对面中年妇女肉包子的香味也早已烟消云散。

梨安又困了，那个巨大的黑色的漩涡又一次将他包裹了进去。

梨安像初次离家一样，对新的路程一无所知，唯一不同的是，这次连一丝兴奋也没有，心里默念的不过是"离家"，离家就行，去哪里都无所谓。他并未因传说中青岛是美丽的海滨城市而感到兴奋，哪怕半点。如果可以选择，他宁愿不离家，两年的流浪生活已然让他恐惧，他想躲在父母的羽翼之下，过几年逍遥自在的日子，那不是人人都向往的吗？起码他的同学们正在过着这样的生活，但现实不容他。

家里生活已经捉襟见肘，父母也是顶着万重巨压战战兢兢地过日子，梨安是他们全部希望，一旦他投降认输，他们的悲伤可想而知。父亲的白发和母亲浑浊的双眼时常在他的脑海中浮现，他们祈盼梨安能够走出去，离开这一眼尽头的贫瘠小镇、边塞小城，到外面去闯闯，虽然他自小便是一个懦弱的孩子，遇事总是先躲起来。

又出发了，心情却与前次不同，前次带着对大千世界的未知与好奇，冒冒失失又充满兴奋，而这次是不得不走。母亲的话依然字字如针地钉在梨安的脑子里，她说："你爸爸不能说这样的话，只有我来说，你看看咱们这个家，再看看萝城这个镇，留下来能干什么呢？你又不能出力，就算你能出力，我和你爸这一辈子的心血就算白费了，你还是走吧。"

母亲舍不得梨安，却不能让他留下，梨安是她和父亲的全部希望，所以他必须要走。

前天晚上，母亲翻出家里各种花花绿绿的旧毛线，连夜帮梨安赶织了一件御寒的毛衣，一道道横条纹。昨天早上，母亲和父亲早早起床为梨安包了饺子，送梨安出门的时候，他们远远站在小饭店的门口目送他和三轮车在朔北寒风中同时离去，从始至终没有向他挥一下手，他们怕他会因为不舍而留下。直到他们变成皑皑白雪中两个小小的黑点，直至消失不见，梨安才别过头去不再看他们了，风吹着他的脸，已经开裂，钻心刺骨地疼。

然后他坐大巴到了佳木斯，带着一包方便面一瓶矿泉水登上开往蓝村的火车，他将于第三天的早晨抵达蓝村，再换车去青岛。

他想，他的布袋戏也差不多从这一刻开始了。

3

  火车上的第一夜就这么度过了。梨安昏昏沉沉地靠在奇脏的椅背上,一直跟一个巨大的黑色漩涡抗衡,它似乎要拖着梨安往一个黑漆漆的山洞里去,跟神秘人接头,梨安不肯,他觉得命运不该选择他,便两厢撕扯着。他睡了又醒,醒了又睡,浑身难受。

  车厢里有人素质极差,蜷在角落里吸烟,辛辣的烟草味一阵阵传来,使梨安困顿的双眼更加干涩,头也昏昏沉沉,伴着一阵阵疼。此时双腿也麻木浮肿到失去知觉,脚也开始发痒,胀满整个鞋子,仿佛急着想要从里面钻出来。

  夜晚再次来临的时候,四周进入黑暗的世界,巨大的漩涡又来了,梨安再一次失去知觉,被拖入睡梦中,有什么声音传过来,像谁在小声哭泣。

  进入吉林境内已是深夜两三点钟,梨安困得实在不行,头靠着乌黑油腻的椅背浑浑噩噩睡着了,被几次急刹车惊醒的他,感觉脖子歪到酸痛。陆陆续续下车的人从他身边经过,总是不经意间撞到他。一个巨大的皮箱被人从行李架上拖下来时,砸到他的手臂,睡意顿时全消的他,揉揉眼睛看向窗外:东方已泛鱼肚白,车站的长明灯昼夜通亮,照着寂寞的站台,一个矮胖的乘客走过,影子被拉得老长。

  到达长春站时,天已然大亮,上下车的人多起来,梨安站直身子把背包用力塞到拥挤的行李架上,整个骨骼被拉动得咯咯作响。他的一只黑色皮箱也在,上面堆满了别人的东西,他拿着牙膏牙刷和一条军绿色的旧毛巾去车厢交接处准备洗脸。洗手池边已经挤满了人,排到位置的站在那里大大方方刷牙,仿佛理所当然;有的挤在他边上就着一块小小地方,时不时用毛巾沾点水擦擦脸;有的站在他后面不停地变换着站姿,一条毛巾搭在肩上,表现出极度的不耐烦。

  水池边上有扇窗始终关不严,冷风呼呼地吹进来。窗台口坐着一对农村夫妇,从昨晚开始他们便蜷缩在这里，位置小仅够一人，有时女的坐着男的站着，有时相反，但多数时间是男的站着，女的靠在男的身上。女的长头发已经乱蓬蓬一团，因为冷，他们身上披了好几件衣服。两个旧的写着"中国青年"字样的帆布大提包堆在他们脚下；一袋塑料网兜装着的苹果挂在窗口的钩子上，已被寒风吹得失去光泽和水分，变得皱巴巴。这是他们的全部行李。

轮到梨安洗脸的时候，时间又过去一阵，天更亮了，窗外的景致十分清晰。他担心这么久不回去，座位或许被人占掉，他的行李箱和背包也或许被人顺手拿走，于是他三下五除二地抹了脸，匆匆赶回车厢里。

果不其然，梨安回去时发现，一整晚坐在地上靠着他椅子侧面的麻面妇女已经坐在了他的座位上。妇女四十几岁，人很瘦，黄皮寡面，头发挽了一个蓬松的发髻，手臂上戴着黑色孝纱，她眼神似乎不太好，眯着，像梨安的外婆。

梨安的外婆是半盲人，一只眼睛看不见，另外一只隐约可见人影，因她母亲离世时她哭了整整三天，之后就看不见了。她也曾求医，但那时医学尚不发达，无法治疗。后来她去问一个通灵的巫婆，巫婆说是她母亲的事，她母亲在阴间找不到路，借了她的一只眼睛去，从此之后她便再也不去医治了，她情愿将自己的一只眼睛留给母亲。

梨安回来时，那眼神不太好的妇女准备起身，梨安笑着说"没事你先坐会儿吧，我也得直直腰"，她才安心坐下。她身子始终往前倾斜，小心翼翼坐得并不踏实，抬头望梨安，一脸讨好的笑。

已经有人开始吃早饭了，对面浮肿的中年妇女这次翻出一个干瘪的面包和一根廉价的火腿肠，吃得津津有味。火腿肠的香精味道又一次弥散开来，梨安故意不去看她，眼睛直直望向窗外，他的喉咙发痒，需要不停地吞咽口水。

梨安旁边的男学生泡了一碗泡面，撕开一包榨菜认真地倒进去，然后翻出一本厚重的书压在泡面桶上。一气呵成后的他坐在那里发呆地等待，盯着面桶眼睛也不眨。

民工模样的大叔也已经醒了,脱下帽子不停地抓着头皮,抓一会儿戴上帽子,过一会儿再脱下帽子抓,反反复复抓了好几次,也不知头上生了什么虫子。抓够了头皮,抬眼看梨安瞧着他,顿时来了精神似的,把一只枯树般的手腕伸得长长的,腕上一个黑色的塑料手表非常明显,他用另外一只手按了一下表面,手表立刻发出清脆的声音:"现在时刻,北京时间1999年3月18日上午6点35分整。"字字抑扬顿挫、铿锵有力,成功赢得所有人的关注,大叔很得意,头部微微摇动。过了一会儿,不晓得他从哪里变出两只挤得变形的煮鸡蛋,伸出抓过头皮的榆树一样的指甲漆黑的手,安心地将细碎的蛋壳一片片剥在地上。

满车厢都是食物掺杂起来的怪味道与混乱的场景:有形容枯槁的老人不停咳嗽,肆无忌惮吐着浓痰;有谢了顶的中年男人闷声放屁装作若无其事地把头扭到一边;有目光涣散的中年妇女"吧嗒吧嗒"吃完东西后将果皮塑料袋到处乱丢;有脏兮兮穿着开裆裤的孩子流着鼻涕不停哭闹以及受不了的大人呵斥两声将两个大巴掌"啪啪"打过去;有一脸阶级斗争表情的女乘务员推着堆满三无食品的小铁车从人缝里挤过去,高声纵情地兜售……梨安突然觉得胸闷,想去吹吹冷风。

火车进入辽宁省境内的时候,洗手池边已经没有排队的人了。梨安站起身,麻面妇女自然而然地落座在他的位置上,不住地向他点头,他笑笑往车厢交接处去了。

水池边上那对农村夫妇中的丈夫不在,妻子蹲在地上翻东西。帆布行李包拉链拉到底,露出里面的旧衣服和几只大小不一的方盒,盒子用布包着,像是带给什么人的礼物。她左翻右翻最后掏出一只古老的掉了漆的白色洋瓷缸子,上面有毛主席题的红色繁体字"为人民服务",她接了点水龙头的水洗洗缸子,可能想去打点开水。但因行李无人照料不便走开,就不停地向走廊处张望,等待着她的丈夫回来。

梨安站到窗口看向远处:蓝天白云下一片片荒山紧紧相连,积雪堆在山坳里,泛着白光;树木干枯,植物刚刚冒出浅黄色嫩芽;大地星星点点的黄斑夹杂着残雪;有河道弯了几弯向远方绵延直达天边，看不到尽头，远空仿佛被它划了一道细长的银灰色的丝线。

站了一会儿回到车厢，听到麻面妇女和浮肿妇女已经热热闹闹地聊了起来。

麻面妇女说："可不是吗？我那婆婆也是，以前骂人骂得多凶，后来半身不遂了，我就伺候她。她还是骂，恶狠狠地对我说，'不要以为我现在病了就收拾不了你，我生出的儿子，我说什么就是什么，我让他天天打你，他也得听我的'。给她端饭她就打翻，给她倒水她连碗一起丢到我身上，那几年让她折腾惨了，幸好她死了，我才能回家看看。"

浮肿妇女问："你娘家是哪儿的？"

麻面妇女说："葫芦岛。"

浮肿妇女问："那你掌柜呢？"

麻面妇女说："他不走，他要给他妈守孝，我要走，他还动手打我哩，真是应了我那婆婆的话，死了也不让人安生。"

旁边坐着的人听得认真，一言不发，表情却充满着同情，唯有那个男学生，依然忘我地看着一本书，仿佛置身在无人的世界之中。

浮肿妇女哀叹了两声说："我是去青岛看我女儿的，她在冰箱厂上班，咱这火车也怪了，只能到蓝村，也不知道去青岛的车方便不方便？"

旁边的一个人说："方便的，我也是去青岛的。"

浮肿妇女听后心便安了，为表示感谢，身子往民工大叔那边凑了凑，腾出一小块地方，请搭话的人坐，她笑着说，"出门在外都不易啊。"

下午三点到了葫芦岛——一个灰灰脏脏的小站，麻面妇女拎着带给娘家的土特产下车，浮肿妇女一直冲她微笑点头，目送她离去，依依惜别。

梨安把昨晚吃剩下的半块方便面饼嚼了，座位让给另外一个人坐着。他的腿越来越痒，肿得很厉害，脚趾抵在鞋里些微的酸痛。他站在窗口望向窗外，没有一丝一毫的兴奋，也没有悲伤，仿佛这条路是必经的，不论是去哪里都必须要经过的一条路。路边没花也没树更没泥泞的水坑,往前走只是机械性的,除此之外别无他途,到了再说,到了再说。

只能是到了再说,他仅有一张写着电话号码的纸条,除此之外一无所知。他将去的那个地方是个同广州一样破破旧旧的二层小楼房还是一个大院子的仓库?"几十辆车停在里面,上百号工人光着身子搬货,而他们的肩头因为长年扛货被磨出了砖样的厚茧。"他这样想象着。

4

巨大的格子木窗映在一面雪白的墙上,像一出皮影戏。晚间时分停了的雪花从清晨一直下到黄昏,使得国境线上的北方小镇满地银白碎屑。夜深人静时,大雪压住了一切声嚣,万籁俱寂,犹如一场悲伤且盛大的祭奠。梨安躺在用饭店桌子拼起来的简易床铺上,母亲铺了厚的被子给他,摸着软软的。床铺靠近灶间的走廊,火光隐隐从里面映出来,烤在脸上些微温暖。父母睡在距他不远的地方,打着呼噜。他睡意全无,睁大眼睛看着夏季遗留的水渍斑驳的天花板上,那些旧日影像。

梨安第一次轻轻悄悄溜出家门,是在1998年初秋的早晨,那么义无反顾不计后果的逃离,说不出缘由来。自小父亲便不喜欢梨安,认为梨安与他目中的标准形象相距甚远,认为梨安不能独自担当、胆小懦弱,全然扶不起来。而母亲一直不多言语,任由孩子们肆意成长,仿佛她的世界并不在孩子们周围,她有独立思想。

加上父亲也是年轻气盛,性格偶尔偏执,导致很多时候生活算计不到,日子越来越糟,渐渐捉襟见肘。后来父亲轻信他人,与一个远房表姑合伙做生意,结果亏得卖房卖田,房也无田也无,只得背了一身外债。全家人不停搬家,租住在出租房里,先是为了躲债,后来则是为了躲房租。

这一爿小店也是赊来的，前店主是个游手好闲的公子哥，生意注定惨淡无望。父亲通过别人与店主联络，接手了小店，合同写明赚了钱即付转让金，前店主也可以来吃饭，饭钱从欠款中扣除。小饭店临着一条三流柏油马路，人不多，总算是临街，加之可以在店内住宿，父亲便将家搬到店里来，租的房子也退掉了。

梨安离开家的时候，他们一家还租住在一幢老式的平房内，姐姐还没同父亲吵得搬出去，住在家里的堂哥也刚刚与堂嫂相识，父亲还在某个饭店里做厨师，母亲还在郊区的农庄做零工，梨安也还读着高中。

离家出走之后，他去了广东，一年后去了大连，再半年终于回到萝城小镇，已然发现无法在这巴掌大的地方生活下去。于是，他第二次启程，去一个新的地方寻找未来。

早上六点钟，天还灰蒙蒙的，泛着一丝光亮，火车终于在行驶了37个小时之后泄了最后一口气徐徐进站，乘客们蠢蠢欲动，全部拥挤到车门口准备下车。

梨安站在队伍中间，车门一开，一股冰冷的气息瞬间充满整个车厢，将他团团包围，让他不禁打了一个冷战。

人群开始往前涌，列车员喊着"别挤别挤，火车又不走的，都可以下车！"乘客们仿佛听不见，条件反射般往前挤。车厢有点高，一个年纪大的老人下车时差点摔了跟头，立刻骂出脏话，一口浓痰吐到了梨安的裤子上。

梨安下了车，呼吸到刺鼻的清新空气，冷风夹裹着冰凝的颗粒打在脸上，干涩的眼睛突然舒服许多。

蓝村站同其他小地方的车站并无二致，灰黑色铁轨和脏兮兮的水泥平台上污垢叠加，本色全无，接客的大巴士和车主人围堵在斑驳的绿漆铁栏大门外，扯着嗓子高叫"青岛""胶南""平度"……已经有人提着大包小裹上前询问价格，车主人一边哼哼叽叽含糊地说着最短路程票价或者绕来绕去打太极拳，一边连忙把问询者的包裹紧紧掐在手里，一转身塞进大巴车底的行李厢中。问询者还"喂喂喂"地叫着没听清价格，又来一位笑靥如花的人将他半拉半请地推上了大巴车，他便再无反悔的可能。

梨安低头走出车站，拖着黑色的行李箱，几个人上前将他围住，操着方言问"去哪里去哪里"。他假装不理不睬，站得远一点观察他们的动作，挑来挑去找个看着顺眼的人，也听清楚了他的价格，便二话不说直接走过去将行李塞进车底厢中上了车。

终于坐满了人，车子行驶在颠簸不平的路上。太阳仍然躲得深远，阴云厚重，暗无天日，光线仅可辨认出旁边人的脸孔。车子里窄小狭促，座位上藏污纳垢，一股馊臭的味道从椅子下面飘上来，不过一会儿便有人掏出廉价的香烟来吸，辛辣刺鼻的味道立刻灌满了整个车子。

梨安将一件衣服罩在头顶上，靠在座位上休息，不一会儿睡着了，剧烈颠簸也没影响他。

"青岛快到了！睡觉的醒醒！"售票员喊了几嗓子，梨安也醒了，天已完全亮起来，他挨着窗口，向外看去，正是李村308国道，李村那时还没同沧口合并为李沧区，为独立村庄。

车子从白沙河往市里走，一路上的楼房灰黄古旧、破旧不堪，路也并不好走，高高低低上坡下坡，而且车辆拥挤，喇叭声不绝于耳，一片乱哄哄景象。这一切完全不像梨安心目中的青岛，他想象的只是那一片碧蓝的黄海，一只只白帆悠闲自得地漂在海上，太阳光照在海平面，泛着碎金子一般的光泽。

又开了半小时，车子钻过山东路立交桥之后，路面更加不好，车辆和行人乱穿马路，车子不得不走走停停。司机一边骂一边躲着，又蹭了二十分钟，才到达终点——杭州路立交桥长途汽车站，乘客们揉揉惺忪睡眼鱼贯下车，各自取行李。梨安下车的时候车底只有四五只箱子，他取了黑色的那只，背着背包往站外去，眼睛尚未完全睁开，意识也不清醒，脚下步履蹒跚踉踉跄跄，险些栽倒下去，他要立刻找张床好好睡一觉。

太阳照得热烈但天气却并不太热，风也吹着，微微有咸腥的味道。杭州路立交桥是座环形天桥,破烂不堪,跨度又远,梨安拖着箱子走了一段路,找了半天也找不到下桥的楼梯,问了几个人,指的路却各不相同。他的脚愈发的痛,让人有些灰心,这圆环的天桥仿佛是一个怪圈,走来走去都是相同的路线。

终于能够下桥并且找到一个公用电话亭的时候,梨安已几近虚脱。他翻出临行前问苏经理要的电话号码,已经被揉成一团的纸条,打开时已经是皱皱的,上面的字已模糊不清,认了半天才渐渐点清数字。

"喂。"那边传来一个男人的粗壮声音,夹杂着半点愤怒。

"你好,是AU物流公司吗?"

"没错,有什么事?"

"我是广州苏经理派过来的员工,已经到达青岛,请问怎么到你那里去?"梨安礼貌又客气地表达来意。

"是吗?那你先打一辆车子到重庆南路63号停车场来吧,我会打电话向广州方面核实的。"对方说。

"请问,我该过去找谁?"梨安问。

"钱经理,钱培。"对方说。

"请问你是?"

"我是这里目前的负责人。"他说。

目前的负责人?

5

梨安不确定这个城市有多大,路有多少条,需要花多少打车的钱,但不管多少,都不应该花无辜的钱。他向一个路人询问重庆南路的方向,路人指给他说,远倒不远,只是这条路很长,"你到哪一段?"梨安说63号,对方就摇头了。

听说不远,梨安便叫了一辆出租车,说好路名,司机开过去,在重庆南路路口下车。梨安想总能找到63号,付了七块钱的车费,便提着行李和背包下车。

原来刚才大巴车走过这条路,现在是回头路。一条由巨石铺就的路,路面不平,行李箱的底部硌在石头上,磨得"哗哗"响,背包又重负在身后,梨安沿着倾斜的路面向上攀爬,十分吃力,渐渐地出了一身汗。

再问路人,63号近在咫尺。梨安又往前走了三百米,看到右边果然有一个空旷的停车场,铺了黄色细砂,刚好有一辆车开出来,扬起烟尘,梨安赶快绕到一边。

往里面走,门卫处有个皮肤黝黑的中年妇女迎出来问去哪里,梨安问是否有家AU物流公司,她向里面指了指,果然有个红色的大牌子挂在靠近后面的一排仓库门前,他竟没看到。

梨安谢了妇女往里面走。此时停车场空旷无比,一辆车也没有,也没行人,大太阳底下只有他一个人背着包拖着行李箱踯躅前行,他听到"哗啦哗啦"拖箱子的声音,也听到自己的心跳声。

AU物流坐落在停车场以北方向,背着光,一排白色框的玻璃大门,鬼气森森的,看不到里面是否有人。

梨安推开门,里面坐着一个胖胖的男孩子。男孩子穿一件旧的蓝色衬衫,一手拿着电话,一手绕着电话线,二十几岁,眉毛浓密,皮肤漆黑,脸上疙疙瘩瘩。他一直眯着眼睛向外看,梨安刚进停车场时就已经进入了他的视线,他像个老谋深算的炼金术士,盯着梨安,目光如炬。

"你好,钱经理在吗?我刚刚打过电话来。"梨安礼貌地问他,并且微笑。

他先是上上下下打量着梨安,仿佛能看出水,然后慢慢放下电话听筒,声音悠悠且充满不屑地说:"钱经理出差了,现在这里我负责,有什么事跟我说吧。"

"哦。"梨安说,"我叫宋梨安,是广州苏经理派来的员工,今天报到。"

"来青岛做什么？"他表示出极大兴趣，身体微微前倾，两肘撑在桌上，他忘了请梨安先坐下。

"我也不知道。"梨安说，"看钱经理安排。"

"那你以前在广州做什么？"

"我在仓库里搬货，有时也去火车厢搬，后来我去了塘厦……"梨安话还没说完。

"行了，行了，我知道了。"他说，"我是仓库负责人，我姓郁，以后你归我管了。"

原来他不过是个仓管，好大派头，他让梨安想起在大连的双喜，初到酒吧的梨安也被双喜奚落和戏弄，后来他们竟成为好朋友。

梨安微笑着点了点头说："那我应该先把行李放在哪里？"

"你去隔壁房间找张床吧，就说我安排你过去的。"

"右边这间吗？"梨安指了指。

"是的，集体宿舍一间，钱经理一间，其他是仓库，青岛没女的。"他眼睛也不抬地跟梨安说，像在背乘法口诀表，一边又提起电话机准备打电话，不再理睬梨安。

梨安心情有些微凉，他早该有准备，人情一向如此。在广东时的画面历历在目，他被工人们驱赶，从一个仓库赶到另一个仓库，最后只能去工作量小人也少的地方，当然拿到的钱也少，积少成多是他一直以来的信念，所以他才坚持到后来。

辞别仓管，他到隔壁房间去，先敲了两下门然后推开，一股臭脚丫子味扑面而来，熏得他差点摔个跟头，而且伴着一股潮湿发霉的气息。

房间很大，七八张上下铺的铁床靠墙围拢着。有人住的床上破被翻卷，枕头露出稻壳，墙上一圈一圈黄渍，钉子上挂着衣服和塑料袋子。几根绳子在房间内如电网般纵横交错，挂满大小破洞的内裤和袜子，床下一只只五颜六色的塑料盆装满脏衣服、脏袜子，脏鞋子横七竖八丢在床下，散发着浓重的臭味，像掉进粪坑的咸鱼。

房间里响着破锣般的音乐——农村重金属摇滚，有人跟着大声唱，还有两三个人躺在自己的铺上睡觉，梨安怀疑他们被熏得已经没了呼吸。

梨安推门而入，没人理睬，那个唱歌的看了他一眼，直接拉长一张虎视眈眈的脸。

于是梨安不得不把前世今生重复一遍，唱歌的人不舍得关音乐，梨安只能扯着嗓子讲，喉咙都快扯破了。讲完之后，才关上音乐。

"妈的，晚上又要多做一个人的饭了。"这是他唯一说的话。

他叫高小三，是AU的厨师，当年与人滋事，两颗门牙被打落，至今没有镶回去。

梨安忍着令人作呕的臭味，找了一个没人的空铺放下行李，铺上只有几块木板，摸起来刺手。梨安问高小三哪里可以买到被褥，高小三说仓库有现成的，是总公司分配的，一百五十元一套，质量不好，褥子用不了几天会破口，里面会淌出黑心棉和纸屑。高小三还说，可以到山东路立交桥那里买，就在下面。

梨安放好行李箱背着背包出去，停车场刚刚停进来两三辆货车，太阳照在玻璃上反射着强烈刺眼的光。

山东路立交桥便是梨安刚刚下车的地方，走回去花不了太长时间。梨安沿着下坡路往下走，两侧是暗黄的古旧的楼房，七八层高，年久失修的墙皮大部分脱落，现出灰黑的本色，各家的窗口摆着几盆瘦巧的植物，舒展着细长的叶子，迎向马路，吃着灰尘。

山东路立交桥下果然有一家卖纺织品的店开着，里面端坐着一个杀气腾腾的老板娘，倒立着粗壮的眉毛，如一只振翅海鸥，头发灰白，后面绾一个发髻，一脸不悦的愠色。

梨安怯生生地进去询问每款价格，主要挑便宜的，颜色都无所谓。按正常配置她报给梨安二百多块钱，比公司的贵，想了想梨安便辞别她回去了，她一直斜眼看梨安，恨不能将他生吞活剥。黑心棉就黑心棉吧，能睡人就行了，梨安想起初到大连"雕刻时光"酒吧时，从二楼的柜子里翻出的破被子，散发着呛人的霉味，尽管双喜不让他睡，宁愿与他同床，但他还是睡了。想到和双喜的友情，他嘴角露出微笑。

回去路上，他简单买了些日用品，一条新毛巾、一只绿色的刷牙杯子、一双塑料拖鞋。

回到宿舍，高小三告诉梨安领被子要找郁仓管，说到郁仓管时，高小三一脸鄙夷的神情。去找郁仓管时，郁仓管仍然稳如泰山地坐在办公室里守着电话机，一脸凝重。

"什么事？"他问。

梨安说明来意，他伸出一只手严肃地说一百五一套，快交钱给他。

他懒洋洋地从椅子上站起来，掏出一大串钥匙，不理梨安，径自出门去开仓库的门，始终扬着头，一脸骄傲。

梨安抱着被褥和枕头回到宿舍，高小三已经去准备晚饭了。宿舍里有人拿着盆子出去打水洗衣服，没人理睬梨安，也没人多看一眼，仿佛他只是空气。

铺好被褥，他把行李箱提上来打开，结果发现密码不对，反复试了几次都不对，明明是他亲手设置的。他疑心是箱子质量太差的原因，不过一会儿梨安便明白了一个无法改变的事实——箱子不是他的！他错拿了别人的箱子，或者说他的箱子被人拿去了，他下车的时候只剩下一个黑色的箱子。

他的行李箱不见了！

6

出师不利，当头棒喝，这些词可以形容此时的他，让他有点灰心丧气。

他失落地坐在床铺上，虽然箱子里没什么值钱的东西，不过是些旧衣服，但母亲连夜帮他赶织的毛衣也在箱子之中，不知哪一年才会回去或者不再回去，那件毛衣无疑是母亲留给他的唯一纪念，饱含着母亲的爱。它没了，是不是他真的从此便失去了家，从此一个人了。

倔强的脾气又上来了，他简单地收拾了一下之后，离开公司，重新沿着重庆南路往杭州路立交桥去了，这次是走路，有多远走多远，路再长长不过他的脚，他不信自己找不到长途汽车站。结果天快黑的时候，他才走到，跟车队管理处报备了他的信息，以及箱子里的物品。明知这些不过是徒劳，但他却仍希望有奇迹发生，办好事情往回走，突然觉得有点饿了，路过一家面馆吃了一碗面，身上有了力气。

青岛的夜晚很冷，临着海，风呼呼地吹着，他越走越快，浑身出了汗，回到AU公司的时候，天已黑透了。

刚进院子里就看到公司门前停着一辆大货车，上面堆了满满的货，用一块帆布罩着，古怪嶙峋，同事们逐一站在车下搬着货，有两个人站在车上递。

"你去哪儿了？"见梨安走得近了，郁仓管怒着一张肉脸。

"我去车站了，我的行李箱丢了。"梨安说。

"为什么不跟我说一下，随随便便就走了？"他两手叉着腰，十分挑衅地问。

"我忘了。"

"你不知道我们随时都有货车来吗？随便出去是要扣钱的，你知道吗？"

"不知道。"

"看来非要扣你的钱，你才能长记性。"他说。

梨安瞪着眼睛看他，他有点过分了。

"快点搬货去！"他责令着。

梨安连宿舍都没进，便跟着同事们搬货了。

"看准货号，不许放乱！"郁仓管冲着他喊道。

他已经料到这样的工作状态，同广州并无二致，无非就是到车卸货、发车装货，人是机器、木偶、稻草人，不分日夜。只是梨安尚不确定广州苏经理如何同钱经理介绍他，并且安排了什么样的工作给他，目前他只能干活，等钱经理回来再从长计议。如果初来便拈轻怕重，被郁仓管传到钱经理耳里，也不是好事。

卸完整辆车后，又装了一些新的货在车上，郁仓管给司机填完货物清单，司机开着车子走了。

已是深夜，同事们拿了毛巾和牙刷站在露天的水池边上洗涮，水龙头仅有一个，水流并不大。外面依然刮着风，扬着黄沙尘，没人说话，他们像是钢铁打造的。梨安含了一口水，冰得刺牙，牙膏凝住了，他还是用力地刷在了牙齿上。

公司对面有一个洗澡间，里面流淌着冰冷的水，郁仓管不嫌冷和一个工人去了。洗澡间后面是厕所，蓝色，里面几个简易的坑位，脏得出奇，屎尿横流，无处落脚。

"你要是大便的话可以去马路对面的小山坡，那里有个厕所干净些，小便随便找个角落就地解决。"高小三说，"我有时候尿在厨房的水桶里。"

7

梨安已轻轻入睡，伴着摇摇晃晃的意识和疲劳的身体，一整天下来，他已经快瘫了，不知什么时候进入了深度睡眠。

睡着的他突然听到一阵迅急的风声，那道铁门和那个黑色的漩涡又出现在他面前。铁门徐徐打开，突然有一股巨大的风浪，席卷整个房间，将宿舍里的其他人全部卷走，最后一个留在房间里的是他。他刚要爬起身逃跑，便有个手爪一样的力量牢牢地抓住了他，将他往黑洞里拖，他挣扎着抓住床头的栏杆，不肯让步。

这时，从黑洞里走出一个人影，他站在金光的正面，穿了一件斗篷，看不见他的脸和身体，只有漆黑的影子。他的脚边有只黑色的灵猫，尾巴扫来扫去的，喉咙里发出"叽叽咕咕"的声音，此人应该就是神秘人。

"你好啊，"神秘人说，"宋梨安。"

梨安回头看他，不敢与他对话。

"我一直在等你。"神秘人又说。

"等我干吗？"梨安开口问他，神秘人脚边的猫突然"喵"了一声，仿佛在提醒。

"想跟你做个朋友。"

"你是谁？"

"我来自另外一个时空，你们地球人不知道的时空。当然，你可以叫我米修。"

"可你为什么要找我？"

"我身后的这条隧道是一个时空的入口，可以让你抵达任何你想去的地方。我需要你的配合。"

"配合什么？"

"配合我们检验成果。"神秘人米修不假思索地说。

"拿我做试验？"

"是的。"神秘人米修哈哈大笑，"如果你这样认为的话。"

"为什么是我，没记错的话你们已经抓进去很多人。他们都可以配合你。"

"他们都不符合标准。据我所知，你经历过很多磨难，也将一直经历下去，因此，你对人生一定充满了抱怨和悔恨，是个非常好的试验品，我们需要这种痛苦的配合，只要你想回到过去哪个时间，我们就会帮助你完成心愿，而你要做的，就是帮我们完成对时空入口的检验。"

"可笑！我不会帮助你们的，你找别人吧。"

神秘人米修笑着说："你会的。"

"我不会。"

"你会的。人类是贪婪的，是最不知足的生物。人类已经得到了整个地球，却还在滥杀生灵，污染环境，破坏自然，总有一天人类将因此受到惩罚。"米修再次说道。那只猫听到这里，激动得站起来磨着尖爪，凄厉地叫了两声。

"这是整个人类的事。"梨安反驳道。

"不，这是每一个人的事。总有一天人类会后悔，当然，整个人类的命运对于宇宙来说，太不值一提，也过于小题大做了，检验时空入口只需一个人便可以完成，所以，命运选择了你。"

"完成试验有什么用处？"

"这你就不懂了，试验成功我们便可以控制整个人类，因为人类已经快到万劫不复的那一天了，到时一定需要我们的帮助才能回到从前的乐土净国，那时人类就必须听命于我们。"神秘人米修得意地笑着，那只猫也跟着"嘿嘿"两声。

"痴心妄想。"梨安愤怒地说道。

"是否痴心妄想就要看你的了。其实从另外一个层面来说，我们也是在为人类做好事，不是吗？"米修说道。

梨安无言以对。

"难道你不想见到从前的人吗？你的朋友，你的同学，你的亲戚，你想见到的任何人。"米修继续鼓动梨安。

"没有，我谁也不见想。我没有你说的这些人。"

"朋友。"

"没有。"

"同学。"

"从不联系。"

"亲戚总会有吧？父母家族里的人。"

"那不是我的亲戚，那是他们的。"梨安毫不犹豫地说。

"看来你果然是个缺少温暖的孩子，你从小就离开了家，经历了那么多磨难，所以你变得冷血也是难免的。但是，时间会治愈你的冷血，岁月也会抚平你心头的创伤，说起来，我倒是帮你找到了疗伤的灵药。"米修继续说道，"好吧，总之，你会需要我的，我也会再来找你的。"

"永远不需要。"梨安斩钉截铁地说。

"那我们走着瞧。"米修刚要走时又再次回头说了一句,"对了,告诉你一个秘密,其实我早就认识你了。"说完,同猫一起转身消失在黑洞的入口处,紧接着,铁门关闭随之消失,一切平静下来,像什么都不曾发生过一样。

梨安突然醒了,借着窗外月光,他瞧见其他床铺上的人还都好好地睡在那里,打着响鼾,咂着嘴,挠着胸毛。他自己也平平稳稳地躺在床上睡着,没有一丝异常,原来是南柯一梦,可这梦做得过于真实和恐怖,他摸了摸心脏的位置,跳得有如打鼓。

他曾经连续做着关于火车的怪梦,以往都是他一个人孤零零地抱着背包坐在火车上,无目的无方向,由着火车穿过一条又一条山洞,总无结果。这次不同,他明显感觉到面对神秘人米修时的紧张无措,梦太过于真实,甚至让他手脚冰凉,难道他的血真的是冷的?

8

有很长一段时间,在梦里,梨安都是火车上唯一的乘客,后来多了几个人出现,有的是帮助过他的,有的是伤害过他的。他们出现在车厢里或站台上,等到火车一停,那些奇怪的熟悉的脸孔便出现,说着奇怪的话,与他一问一答。友善的人心疼他的经历,泪眼婆娑;心怀鬼胎的人,话里带刀,目光如炬,恨不能将他生吞活剥。在梦里,人人都表现出内心里对他最真实的态度,真实得极致又虚假得像表演。

梨安一直喜欢在梦里直面每个人最真实的内心世界,但醒来时,他不会真的将每个人对他的善意看成虚伪,他也知道梦境世界的虚幻无常,不能相信。就好像那个反复出现的黑洞和莫名其妙的神秘人米修一样,他也全然不当一回事。

梨安在青岛安心地住下来，梦境也随之发生变化，以往的那个孤独无依、抱着背包神情黯然的小男孩再也不出现了，他已成长，被某个神秘的外星力量选中。此后，他的梦境时常出现的便是那道冰冷的铁门和黑黝黝的洞穴，寒风凛凛又深不见底，他身边的乘客，吃肉包子的浮肿妇女、像他外婆的眯着眼的麻面妇女、目光呆滞的男学生、抓头皮的民工大叔，还有车厢交接处那对寒风中站立的农村夫妻，都在黑洞出现的时候消失了。只是一瞬间出现的事，然后便是奇怪的风从洞口涌出来，接着一股巨大的吸力向他卷来，他拉紧椅背的扶手与之对峙：有时他胜利了，直到黑洞消失；有时他被吸入，跌进一个深邃的洞穴，始终掉不到底，空荡的洞里响着他自己的回声以及心跳的声音。

神秘人米修再没出现过，但每次梦境都好像是神秘人故意在提醒他，不要忘记他们之间的约定。

"我希望你不要有个人情绪。"郁仓管端坐在办公室里，对着正垂手而立的梨安说。

"我没有个人情绪。"梨安说。

"可你不怎么说话，跟大家不是很合得来，干活也不太积极主动，这可不行。"郁仓管乜斜着一只眼看着他。

梨安不讲话，根本不打算同他理论，他不想告诉郁仓管，他跟谁都这样，保持着适当距离，除非已经十分熟悉，而且毕竟郁仓管只是"目前的负责人"而已。

"被我说中了吧？"郁仓管说，"咱们出来干活儿的人，最讲究两个字'义气'，什么是义气？干活儿的时候你出多少力就是义气，你干得少了，别人就干得多了，可我们是一个大的集体，大家要拧成一股绳才能共同进步嘛，你说我说的对吗？"

梨安心里说："什么玩意儿啊？"嘴上却说："对。"

"就是嘛。"郁仓管说，"所以从现在开始，不能再耍滑头了，如果再被我发现的话，我就不客气了。"

梨安没再说话，转身出去了，他并非故意要与大家生分开来，实在是与其他人没有什么共同话题要聊。干活的时候，他当然是卖力的，可跟其他人比还是差了一大截，郁仓管觉得他并没有用力气，而是一直在耍滑头，他准备将这事举报给即将归来的钱经理。

钱经理回来已是梨安抵达青岛半个月后，日子如白云苍狗般过着，因为有以往的经验，梨安很快便适应了新的生活和工作。

为了买些日用品，除了去山东路立交桥这段路外，梨安并未去过更远的地方，连海边也没去过。虽然他每日都可嗅到来自海上的气息——腥湿的风汽和初晨的薄雾，院外的一个小菜场每日必售新捞拾的海物，路过的饭店都是倾倒成堆的海鲜壳，飘着腥臭的味道。他与海，其实隔得很远，虽然很想去看看它，但AU公司提供食宿属于半封闭工作状态，随时可能会有货车到来，况且钱经理不在，郁仓管又对他虎视眈眈，处处紧盯着他，十分不友善，梨安自然不想去招惹他。晚上，大家多数都溜出去逛街，梨安则不，他整理背包里的东西和那只行李箱的物品——虽然他的行李依然下落不明，虽然箱中的物品他未必可以用得上，可他还是在里面耐心地翻找。日子过得越久，它就越来越被认定是梨安的私人物品，某种程度上它虽然替代了梨安的那只行李箱，却替代不了临行时母亲花了整夜为他编织的毛衣所带来的温暖。

青岛是清冷的，三面环海一面靠山，冷风时时吹刮，梨安将行李箱中的两件黑色的男式外套比了比，尚可穿，便抽空洗好晾晒在绳子上。有几日，青岛一直有雾，冷风加劲，加之停车场内不断有车子进出，衣服还未干透便粘惹很多灰尘，于是又洗又晒，始终无法穿在身上。他知道那并不是天气的问题，是衣服，他根本不想把别人的东西穿在身上。

半个月后，梨安理顺了工作和生活的路线，空闲时间，他坐在臭烘烘的宿舍里面。别人做别人的事，他则看背包里带来的一本书——萧红的《呼兰河传》，熬到吃饭，等着办公室里郁仓管的呼喊——无非是到了一辆货车,所有人都要出去搬货。

每天周而复始,他已习惯,在广州时军队般的作息时间已经足够让他适应各种环境,这并不艰难。青岛员工不多,活儿也少,公司运作流程与广州不同,不必按件计费,只拿固定工资,每月八百元。

青岛并不友善地接纳了他,先是给他恶劣天气,既而弄丢他的行李。宿舍里的人一半是不屑多话的,另一半则是对他充满了敌意的,但他依然不温不火默默承受,除此之外,也无其他办法,既来之则安之。

不屑多话的人以厨师高小三为首,其实他一直试探着与梨安接触,他搞不清楚梨安的路数和来历,以及钱经理回来之后会安排什么职位给梨安,他与梨安忽远忽近,他是十分聪明的人。另一半充满敌意的自然以郁仓管为首,郁仓管或许料定梨安来青岛是要抢他饭碗的,因为梨安毕竟读过一些书,看起来也并不像真正的苦劳力。一旦梨安做了仓管,郁仓管则必须退到工人之中,受尽白眼和嘲笑,所以郁仓管一定要将梨安死死压在手下;另一方面,工人中没几个人肯听郁仓管的话,他们只将该搬的货放好然后转身就走,哪管乱七八糟,郁仓管自会重新摆放。他们笑他傻,不叫他郁仓管,而叫他"傻帽儿"。一个人时常被别人疏远和排挤,久而久之,他也顺理成章地认为所遭受的一切也属正常,加之,他用以麻痹自我沾沾自喜的"地位",使他更加认为与他人有异,更加不想同他人交流。

钱经理还没回来的时候,郁仓管应该已将梨安来的事汇报给了他,还有梨安这半个月来的"所作所为"。郁仓管是个一根筋的人,没什么坏心眼,但凡钱经理交代的事,他抛头颅洒热血也会完成,公司里没人尊重他,当面也要开他玩笑,他也不敢对人太凶,当然除了对梨安。

梨安和所有人都保持着一定距离,他时刻记着曾经面临过的种种难堪境地,以及好心帮忙反而害了别人和自己的一些往事。要想在一个陌生又冰冷的城市里稳住脚跟,他必须小心处事、步步为营。

9

一个大白天,云彩横切在天际,四下里凉风习习,梨安给家里打了个电话,报了个平安。

"见到领导没有?"父亲问。

"见到了。"他说,其实并没有。

"哦,那领导对你满意吗?"父亲问。

"嗯,很满意。"他心里想,就算真的见了面,不过数日光景,哪里能谈到满不满意的话。

父亲想了想又问:"那你一个月能拿多少钱?"又把他问住了,他理解父亲那种急切的心情,可是他无论如何也不能告诉父亲不知道。

于是,他含糊地说:"应该跟广东时差不多吧。"

父亲说:"那你就不用总往家里寄了,自己也留一些在身上吧,外面用钱地方多。"

这不像他记忆中的父亲,记忆中的父亲一向严肃并且从不与他交心,好像多说一句关心的话便是降低了父亲的尊严一样。在梨安的记忆中,父亲也从未对他说过关心的话,仿佛那是禁语——父亲与他之间,一直以来都只有"禁语",没有关怀。

父亲跟母亲没有向哥哥姐姐说起梨安的事,梨安在广州、塘厦、大连的事对哥哥姐姐都保密,哥哥姐姐不了解梨安的真实工作和所经历过的事情,也没有特别关心地问起过,当然梨安也不想同任何人讲。好与不好,都是他自己的事,像每个人各自的人生,说者百感交集,听者云淡风轻,不说也罢。

母亲仍然没有要与他通话的意思,他也不习惯跟母亲说心事。他们母子一向如此,没有太多要表达的东西,母亲应该只在心里默默地关心着他,他能感知却从未听她亲口说过。他们母子的性格最像，都不善言辞，拒绝粉饰自己的任何语言。

他又打了电话给姐姐宋梨雯，他想说说他的心里话——他不知道除了她之外，还能跟谁说说。

"姐姐，我……"拿着电话听筒，他想说什么又没说出口。

"你多好，你能出去，你瞧瞧我，就只能待在这个破地方等死……"宋梨雯抢着说，"我要是你，走得越远越好，还回来干吗？"

梨安回来的时候，院子里依然很冷清，没有车子。刚进门，郁仓管就从办公室里远远地迎出来，叫梨安去办公室，他喊着："你过来下，钱经理要见你！"

钱经理人很白，梳了一个四六分头，肥头大耳，双眼如牛铃，叼着一支香烟匕斜着眼坐在办公室里往外面看。梨安早已听人说起过他，他以前在佳木斯毛巾厂子弟中学里教数学，后来入厂为工人扫盲。AU公司里的大部分"骨干精英"均是毛巾厂的下岗职工或者被开除的泼皮无赖，连同AU的董事长田老板也曾是毛巾厂的业务人员。田老板走南闯北跑业务，后来发现货物运输是个有前途的行业，于是自己找车运货，有些经销商不需要，他也想办法一车车拉去，再一车车拉回，回厂报销车费，从中牟取私利，赚得钵满盆满，满口袋白花花的银子叮叮当当响。

毛巾厂有他们这一干硕鼠驻虫挖墙脚泥土，又有一批尸位素餐的领导干部，没几年就垮了，田老板趁势脱离毛巾厂，跑到广东寻求发展，包了货运中心的一个门面做起货运，又托人托关系签下了火车站的货厢业务，雇了一批装卸工，生意很快就有了起色。

钱经理也做过田老板和老板娘红姐的扫盲老师，教会了他们"加减乘除"，所以整个公司也跟着田老板、红姐对钱经理另眼相看，大事小情请教他，包括这次烟台注册分公司，也由钱经理一手操办，一去半个月。

钱经理盯着梨安上上下下地看，然后问："是广州苏经理叫你来的吗？"

"嗯。"梨安微笑着点点头。

"行,改天我问问他。"钱经理又狠命吸了一口烟说,"苏经理太忙,可能忘记告诉我了。"

梨安依然保持着阳光的笑容,郁仓管站在一边斜眼看他,居心叵测。

钱经理将手中的烟按灭在蓄了水的一次性纸杯里说:"青岛虽是新公司,但业务量也在每天不断加大,从今天开始,你就坐在办公室里接电话吧,人手不够再去搬货,有什么事可以叫小郁协助你。"

梨安惊讶于钱经理的突然决定,郁仓管更是瞪大双眼,仿佛活吞了一只苍蝇。然而郁仓管立刻就红了脸,低下头去,梨安能明显感觉到他内心的脆弱,好不容易趁这半个月建立起来的自信心,被钱经理一言两语击破,将他打回原形,原来他只能做仓管,只能待在仓库里。

"就这样吧。"钱经理说,"回头我打个电话给苏经理,工资跟大家一样,总公司有统一标准,该多少就是多少。"

他对郁仓管说:"你去跟高小三讲一声,晚上不用带我的饭,我还有事,对了,过几天有个女厨师会过来,让高小三继续当装卸工吧。"

10

梨安坐在办公室里感觉恍惚。这是一间大概二十几平方米的仓库,重新粉刷之后,摆放了新的桌椅。四周散发着劣质木器的辛辣味道,房顶白花花的灯管照得人眼睛发酸,地上铺了白色的瓷砖,冰凉凉,踩上去很滑。

梨安突然想起前年在塘厦的日子。他们那个上楼用的竹梯子搭在墙上,地上便是些油滑的瓷砖,梯子搭得近了人便向后倒,搭得远了,梯子滑,一不小心便摔下去。他有一次上楼,梯子摔下去了,幸亏他及时抓住旁边木栏杆,人悬在半空中。

晚饭时间早过了,仍然没人叫他,电话也没有响过,他一直听到电流通过灯管的

"嗡嗡"声,像有人在窃窃私语。

他看到几个工人趁钱经理不在快跑着溜出大门,然后一辆辆夜泊的车子驶进院子,门卫阿姨一瘸一拐出来收费,司机觍着脸跟她讨价还价,她一脸严肃不停地摇头摆手。这一切寂静无声,像旧的默片电影。

后来,他听到自己肚子"咕咕"地叫着,正准备出去,看到高小三鬼头鬼脑地出现在玻璃门外,神神秘秘地向他招手,指指厨房的方向。

梨安跟着他去了厨房,他一脸亲热的笑容,露出两颗缺失门牙的黑洞。

"你都饿坏了吧?一点精神也没有啦。"他的热情让梨安有些难以招架,他的嘴长得确实有些大,口水轻轻溅出来,喷到一碗装得满实的菜上面。

"还好。"梨安冲他笑笑。

"不是我不叫你吃饭。"他说,"郁仓管不让叫的,他说你现在是业务人员了,不出力也不会饿的,可我还是给你留了菜。"他去取米饭和筷子,递给梨安说,"他就是嫉妒你呢,还好你不兼职做仓管,否则他更要气死了。"

"他人呢?"梨安接过筷子。

"他也没吃饭,在屋里躺着呢。"高小三说,"你放心吃吧,以后大家要听你的了,你别管他,他也要听你的。"

"那倒不是。"梨安说,"大家一起工作嘛。"

高小三拉了张椅子坐在他边上,点了一支烟抽着,眯着眼说:"跟我说说你在广州的事情,看来钱经理很器重你啊。"

"没有。"梨安说,"是广州苏经理介绍我来这里的。"梨安记得来的第一天就同他说起,他当时兴致高昂地唱着农村重金属摇滚歌曲,根本没心思听梨安说话。

"原来总公司也很器重你啊,你在总公司有亲戚吧。"他的媚态更加浓厚,笑容皱得像一张用脚踩过的死面烧饼,夸张地伸出一只大拇指说:"怪不得就一直觉得你的气质跟别人不一样,哪像我们出大力的人,你一看就是业务员的料子,一看就有文化,怎么看都顺眼,就像我多年的好朋友。"

今天以前,他从未跟梨安说过这么多热络的话,梨安有种莫名其妙的微微的感动。快速吃完饭,梨安装模作样地回到宿舍里,郁仓管的床铺对着门。梨安一开门,便见郁仓管躺在床上,面朝里背朝外,整个人陷进一张薄的露着棉花的破被里,弓着身子,像个凄惨的流浪汉。

梨安拿了件外套回办公室,一晚上电话只响过一次,是上海公司查货,晚上十一点多,他熄掉办公室的灯回宿舍休息。整晚货车没有来,整晚郁仓管也没到办公室去。

青岛的夜深沉而宁静,梨安有时会披上衣服到外面走走。昏黄古老的路灯下,照出一排排石砌的灰黑色的围墙,对面是座山,名为"嘉定山",拾级而上,是依山而建的幢幢房所,石头垒砌,搭着常春藤架,爬满半壁夕颜,轻轻悄悄,柔柔淡淡。

鳞次栉比的房所之中有处光滑的水泥平台,依山势有点倾斜,平台上立着一只木椅,梨安常常坐在上面休憩。青岛天空湛蓝,夜晚星光璀璨,月亮挂在山顶树端,大而圆。梨安想起家乡萝城小镇的月亮,想起广州的月亮,也想起大连的月亮,既而想起他的那些同甘共苦的朋友,心里一阵感伤。

夜晚是属于他的,自由自在,没人喝令他该去哪里,该搬动哪一件货,没有电话的吵叫,没有同事的不屑眼神,也没有臭气熏天的宿舍,夜晚是美好的。习惯了大连酒吧喧闹吵嚷的夜晚,梨安初来时,青岛的夜静得可怕。

此时没有火车,没有嘈杂的人声和臭味,没有冰冷的铁门和巨大的黑色漩涡、神秘人米修以及米修的黑猫,只有细小的虫鸣和蛙声断断续续飘来,在夜里奏成一首乐曲。

梨安常在这静谧之中回望过去,他是如何一步步从家里逃出,一步步走到今天。在他,不管去哪里都是一样,离开故乡便是他乡,没有故乡的人是可怕的也是可耻的。他的故乡仍然只是两岁时举家迁离的那个萧索荒凉的名叫"稻田地"的村庄,他的祖父祖母和外公外婆生活在那里,后来他们都被埋在那里。

第二章

去你的城市流浪

亲爱的S：

你好。

隔了这么久，我试着写下第二封信，你一定读不到的，我有点失落。当然也有可能你读到了，却无法给我回信。

我想告诉你一件事，前几天我打算和同学们去郊游，已经都说好了时间和地点，也说好了各自带多少钱，可我中午上学时还没走进教室，就听见有人提到我的名字，那人还说："他能出得起钱吗？他家里挺穷的。"我当时立刻就决定不进教室了。

我素不知道他们家里是多么有钱，多么不把钱当一回事。可是，我家里条件怎么样，能不能出得起钱，跟我们准备郊游没有任何关系，我就是想不通。更想不通的是，说话的人是我平时关系比较好的朋友，所以，我挺难过的。

最终我还是没有去郊游，说我生病了。我似乎能想象到那朋友会说什么，一定会说："看吧，我说得没错。"

你能告诉我，是不是我太在意这些了呢？我是不是不应该把它当成一件很重要的事呢？

祝你一切都好。

你的朋友S
1993年5月10日

1

大姨奶桂珍一生孤苦，没有自己的子女，唯有牙医留下的两个儿子，还在成年后离她而去。后来桂珍将大弟的三个孩子抚养成人，大弟自小便是纨绔子弟，仗着家里有钱，花天酒地，娶过一房媳妇，生下三个孩子后媳妇病逝，后又续了一房，三个孩子交由大姨奶抚养。过程不必细说，自是艰难万分，好在孩子们都已成家立业，大姨奶也老了。

最小的孩子梨安叫他三表伯，是当地有些威望的社会人士，三表伯也蛮喜欢梨安，常常逗弄年少的梨安。三表伯有一个儿子，叫朱留光，朱留光与梨安同届不同班。在梨安读小学时，常常被人欺侮的人中，便有朱留光一个，所以梨安顶讨厌朱留光。

朱留光一辈人大多承袭了大姨爷的工作——牙医，也做得有声有色，唯有朱留光，读了几年医科大学之后，回萝城开起了一片小药铺，娶妻生了子。梨安上次回萝城，在某个街头遇见了朱留光，他理了个大光头，坐在自家的药铺前跟人说笑，见到梨安立刻翻了白眼，跟旁人说起什么鬼话来，还笑得露出了牙龈。梨安懒得看他，径自走自己的路了。第二天，梨安在一个表姐的店里遇见朱留光的母亲，两下寒暄，朱留光母亲问梨安在哪工作，月收入多少，梨安一一作答。朱留光母亲惊讶地说："天啊，外面的钱这么好赚啊，我得让朱留光也出去。"梨安笑着说："也不是随便什么人都能赚到的。"接下去，便是久久的沉默，无人作声了。

另外一个在学校里见了梨安也装作不认识的慧表姐，则是大姨奶妹妹的外孙女，绕得几条高速公路也分辨不出关系，连梨安都常常数不清楚，但这些人是父亲家族里的亲戚，梨安虽然不太喜欢，可见面依然需要虚假的客套。不过，有一位二表叔名叫立科，是梨安喜欢的，他是大姨奶另外一个弟弟的儿子，人很老实，他的故事颇有点宿命难逃的意味。立科表叔与梨安父亲关系很好,从小如此,直到成年,直到成家立业,即使是后来,梨安某年再次回萝城,住在小姑姑家,立科表叔也冒着大雪,一早来看看,梨安心生感动。可是没几年之后,立科表叔突然疾病离世,令人惋惜,一生辛苦的人,靠体力养家糊口,没享过一天福。

父亲还有一个表弟,年轻时不学无术,也不去工作,东游西荡,吃喝嫖赌样样齐全,非常讨人厌。他整日沉醉在牌桌上,到处借钱,老了之后也没人愿意理睬,一生都被人瞧不起。他因此愤愤不平,其实被人瞧不起不怪别人,只怪他自己,但凡年轻时努力一点,也不至于混到如今这步田地。

相比起父亲家族,梨安更喜欢母亲家族,因为梨安的性格更像外婆家人,不善言辞,不爱客套,有一说一,一言九鼎,而且适应各种环境,能够在逆境中寻得生存之路。梨安最爱外婆,虽然外婆有点凶巴巴,也不温柔,不得人心,可他就是喜欢外婆做人的洒脱和自然。外婆说话像倒豆子,噼噼啪啪,干脆利索,不带半点泥水,也是诚实得有趣。

梨安很快就适应了青岛生活,并且彻底融入进去,速度之快超乎他的想象:工作和生活,连同那个简易的瓦蓝色公厕,不过上大号他还是会穿过马路,去对面的石头村解决。

去对面要穿过一条车如流水的马路,碎石路,又是下坡道,那些司机开着无头苍蝇一样的飞车横冲直撞,不管不顾。这路段也是事故高发地,每次有人穿过都需小心翼翼,性命就在那一瞬间从人间穿到阴间再穿回来。梨安想象着马路这边有一道铁门,将空间切断,出口则在马路对面,人可从铁门进入,沿黑洞大摇大摆走在里面,不受车流阻碍。

神秘人米修的话又出现在他脑海里,那个神奇的梦境像真的一样,人真的需要"时光隧道"回到过去吗?看来"后悔药"也是有的,他想起在广东时的生活,他不想回到过去,而且眼下他也没有穿越时空的必要。

过马路的时候,他突然笑了起来,不过是一场梦而已。

当第一辆喷着AU字样的小货车雄赳赳气昂昂驶入公司大院,第一个跟车业务员灰头土脸鬼头鬼脑地走进办公室时,青岛公司的业务开始步入正轨。发货到货忙得不亦乐乎,钱经理喜上眉梢,肥胖的大脸上时时充满喜色,泛着油光,而郁仓管的脸色则越来越难看,像风干的咸菜干,来的人都比他级别高,动辄都是什么人物的亲戚,连司机都拿他开涮,瞧不起他。渐渐他已不再趾高气扬,而是越来越低调,加上他之前对工人呼喝过,如今谁都不愿与他多说话,当他是臭狗屁,恨不得填点土掩埋掉,高小三暗地里嘲笑他是落配的鸡,再没什么可比了,缺少两颗门牙的黑洞灌进风吼。

梨安还是很同情郁仓管的,他看不得别人被排挤,好像那是他的专利,他能够接受别人的恶意和欺凌,却见不得别人也遭此命运。他想跟郁仓管保持一种良好的同事关系,对方却总是拒他于千里,他发现郁仓管虽然表面看上去心不在焉,其实是个承受力不够强的人,还有点小脆弱,他希望有机会能够帮郁仓管打开心结。

有一天,钱经理叫大家去办公室开会,说公司业务已经展开,但效果不佳,不能守株待兔,于是安排所有人外出分发传单,沿街找各种公司,敲门拜访,争取多要一些名片回来。

钱经理分给他们一人一叠山高一样传单,立了军令状,不发完不许回来吃晚饭,连高小三也一起去,俩人一组。

郁仓管故意躲开梨安,大概为从前的态度感到害羞,主动找了其他人。高小三想同梨安一组,梨安也躲着他,结果梨安和一个身材矮小、有点发育不良的名叫"胖大海"的男孩一组。

他们背着一大包传单,坐破旧的20路公交车沿辽宁路向中山路行驶,胖大海平时不和梨安说话,却突然扭头问梨安:"你去过海边吗?"

"没有。"

"来了这么久都没有吗?"

"没有。"梨安苦笑了一下,"一直没时间出去。"

"也难怪。"胖大海说,"你要接电话。"

"嗯。"

"海边挺好玩的。"

"是吧。"梨安应了一声,充满羡慕。

"我带你去看看码头吧。"胖大海说。

梨安就等他这句话,他是想去的,苦于自己职责所在不能明说,否则传到钱经理耳朵里成什么话了,趁工作之便去海边一日游,正经事不做,是要受罚的,可就算不是他带头的,出了事总是需要他来负责。

其实钱经理对他并没有多么器重,是矬子里面拔了个将军出来,眼见梨安文文弱弱也无法挑起大梁,工人们又都不把他当回事,便犹豫是否要从上海总部调派更得力的干将取代梨安。

他们提前几站在华阳路下车,转了好多弯,上坡下坡,七拐八拐,沿着一道故宫城样的朱红色的围墙。胖大海不讲话径直往前走,天气冷了,他还穿着一件薄薄的绿色卫衣,袖口处开了线。他瘦弱的背影看上去十分单薄,脖子细细长长,向前倾弯,两只脆薄的耳朵透着阳光的颜色,细黑的血线似乎也能看见。他带梨安去了一个卸海鲜的古老的旧码头,那儿有个海鲜市场,腥臭味浓重。

船回来了,远远听到嘟嘟声音。

"快来。"胖大海说。

梨安跟他绕到市场后面,突然看见扩展在眼前的海平面,仿佛那是谁家的后院子一样,别有洞天,凭空就多了一汪浩大的湖,碧波浩渺,远得看不见岸,接连着天边,天尽头稀洒着挤破了的鸭蛋黄,血红得耀目。浮云像一只只饱满的鱼泡,厚的薄的蒸腾着水汽，煮了一整个天空的浓汤。近处有石级，海的黑色的牙齿，角落处漂荡着垃圾、塑料袋、瓶子和一只脆蓝色人字拖，几十只黑色的巨大轮胎围住码头岩石，一两艘简易的行船泊在岸边，一漾一漾地浮着。

这时，远航船归来了，"嘟嘟嘟"冒着黑灰色浓烟，同样黑灰色的海浪一汩汩涌向岸边，夹裹着远洋的风的咸腥，船只和垃圾都在海面上兴奋地剧烈摇晃。市场里的一些人穿着胶皮围裙和靴子，端着巨大塑料盆，一脸喜色地奔忙。船靠岸，几个中年男人穿着厚重的防水服先一步蹦到台阶上，忙不迭地系缆绳，动作娴熟。他们蓬头垢面，脸孔统一着酱红色，像风干的腊肉，常年被海风吹得裂了皮，现出黑褐色的斑，千沟万壑的皱纹横陈在脸上，写满艰辛过往。

有人大声吆喝着，有人钻进船舱里，不一会儿搬出一箱箱新鲜海鱼，用渔网罩在上面。箱子里盛了水，鱼是活的，发着银亮的光，有的已从网孔中跳出来，在空中甩几个跟头重重掉到船板上，随即又被人拾起丢到岸上，然后再继续跳腾几下，终于累了，只剩张开嘴用力呼吸的力气。

"这回不错嘛。"有人向船主寒暄，然后递过一支烟去。船主兴高采烈地接住，一脸骄傲神情，用本地话细数海上风波——他是如何带着小小船队奔波在海浪间的。

2

"这里不好看，有更好看的。"胖大海说，"我们等会儿去。"

"远吗？"梨安问。

"还好。"他一边说着一边离开卸货码头。

梨安跟着他，有些依依不舍，不住回头望。肚子有点饿，他们去吃了两份生煎包，生煎店其实只是一排瓦蓝色的铁皮棚子，离码头不远，门脸窄小，只能容一人侧身进出,不记得多少钱,梨安付的账。

吃过饭,俩人又重新乘20路公交车往中山路去。途经的泰山路飘着隔了夜的海鲜壳的臭味,令人窒息;大港路到馆陶路是一道陡斜的高坡,坡边是石沟,长着光秃秃的树和灰黄的草。一路上没有好风景,车子一直走"之"字。到达终点大窑沟已是下午一点半,下了车便是中山路,青岛最古老、曾经最热闹的街市。

中山路两侧是几家古旧的书店,店内摆书也摆古瓷瓶,飘出阵阵腐旧气味。再往前走,又是弧坡高地,上上下下。穿过橘红色的旧天桥之后便是热闹的各色商场,卖海货纪念品的小摊贩也是层出不穷,一排连一排,看起来像在同一家批发的,毫无新意,倒是有现烤大鱿鱼的摊子让梨安眼前一亮,他买了大大的整只烤鱿鱼才五块钱。胖大海不吃,梨安一个人吃,就着海风的咸腥和微微凉凛。

他们走过整条中山路便见远处白蒙蒙一片,终于到达了栈桥海滨,水和天相连,路到这里便断了,脚到这里便止了,心到这里便静了,所有有形的和无形的,到这里全部结束。

这里是黄海的一处驿站,梨安终于真真实实地站在青岛海边,感受它的浩瀚。大连的海虽也是黄海,但它是白色羊脂玉,隐在一个小小碧湾里,悠然自在,即便是浪,也如睡醒后哭闹的小孩,哭声再大也会瞬间消失在母亲温暖的臂弯里。而青岛不同,看不到它翡翠的边,一直到天顶都还是碧绿碧绿的,天也跟着碧绿碧绿了,越往远处越浓重,隐隐泛出青黑来。

天凉,浅黄色的沙滩上已无穿泳装的人,岩石古怪嶙峋随处镶嵌,海浪"哗啦啦"拍打泛着白沫,栈桥则像个屹立水中央的孤岛。游客稀稀拉拉三三两两,迎风瑟瑟发抖地拍照。小贩挂着满身海螺贝壳在人前兜售,一个从海里游上岸的男孩将鲜活的海星海胆丢在塑料盆里,引得游人驻足,十块钱一只用小盒子蓄水盛了,带回家去。

一轮扁圆的血红夕阳挂在西天的夹缝处,半是透明的黄,映得圆球建筑海上大皇宫的玻璃顶泛着刺眼的蓝光。胖大海带梨安向岸边走去,深一脚浅一脚,陷进细沙,海水退了潮，发出轻微的呜咽声，有人提着小桶在海滩上挖蛤蜊。

"你看他们。"胖大海指向一边。

原来是高小三和他的搭档，还有郁仓管，他们正小心翼翼地踮着脚走在沙滩上，寻找沙孔，帮一个老太婆挖蛤蜊。梨安和胖大海很快也加入进去。梨安庆幸过去和正在经历的那些磨难没有使他丧失天性，没有尽早步入老态，他还能冲动得像个孩童一样嬉笑和奔跑，在海滩上追逐，暂时忘记烦忧。

郁仓管突然从石缝里翻出一只指甲大的螃蟹，兴奋地捉住了并喊其他人来看。梨安距他不远，他兴奋地叫"快来快来！"，突然发现是梨安，略有些尴尬，梨安也极配合地跑过去看，一脸惊讶，郁仓管终于冲着梨安笑了。这时，其他人也都围拢过来，因着一只小螃蟹的出现，全部变成孩子，翻每一块岩石寻找彼此的童年。

天渐渐黑了，海上温度下降。冷起来，他们才想起应该回公司了，可梨安与胖大海的传单还没发出几张，一问郁仓管他们倒是发出了大半。郁仓管是一根筋的人，他找到很多办公大楼发传单，挨家敲门，不给名片赖着不走，结果他讨要到了九十九张名片。众人一看傻了眼，不过很快，胖大海和高小三就开始抢劫郁仓管的名片，一边笑嘻嘻地说见者分一半，结果每个组各分到几张，多出来的传单，被统一丢进一个垃圾筒里。

3

梨安最近的梦境，有时是火车厢里的铁门和黑洞，有时是人们茫然无知的脸，有时是一辆辆驶进停车场的汽车，却再也没有遇见过神秘人米修和猫，也没听见悠扬的笛声。

青岛天气好，每晚可见月亮，梨安睡不着就望着月亮上的斑驳阴影，想象那上面或许有另外一种高级生命，人类还未发现。说不定神秘人米修就来自月球，人类登月时，他们便用"时空隧道"逃离，使人类掉以轻心。由此可见，他们还是坏的，神秘人米修口口声声说为了帮助人类挽回大自然的灾难，还不是想人类能够听命于他们。

有些人的确在地球上做了很多坏事，乱砍滥伐森林资源，猎杀野生动物，破坏生态，污染环境，致使自然灾害频发，现在仍不觉醒，仍迷途不知返。总有一天所有预言都会变为现实，人类将达到毁灭的一天，那时候再找神秘人帮忙，对方开出的条件会更高……梨安陷入沉思，他决定，如果再次梦见神秘人米修的话，一定要好好问问他。

神秘人米修不会时时造访梨安的梦境，他会给他足够的时间想清楚，因为这个试验对双方来说，意义都非常重大。

清淡的日子就这样过下去，每天早起晚睡，梨安多数时间坐在办公室里，接听电话，接待客户，偶尔也去仓库里搬货，人手够的时候基本不用他。

梨安打电话给大连双喜、给家里，双喜说想离开大连。

梨安的生活慢慢平稳，依然在每月发了工资后寄回家里，父母小饭店的生意还是那样紧紧巴巴维持着，但他深知总有关门的那一天。

是不是所有人家的日子都如此艰难，梨安不时在想，好像他家里是一个永远填不满的深洞，不管多少钱丢进去都听不到一个回声，只有飞过去的风声。

他时常回想这两三年的经历，觉得难以置信，他竟然可以忍得了那么多不道义的事。他觉得自己的心在慢慢变得苍老，虽然他还如此年轻，可他不知，即将经历的一些事在他十八年后看起来，依然觉得不可思议，无法相信。

生活给予每一个人的不会是公平的，而是随机的，然后看你的运气如何，运气好的过得风生水起有声有色，运气一般的也会现世安稳岁月静好，只有运气差的才会经历一些别人无法想象的磨难。好像从电视剧和小说中来的人生，都被梨安一个人撞见，他当时只觉得困苦得无法言喻，却不知多年后，他因为那些经历和过去，懂得了珍惜眼下的生活，也过得现世安稳起来，但这些是十六岁的他无法预知的。

如果十六岁的他不在那一天突然产生了离家出走的想法,就不必流浪和受苦,当然,也不会有若干年后平静丰足的生活。所以,人生是一场冒险的游戏,我们都是豪奢的赌徒,但并不华丽。

对于梨安,郁仓管不像初来时那般刁难,但也从不走近,离得远远的,对待梨安像是新生的瘟疫一样,需要敬而远之。高小三倒是哈巴狗样贴过来,让人反感得浑身发毛。其他人,各有各的位置和工作,不多话,也无话可说,他们照例白天干活儿,没活儿睡觉,晚上吃过饭相约去夜市玩,不敢走远,只到山东路立交桥附近。夜里大概有人会偷偷溜出去到那风月场所鬼混,但天亮之前一定回来。青岛的生活对他们来说无聊透顶,连个解闷聊天的女人都没有,这大概是天下所有工地或者监狱相似的地方的常态。没有女人的男人们的世界,枯燥乏味,过剩的雄性荷尔蒙分泌无处释解,继而矛盾频生。

青岛公司就像监狱,需要忍住所有欲望,心无杂念方能得到解脱,尤其是生理上的。可俗世之人,隐藏不住七情六欲,它们像洪流随时可能爆发,只待找到一个薄弱的宣泄的突破口。他们期待这个"突破口"越久,越对身边的事物产生错误的判断,冲动以及对错难分也是雄性动物最显著的弱点。

这天清晨,万里无云,院子里静悄悄,空无一辆车子,只有黄沙寂静无声地横尸在地上,被晨风吹得不停翻滚。

远远的大门外有一个女人,准确来说是一个中年艳妇,穿了件毛线织的旗袍,披了羊毛披肩,扭着巨大的宽阔的臀,踩着猫步踏碎清早的冰冷,像条肥泥鳅一样滑进AU公司的停车场。她身后跟着个老头儿负责拖着她的行李。

"就搁这儿吧。"女人有气无力地抬起葱段藕腕,递过去十块钱。老头儿接过,把行李放在AU公司门口,千恩万谢后离开。女人抬起手指轻巧地推开玻璃门,扭身进入,肥硕的屁股撞在门柱上的玻璃"哗啦啦"响。

她左右摇摆着径直朝钱经理走过来，目不斜视，含着片片温情，伸出纤纤玉手，丹唇微启，指宽的门牙缝中挤出三个字："秦海棠。"

钱经理站起来一把握住那双玉手，几乎是捧着，然后对着大家说："这位是新来的厨师。"

她含笑点头，下巴挤出两圈颈纹，她斜扫了一下，只见梨安和业务员两人，便一个转身出了门，屁股撞上空气中冰冷的颗粒。梨安不禁打了一个冷战，她却突然站住，像是突然想起来什么一样冲着钱经理抛着媚眼说："找人把我的行李拿到房间吧！"

秦海棠的脸并不美丽，前额略宽，挑眉头、肿眼泡、塌鼻梁、鲶鱼嘴，四环素吃得过多导致牙不整齐，如脚指甲样翘起，因此口红常常擦到牙齿上。但她自有她的一套风骚化骨，在青岛，她是万绿丛中一点红，红得耀眼夺目，几乎使人亮瞎眼。

她的到来也给灰暗的青岛公司带来一丝光亮，仿佛是连天阴雨后的彩虹给人带来希望。表现最明显的是高小三，他已经不在厨房里小便了，也不随便把洗过的破洞百出的大裤衩挂在灶台上面，而且梨安发现他竟然开始每天刷牙洗脸了，真是不可思议。

完全因为秦海棠的到来，高小三改变了，同样改变的还有其他装卸工，他们从不修边幅到偶尔记得穿衣梳头，这也算是质的飞跃。看来异性相吸这话还是有道理，秦海棠虽然除了对钱经理抛媚眼外，对其他人正眼也不看，却让所有男人对她产生了别样的感觉，一种俗人看莲花的感觉。其实俗人怎么看得懂莲花的心，不过是想当然地以为罢了。秦海棠每每一个淡泊的笑，都会让那些男人心生脱兔的跑道，"咚咚咚"捶得又痛又痒，夜里也都念着她的名字入睡，半夜醒来一睁眼就能看见她的红唇和肥臀，然后全身无限满足。

秦海棠真是如谜一样的女人，自来的第二天开始已经将所有人的心笼络在自己的怀中，连钱经理的话也少多了。高小三说让她先休息休息，不要急着干活，自己可以再顶替几天。

　　一周后秦海棠正式接棒烧饭工作，前一周她主要采买了很多自己的生活用品，仍是让人送到公司来，她是不肯提的，她自有她的千金身躯。可如此"高贵"之人却从老家千里迢迢跑来AU公司给一群陌生的大老粗男人烧饭，着实让人难以理解。

　　"她不会是谋杀亲夫的逃犯吧。"业务员在办公室开玩笑，不过任谁都知道，她身上肯定有故事，还不是一般的小报纸豆腐块故事。

4

　　不过两天，他们已经知道她真是不会烧饭，厨艺同高小三一样糟糕，不是多放了油，就是忘放了盐，树叶草根也常常出现在半生不熟的米饭里，也不知道她是不是在草地上打滚。苦瓜炒豆腐、猪肉炖苹果、茄子烧蘑菇……这些梨安也是头一次听说，光怪陆离的"特色美食"吃起来怪怪的，苹果炖得又酸又硬，像一口咬住流浪汉的脚后跟。

　　秦海棠却从不管这些，她依然忘我纵情地发展和创作新菜式，想起什么放什么，只怕锅小，全无章法可循，并且时刻同高小三缠在一起，哄着高小三摘菜或者洗碗。有时她就睡在房间里，高小三帮她准备所有人的饭食——抽出搬货卸货的空档时间，他愿意。

　　待她睡足之后，美美地出来，依然穿着那件毛线织的旗袍，穿得久了，松松垮垮，下摆开出一朵大的喇叭花来。她那件羊毛披肩是不肯离身的，像长在肩上，她觉得有生动的美，羊毛常常飘入菜里。她头上挽着个假的发髻，像个花仙子一样在高小三身边转着圈，只不过花仙子手中是支魔法棒，而秦海棠手中则是根烧火棍。

　　梨安没同秦海棠讲过太多的话，他觉得秦海棠像个冤死的复仇的女鬼，倒是秦海棠主动问起他的事。

　　有一晚，秦海棠右手撑着头伏在桌上看梨安吃饭，一双水汪汪的蛤蟆眼眨来眨去。

"多大了？"她轻柔地问。

"18。"

"有对象没？"

"没有。"

"喜欢年纪大的女人，还是年纪小的？"她眼里有古怪的神色，似笑非笑。

梨安无法回答，埋头吃饭，脸埋进碗里。

她不再发问，起身去门外抽烟，双臂环抱在胸口，倚着破旧的门框，向远处眺望，满腹心事的样子，远处只能望见嘉定山的顶，映着半边月光。

钱经理时常不在公司，他无法得知秦海棠与高小三之间的事，倒是工人们议论纷纷。令人狐疑的地方实在太多，秦海棠看起来俨然就是一个乱世出身的女英雄或者被某个军阀辜负的流莺，藏身在这小小的物流公司里避祸，她心里装着万千苦楚不与人说，也许只有高小三才能懂得，因此她与他亲近。她又是我行我素的女人，喜怒并不遮掩，所以毫不避嫌。

时间一长，水总有落，石总有出，河边走着的人总要湿了鞋袜，太阳也总有西沉忘记东升的那一天——他们果然出事了。

一个月后，某夜，高小三从男宿舍溜出来，潜入秦海棠闺房，次日日上三竿两人还在抱头昏睡。工人们没有早饭吃，怨声载道，聚在院中抗议，正巧钱经理宿嫖回来撞见，气得勃然大怒，又不好强行推开秦海棠的房门，只得忍在门外。后来才知，秦海棠是老板娘红姐的密友，年轻时一起在"白天鹅夜总会"坐过台，钱经理得罪不起。

于是，到了中午，两人鬼鬼祟祟从房间出来。明知犯了"死罪"却丝毫不见惩罚，两人战战兢兢了一个中午，到了下午那份惊惧的心已经不在，两人又开始乐呵呵地准备晚饭了。高小三已经洗好水槽里的碗，秦海棠翩然而至，拿块擦脚抹布揩去高小三额上的汗珠，微微一笑，露出略带豁口和宽大牙缝的门牙，桃眼弯弯，晃动着带假髻的头颜，惹得高小三心花怒放，丢失了门牙的黑洞喷着口水，干活儿更加麻利勤快。

吃过晚饭，钱经理让郁仓管买几瓶白酒和熟食回来，他叫了梨安、郁仓管、高小三、秦海棠，以及业务员和司机一起坐在餐桌旁，边吃边喝边聊，畅所欲言。他先是将秦海棠捧得天高，称赞她形象气质都好，肤色白嫩，人美性格和善，工作也做得到位，无人不夸赞，后又深聊，请她谈谈自己，也好奇她如此优秀的人为何到AU公司来。

秦海棠坐在高小三边上，讲述着自己，讲到激动时就拍高小三的大腿，拍得"啪啪"响。钱经理敬了秦海棠几盅酒之后，秦海棠果然飘飘然了。

"我的女儿没有父亲，你们相信吗？"秦海棠眨着迷离醉眼四下打量。

众人惊奇，钱经理问："为什么？"

秦海棠深吸了一口气说："我的女儿是我和初中老师生的，就在我初中毕业那天，我们都喝醉了，我拉他去开的房，我当时就想把自己给他，当时我还是个处女。"

她顿了一下，自饮了一盅，众人鸦雀无声，梨安分明听到郁仓管咽了一口唾沫。她放下酒盅接着说："他不知道我后来怀孕了，我也不可能告诉他，他有家有老婆有孩子。就这样，我生下了我女儿，一个人养大了她，我伟大吧？"

她动手去掰一个酱猪蹄，众人盯着她的手，她掰了好几下没掰开，又拿起旁边一只鸡腿吃起来。众人又盯着她的嘴，有豁口的牙齿咬在鸡腿上，口红蹭在鸡腿上，扯得嘶嘶作响，直等她吃完，摸摸嘴巴继续说。

"那时我年少轻狂不懂事，仗着自己有别人无法相比的美貌，以为这些都不算什么。结果白白为他付出青春，只换来一个哭闹不停的婴儿，我的大好年华就这样混过去了。之后我又接触了一些男的，个个想占有我，就这样过一天算一天，慢慢也老了。"

"再后来有一段很特别的感情摆在我面前，我竟无动于衷，为什么？因为他要和我结婚！我才不要婚姻，我总认为我是一个不能够向婚姻屈服的女人，谁说女人就要结婚，就该是男人的附属品和玩物，那简直就是谁他娘的放狗臭屁，我从不相信这样的话。

"那个男的追了我很久，他年轻又有钱，浑身是劲儿，我只跟他睡过一次，一晚上做到天亮没停过。他知道我有孩子也不介意,就是没命地喜欢我,托我姐姐跟我说,我一口就拒绝了,他又让我姐找我,说哪怕只要一个月也行。他太稀罕我,做梦都是我,他要给我一大笔钱。我当时很明确地对他说,如果我爱他,即便他不喜欢我我也会强行给他,还给他生孩子,就像我对我初中老师那样,但我并不爱他,所以他费再大的心机也是没用。他出再多钱,我只能告诉他,我是无价的,他买不来,那一晚就算我送给他的见面礼,我就是这样一个随性的女人。"

……

钱经理连夜给红姐打了一个电话,说了很久。梨安睡觉时就听到钱经理在隔壁通话,但听不清楚,有时会有笑声传过来。第二天,总公司就把秦海棠调去了无锡公司。

她走和来时一样潇洒,严格来说她高升了,这回不是烧饭,而是改做出纳员了。她依然昂着头,穿着那件毛线织的喇叭裙,披着脱了毛的羊毛披肩,由高小三亲自护送去火车站。当她抬着高傲的戴着假髻的头颅,扭着肥硕的腰肢走出停车场时,钱经理站在门口盯着她的屁股不怀好意地笑。

秦海棠走后,高小三就在青岛等她的信,他们鸿雁传书了一阵子,诉说衷肠。高小三曾在一次酒醉之后当众宣布,秦海棠曾答应帮他向红姐说情,调他去无锡公司做业务员,他即将丢掉烧饭的勺子平步青云。可惜,事与愿违,高小三没有等来他的调令就因酒后误事将一只死老鼠煮进锅里,还将一根鼠尾舀进了钱经理的碗里,钱经理还尝了一口,不得已离开青岛回老家去了。走时他给秦海棠打了一个电话,秦海棠说让他再等等,他说他等够了。

5

宋梨安一直是知足常乐的人,多年的漂泊岁月让他懂得了珍惜生活,哪怕眼下再不如意、再艰难,想想从前也觉得眼下是好的,起码他有自由,可以支配时间和钱,钱虽不多，但眼下也够用。说到钱，是他的一块心病，家里那个风雨飘摇的朝不保夕的小饭店一直牵挂在他心上。饭店经营每况愈下，快到了无法支撑的地步：关掉吧，又舍不得投入的部分；不关，只能靠更多的钱来维持。

每想到家里的事，梨安浑身就充满了无穷的力气，这是他唯一的动力来源，所幸那吃人不吐骨头的表姑的钱算是还清了，她再也不会为难梨安一家人了。如果有时空的入口，如果可以回到过去，他还会离家出走吗？他想了想，答案是肯定的，他依然会离家出走，可是如果真的有时空的入口，父亲还会与表姑合开饭店吗？他摇摇头笑了，梦中的神秘人米修——多荒诞和自欺欺人的可笑故事。

他最近一直在脑海中规划未来，不经意间，竟有时觉察出自己的孱弱无力，不是身体，而是心灵上的。他通过一些渠道了解到，从前的同学都有非常好的发展，大多数去更高的学府深造，剩下一部分也有了人模狗样的工作，过着安稳无忧的日子，只有他刚刚脱离了苦力大军，境况稍稍好一点，因此突然多了些思想出来，发觉自己的弱小。他才十八岁，接下来的生活怎么过呢？老家亲戚眼中，他的工作是"风水宝地"，而没人了解实际上"满目疮痍"，无人知晓他真实的工作和生活，他也不能同任何人讲，为了顾全家人的面子。无人能够体会到他的苦楚——无法言说又无处排解的寂寥、孤苦、身心俱惫……所有一切的种种惨状，以及比起同龄人偏偏多出来的挥减不去的岁月的沧桑。

他想，大概只有存钱才是他目前必须要去做的吧。

梨安存了一笔小钱，说多不多，两千块，是他三个月的工资除去生活费用后剩下的。他的费用也不多，公司管吃住，他不吸烟不喝酒，也没有交到关系好的朋友，也就买些日用品，一只牙膏一块香皂的事，单身汉的生活极易打发。于是他打算将余钱全数寄回家里，供小饭店周转，小饭店的存亡目前是他所关心的。

梨安的境况已大有好转，比起过去，工作轻松钱也多了点，主要有余钱可存，心情自然也有所不同。回想起两年前在广东时过的日子，简直可以用"地狱"来形容，虽然他还尚在"地狱门口"，但已有一只脚踏出门外来，门外是条铺了黄沙的路，踩下去结结实实的。

梨安对青岛的印象也开始变好。起初丢失了那个行李箱，他很失望，加之遇到几个并不友善的同事，让他辗转难眠，对这城市也失去耐心，可时间一长他方彻底醒悟：这不过是座风雨飘摇、历尽百年磨难的半岛古城，像个饱经沧桑的老人，垂垂期颐，它所能给予世人的只剩下平和慈善，躁动不安的是人的内心，而它却一直保持着微笑，待人宽厚、不骄不闹。梨安深知不该奢求太多。

天已渐渐温热，阳光逐日娇艳，青岛的海风徐徐吹来，漫过山头、树木和云层，覆盖了整座岛城。

梨安已是海边的"常客"。随着青岛公司业务的不断发展，渐渐出现一批月结客户，遍布岛城的各个角落。来了新业务员之后，梨安便腾出时间来，他的另外一项工作是负责外出收欠款，背着小包，从山上到山下，夏天烈日，冬天寒风。按钱经理的话说，唯梨安拿得出手，文艺气质在AU公司总是罕见的，其他全部粗人莽夫，去谈业务会被人疑心是打劫犯。

这工作着实让梨安兴奋不已，不必按部就班守着办公室等电话是件十分惬意的事。他可以去山顶看云雾缭绕感受自然清新，也可以去海边坐在沙滩上躲过整个下午，或去书店的角落里捧本书大快朵颐。手边的时间突然多了，一大把比阳光还浓烈，使他兴奋得不知如何挥霍。

他时常坐着公交车穿梭往来这座城市，山坡多，他被颠得如坐在过山车里，忽忽悠悠如穿行在云中。

他喜欢靠窗的位子，不仅阳光晒得身上暖洋洋，还可以感受这所城市的独特韵味。

在旧城区，一路上可遇见的德国建筑、日式房屋数不胜数。尤其八大关、观象山一带,碎石子路写满青岛曾被两大侵略者奴役和侵占整整25年的屈辱。中山路一带也是如此。沿胶州路往东步行,所见皆是旧城旧貌,暗红色斑驳的木楼、石墙、残破旧巷、青灰色石子路面以及路旁的法国梧桐。喜鹊在柳树上筑巢,大清早"沙沙"地欢快地叫着。贮水山公园的树,映在城市高楼大厦的背后,古怪嶙峋地伸展着巨大脚爪。每年一度的中山公园樱花节正在热闹举行,游人为一睹芳容踏破铁鞋。古老的湛山寺坐落城中心,闹中取静,闲来无事的人去山里兜兜转转,呼吸纯氧。小青岛灯塔则像妙龄女子,迎着海湾梳妆,心如止水,管它今夕何年,浪沙滔天还是细水长流。

新城区,五四广场"五月的风"数不清的风筝飞呀飞呀地横冲直撞。香港中路霓虹闪烁,昼夜通明,表明这城市也有浮华一面。啤酒节,红男绿女聚在啤酒城内昼夜狂欢,一对兄弟每年都获得"啤酒王"的称号,肚大到好似能容下海上万吨巨轮。

梨安行走在这样的城市之间,心情畅快。无论哪里,他都能找到一个安静的绝佳去处,听音乐、看书、上网。那时他刚刚学会上网,效法别人,申请了OICQ又不太会用,拼音打字累得手疼眼睛也疼,有时两个小时下来,腰酸背也疼。他觉得上网是受罪,不明白为何还有那么多人乐此不疲,甚至不吃不喝通宵达旦。

他拥有了最珍贵的自由,可以游山玩水,满城市乱逛,公司还负责报销车费。他觉得,上天已经开始注意到他,世界也开始对他微笑,从前不太喜欢的岛城,也越看越顺眼。

他在泰山路上的一家旧书店里租到一本书,封面上有个齐刘海大眼睛的女人,书的名字叫《饥饿的女儿》,作者虹影,想必便是封面上的女子。他带着对这双大眼睛的好奇,开始了漫长无尽的阅读之旅。他乘车去客人家,这本书就陪着他在车厢里晃荡;他走路,它也走路;他为书中的小女孩流泪,它也流泪;它说你们的经历怎么如此相像,都在冰冷的世界里找寻可以依傍的温暖力量。于是,这本书便陪着他一起上路一起流浪,十几年如此,至今它仍在他的书架上。

书里有个面黄肌瘦的女孩,生长在长江边,在十八岁时知道自己是私生女,开始变得叛逆，然后她出走，越走越远，离开山城，离开长江，最后离开中国。

没想到数年之后，梨安认识了这本书的作者——虹影，并且在虹影老师的帮助下出版了自己的第一本自传体小说《就算世界与我为敌》。

其实梨安从小是文艺少年，获过很多奖，长大了是文艺青年，出版小说，还写电影剧本。文艺一直根植在他的血液里，时时在他心灰意冷时跳将出来，带给他略显自负的小骄傲——他是与别人不同的，完全不在一个频道里，那些在别人是平常事，在他这就是俗不可耐。他不屑一顾、嗤之以鼻的事太多，多到已经让他完全没有感觉，连嘲笑都觉得不值。

他骨子里还是把自己看得比较矜骄，虽然念书不多，却常以文化人自居。多年后，有人指着那本自传笑他文笔稚嫩，他选择不去听，但心里却暗暗发狠，在写下一篇时开始注意，注意别人指出的问题；表面却从不服软，好像战场上丢了盔甲却依然坚强不屈的斗士。

"别人妖魔我，我不能妖魔自己。"他常常这样说。

自从工作之后，他很少写文章，不方便。那时电脑尚未普及，他不会用电脑写作，便买了一大沓稿纸，写了几篇不方便携带，回家再出来，已不知丢到什么地方去了。他很想写写他的学校和同学，以及他的家族往事，他的经历也只有那么多，从前写过一些，因为到处流浪的缘故，无法继续，成了一篇篇有头无尾的故事。

6

梨安去一个山坡上的小院子办事，途中换了两辆公交车才到达。小院子在旧城，靠近观象山一号萧红故居，有点荒废。

院中有棵树，还有一口古井。客户住在一间低矮的平房内，是位头发花白的老先生,姓周,几天前他写的书由上海发来,十几箱,当时家里没人付运费,业务员回来将签字单交给梨安,梨安便登门收款。之前梨安同周老先生打过电话,他态度很好,一直不停地在电话里道歉。

梨安敲门而入,老先生安然地坐在桌前写作,地上有个小小的炉子煮着水,屋里很热。老先生停下手中的笔看梨安,推了推眼镜,梨安表明了来意。老先生笑着站起来请梨安坐,又倒了茶给梨安,随后便与梨安聊了起来,大概是写得累了。

"你看起来年纪不大。"他说,"怎么没有继续读书?"

"我学习不好就辍学了。"梨安简单地说。

"看你文质彬彬的样子,不像读书不好。"他问,"哪里人?"

"佳木斯人。"

"蛮远的啊。"他说,"我年轻的时候去过那里,全是雪,冻得死人。"

"还好,我们住习惯了。"梨安微笑着说。

"那时我们去俄罗斯学习,回来的时候路过佳木斯,突然被一场大雪留在那里,住了一个多月,春节也在那里过的,十几个人躲在一间屋子里不敢出去,怕被冻死。听别人说出去小便要随身带根木棍,尿一出来就会冻住,得用木棍不停敲打,我们都信以为真。"老先生说着笑起来,笑到咳嗽。

梨安也笑了。

"其实啊,也没那么夸张,不过是一个笑话。"他又问,"知道'大果子'吧?"

"油条。"梨安说。

"是啊,我们在饭店里听到'大果子',觉得好神奇,问服务员要了,一人两根,上来一大盆,那么长的油条。"老先生用手比画着,"我们吃不完就打包带走了,服务员还笑话我们呢。"

……

老先生留梨安吃中饭,梨安说不必了,谢他。他说一个人也无聊,女儿早上送来的大肉包子，家里做的，一定要尝尝。梨安不好意思一推又推，只得应承。

老先生起身拿小锅在炉上煮着新米粥，米香扑鼻，弥漫在房间里。中午他们二人便吃着米粥和肉包子，还有老先生自己腌的酱瓜，味道酸酸脆脆实在好吃。梨安喝了两碗粥，吃了三个大包子，吃得满头是汗。

太阳光从后窗子照到桌上来，米粥泛着金光；院中的小树轻轻摇晃着叶条，一张藤椅摆放在树下，显得十分孤单萧索。周老先生始终笑眯眯，看不出他的寂寞。

聊得深了，大概作为回报，梨安将自己的故事讲给他听，还有家里的一些陈年旧事：他为什么十六岁离家出走，去了哪些地方，遇到什么人。听后，周老先生顿时放下碗筷正色地说："我就看出你不是学习不好才跑出来的孩子，你一定要把这些写出来，会激励很多年轻人。"

梨安笑了："这怎么可能，我没有得到人人都想拥有的那一切，激励谁啊？"

周老先生说："其实不然，很多像你这般大的孩子走上社会，很快便堕落下去，给社会造成危害，也造成负担，这是不可取的，他们应该向你学习，你是个有正义感的孩子，是个懂事的孩子，非常清楚自己在做什么。"

梨安说："我还真不清楚我自己在做什么。"

老先生说："只要向着有阳光的地方走，就一定不会走错方向。"

老先生还说，有人告诉他，网上可以写文章，别人都不认识你，你可以慢慢讲你的故事，总有人会产生共鸣。老先生倒很新潮，还知道网络。

老先生说："我老了，眼神不行了，写东西戴眼镜也看不清楚，我是不能上网的。你是年轻人，年轻人要有年轻人的样子，朝气蓬勃起来，到网上写作，写给他们看看。"

"可我还不会打字，笨手笨脚。"梨安说。

"那就去学习。"老先生说，"青岛有很多这样的培训班，我女儿就认识一家，下次问好了告诉你，你有电话吗？"

"有的。"梨安将公司电话写给他。

7

"你对一些异相感兴趣吗？"老先生突然问。

"什么异相？"梨安问。

"是超乎自然的一些现象，异于平常生活。"老先生说，"难以解释，比如一些奇怪的天体现象，超自然的，可能是一颗会飞的苹果，一段自己会走路的树桩，或者说什么东西消失在空气之中，又突然可以出现。"

"哦？这是一个有趣的话题。"

"估计你们年轻人也不太喜欢吧。"老先生笑着说。

"没有，我觉得很有意思。"梨安几乎要将那个与时空入口和神秘人米修的怪梦说出来，但还是忍住了。

"比如时光隧道这样的事。"老先生哈哈大笑起来，"你一定认为我是老糊涂了吧，怎么会有时光隧道。"

"没有没有。"梨安说，"我以前听说过百慕大的传说之类。"

"嗯，就是这个，这是人类难解的重大谜团。"老先生说，"有些人不知不觉进入了时光隧道的入口，不过几分钟或者更短的时间，他的身体会出现一些反常的感觉，比如痛或者电击之类，然后一切就变了样子，他已经穿过了几年甚至几十年光阴。"

梨安的心怦怦跳个不停，看来这周老先生也不是一般的人，大有来头。

"可周先生为什么突然跟我说起这个？"梨安问。

"你一说到佳木斯，我就想起三十年前去北方的趣事，那次我去俄罗斯也是参加一个超自然现象的论坛会议。"老先生说，"我们那时候有五六个民间组织的成员，全凭个人兴趣凑到了一起，到俄罗斯与那里的几个专家进行交流，我刚才就是想到这些。"

"听起来很有意思。"梨安说,"研究哪方面的呢?"

"就是刚说的时光隧道。"老先生又问道,"你相信世界上有时光隧道吗?"

"我……我不知道。"梨安含糊地回答。

周老先生也没有对他的话产生什么疑问,径自说下去:"我那时年轻,特别喜欢研究这些,也想着有一天可以穿过时光隧道,但就像海市蜃楼一样,时光隧道不会轻易出现,尤其在你想要寻找的时候,它肯定躲藏起来。"

"真有时光隧道吗?"梨安说,"我也很好奇。"

"呵呵。"周先生说,"很多事情难以解释,你听过这样一个故事吗?1981年一艘英国船在百慕大失踪,船上六人。八年后这艘船又出现在百慕大的附近,而船上六人安然无恙。他们只觉得时间过了一会儿,可实际上已过了八年。"

"好像听说过。"梨安说。

"不止这次,这是后来的事,之前也有很多,比如1954年的热气球比赛,突然一个热气球失踪了,三十六年后,这个热气球却突然出现,而坐在里面的两个人说只觉得浑身刺痛了一下,结果就过了三十六年。"老先生说。

"他们进入了时光隧道吗?"梨安惊讶地说,"真像《西游记》里说的,天上一天,人间一年。"

"比那严重多了,几分钟已过三十六年。"老先生说,"但目前科学界并没有给出令人信服的答案,为什么世界上有那么多起穿越时空的事件发生,而且每次地点和时间都不一样。百慕大地区虽然发生过很多次,但其他海域也有,我们去俄罗斯就是研究这个课题,人与自然与宇宙之间的关联。那次,我们通过数据分析对比,已经获知大概在20世纪80年代初将在位于北纬30°到40°、西经70°左右的海域,会发生一起异事,果然就是1981年那艘英国船的事。"

"这是如何计算的呢?"

"要根据以前每次出现异相的天气、时间、地点和一些物理变化,比如星相、环境或者水温等等，还有经纬度，其实我们生在这个维度的空间，是无法轻易知道另外一个维度所发生的事情的，通过计算得出结论，再进入数据对比，当然，这个时光隧道也是会移动的。说不定，哪天它便会出现在某座雪山之中，或者某条河流之中。"

"什么叫'维度'？"梨安问。

"这个太复杂，你不会懂。"周老先生说，"我们生活的周围都是维度空间，二维是平面，三维是立体，四维是弯曲体，第五维其实是一个时间平面，它由无数四维空间根据一个轴线组成，有人把时间看作四维，那五维就是能量无界限。"

"确实不懂。那跟宇宙有关吗？宇宙外面是什么？"

"没人知道。以维度来看，或许宇宙外面不过是一个蛋壳，我们都在蛋里。"

"真是太神奇了。那您现在还在研究吗？"

"早就不研究了。我最多写写书消遣消遣，年纪大了，很多事情也力不从心，而我们当年的那一拨爱好者们，多数已经过世了。"

"那最近您听说或者研究过时光隧道将会出现什么迹象吗？"梨安抢着问。

"就是那次去俄罗斯推算出来的。"老先生说，"20世纪80年代的位置，20世纪90年代的位置，还有近几年的位置。1999年就发生在阿尔卑斯山脉上，登山队员集体失踪，不过，近几年时光隧道会出现在东方。"

"东方？"

"时光隧道会以各种现象出现。它也许会在某个路边上，或是某个河边；呈方形的地洞或者圆形的窟窿；它的出现也只是一瞬间，持续几分钟或者几秒钟，如果当时没有人或者动物经过，它也就那样消失了，没人知道一个巨大的神奇的通道曾经就在身边。"

"或许是一道门？"梨安顺势问。

"一道门？"

"对，一道铁门。"

"非常有可能。"周老先生说。

"听起来是件挺恐怖的事情。"梨安说。

"你不觉得很有趣吗？这世界上有很多无法解释的事情发生，但不是每一件事都会有答案的。"周老先生说。

"是的，感觉离我们的生活太遥远。我们一直活在安逸里，却不知也许正有一个天翻地覆的巨变在悄悄靠近。"

周老先生笑着说："你目前还是先学好本领比较重要，那些只当是故事听听就算了，花费一生去研究或许到头来会觉得不值。"

周老先生果然如约打了公司电话找梨安，将培训班的详细信息给他，希望他可以去报名，地址离AU公司不算太远，公交车六七站，梨安说有时间一定去。后来，梨安又去看过周老先生，带了他写过的几篇文章给周老先生看，写的是他中学时代的同学，老先生看过后夸梨安写得好，文笔细致情境真挚，不空洞，没有绕来绕去的词语堆砌，看似简单却深藏道理，问梨安是不是读过很多遍《红楼梦》，梨安说是的。周老先生说难怪感觉梨安的文风很有曹雪芹的味道，他又说模仿是好事，梨安还小，要学名家的写作方法，当然要学巨匠，比如曹雪芹，当代流行小说不要学，不可取，太浮躁。

周老先生又说起大师，说有些大师是假的，比如某某，假大空，是人捧出来的，经不起推敲；而有些大师是真的，却没人能够识得，但时间会给予正名。

周老先生鼓励梨安说："你一定要坚持写，一定要出版，让所有人看到你的书。"

第三章

依稀有魂萦绕的梦境

亲爱的S：

见信如面。

上次的事件让我彻底失去了这个朋友，而后我变得有点自闭了，我真害怕。

没人关心我的想法，家里人也不太理解，我该怎么办呢？我发现为什么只有我是这个世界上的"怪胎"？好像没有人会喜欢我，我真怕这种感觉。

爸爸也常常骂我，妈妈还掐我的腿，姐姐和哥哥都不理我，嫌我磨磨唧唧，嫌我说话没有力气，这可怎么办，没人理我的话我会不会变得孤独呢？

我还听人说过我清高的话，这可从何说起，完全没有的事，我只是不喜欢别人的市侩圆滑，见人说人话，见鬼说鬼话，看着一张张谄媚的脸，我真的想吐。

不过，是不是吐着吐着就习惯啦？S，你有这种感觉吗？

帮帮我吧。

S，你会画眼线吗？

你的S

1993年6月4日

1

梨安脚踝受了伤。

说重不重,说轻不轻,虽然不是什么惊天动地的大事,但是他也已吓得半死,而且令他意想不到的是,由此引发的后遗症浑浑噩噩地陪伴他多年,像个鬼魂一样甩不掉。他常常走着路后足跟会被突然而至的疼痛袭击,像针刺一样的疼痛,好像扯开了一段旧伤口,扯得整个心肺都跟着扎了几下子,然后所有下肢骨骼也跟着酸胀开来。当下是站不稳当的,如果不扶住身边的某个可依靠的东西,一定会摔倒下去。他必须慢慢地坐下来,腾出手来揉捏脚后跟,用以缓解疼痛。

创伤分为很多种,有些是记忆所带来的心理上的,有些是身体上的;有些是人为的刻意的,有计划和预谋的,一些却是突如其来的,像天上下了暴雨,不及猝防,一切就这么发生了。梨安在广州也受过伤,但当时对他并没有太多影响。他记得有次在塘厦,半夜里卸一辆大的汽配,人手搬挪,然后那个大家伙却突然从车上掉下来,一个站在上面的工人连同汽配一起跌落下来,发出巨大的声响。而那个工人跌落后,巅了几次翻滚到路边的泥巴地里,后腰开了一道长长的口子,鲜血直流,其他人也都受了不同程度的伤,唯梨安轻一点。当时他的一只手麻掉,第二天便肿了起来,像几根香肠,一周后才消肿。这事他没有在哪一篇文章里写出来过,不过是一次小意外,比起他曾经历的其他苦难,这根本算不得什么。

而此时,他又受了伤,夜里被送到医院去,120救护车鸣着夸张的笛声,而他已经全无知觉。他从一辆高高的车上掉下来,"扑通"一声,像块肉饼重重摔下去,两只脚跟挫伤,半边身子麻掉,随即昏倒。

大家都傻掉了。那一刻他以为他要瘫痪了。

午夜时分,当所有人沉睡在梦境之中时,梨安听到货车轰隆隆驶进院子里。货车停在宿舍门前,两只大灯透过窗子把整间宿舍照亮,郁仓管首先爬了起来。一般这时,都是他首当其冲,其他人仍然趴着不动。如果货不多,他不会叫醒别人,自己也就搬了。

可是,不一会儿他返回宿舍,开了灯,叫所有人起床,说车要连夜去济南,必须现在卸半车货下来。老实巴交的几位工人已经起来了,还有几位一边骂一边摸索着衣服,梨安躺着没动,觉得不会需要他。

可是,郁仓管走到梨安的床边推了推他的手臂,说起来吧,早点卸完大家都可以睡觉。梨安只得揉着睡眼起来,非常不情愿,换成别人或许就要冲着郁仓管凶几句了,反正不归他管。但梨安没有,他懂得分寸。

到了外间,他们才看清是一辆"后八轮",十二米长,堆得满满的货,严重超高,几乎遮盖了停车场的天。货单上写着五金配件三十箱。工人中有个叫大军的,跳到车子上往下递,地上工人接着,郁仓管扛了第一箱,他吃力地咬着牙,面部表情有些紧张,他回头对梨安说:"你去车上往下递吧,太重了。"梨安也没多话,让大军拉了他一把爬上车子,搬了一箱,果然重,此时睡意已然全无,他用手指抠着配件的缝隙,手指也掰得生疼,好不容易挪了一箱下去。地上接的人,摇摇晃晃扛起,但凡扛起箱子的人,无不龇牙咧嘴,看来这一晚不用睡了。

梨安和大军在车上往下递,梨安本来恐高,但又不想向郁仓管讨饶,他想着不过是搬几箱货而已,难道还会累死不成。梨安憋着一股气奋力干活,他一回头撞到大军,而他向后一躲,不知怎么整个人就跌下去了。"咚"的一声,梨安先是感觉到他的头着了地,也听到其他人的惊叫,然后就什么也不记得了。

当他醒来的时候,已经躺在有来苏水味道的医院里了。他四周是惨白的墙壁,他能看见四角的天花板正中央有一盏白炽的大灯,他突然明白了是怎么回事,掉下来的那一刻他还清楚记得，他没有失忆。同事们的惊叫声还在耳边，疼痛感也还在，没有丝毫减弱，头晕晕的，很沉重，而且伴着阵阵刺痛。梨安试着动了动手和脚，感觉可以，没有障碍，说明还没有截肢，认得出这是医院，证明脑子没坏，梨安不过是睡了一个长觉而已，可他不知道到底睡了多久。

我不会是穿过了时光隧道吧，一个世纪前在某个河边上睡了过去，而一个世纪后就在这家医院里慢悠悠醒来，但是物是人非，一切都变了，我是一个世纪前唯一幸存的人。梨安心想。

梨安盖着白色的被子，潮乎乎的，重重地压在身上，使他喘不过气来，再加上炎热的天气，他已经浑身是汗。他低头看，可无论如何无法移动头，有个夹子一样的东西夹在头上，可他分明看到床边趴着一个人，那人的手搭在梨安的身上，正在呼呼大睡。

是郁仓管，他坐在旁边的椅子上，身子伏在梨安的床上。身边一直有人走动，隔壁床的家属进进出出拿东西，病房的自由门开着，生了锈的合页不时发出"吱呀吱呀"声。护士推着小铁车走过去，车轮生涩地划过水泥地，声音刮得耳朵里毛毛痒痒的，梨安突然想到火车上的售货员，仿佛白内障患者，看不见地上人的手和脚，直直碾过去。

"你醒啦？"郁仓管抬起头来，他的头发被压得变了形，一脸倦容，连连打着哈欠。

"嗯，我昏迷多久了？"梨安问，"我的情况怎么样，你要如实告诉我，我都承受得了。"梨安一张嘴，嘴唇居然被撕裂，很疼，一定是好久没说话的缘故。

"没有啊，你昨晚被送进来的，才睡了五个小时吧，而且医生说你没事，身上有点擦伤，涂点药就行。"郁仓管说。

"这么轻吗？可我为什么会躺在这里？"梨安问。

"你昏过去了，一直没醒，我担心你出大事，让医生再检查下，医生说你只是太困了，睡着了，我不信，硬让他开了住院单。"郁仓管说。

"哦。"梨安的脸红了,"我要下床。"

"再躺会儿吧。"郁仓管说。

"不要,我想回去。"梨安说着从床上努力坐起来。

郁仓管赶快伸手扶住梨安,梨安下了床,床底下有一双卫生可疑的白色塑料拖鞋,梨安刚穿上准备站起来,突然脚跟刺痛,一下子跌坐在地上。

"你怎么了?"郁仓管扶住他,重又坐到床上。

"不知道,脚跟疼。"梨安说。

郁仓管去找医生过来,医生检查后说梨安足腱伤到了,短时间不会恢复,可以开一些治疗挫伤的药,回去再泡泡脚,少走路,过几天找个中医按摩足腱。

"可我现在站不起来。"梨安说。

"我背你。"郁仓管说。

"这怎么行,我不能靠你背着啊。"梨安急了。

"那租个轮椅吧。"郁仓管说。

医生说:"租轮椅可以,但不在发票之列,你们是不是要公司报销的?"

郁仓管咬了咬牙说:"没事,租吧,钱我出。"

后来听说,因为梨安受了伤,郁仓管觉得事由他引起,若不是他叫醒梨安又让梨安上车去,便不会发生意外,他很自责。梨安摔下后一直到医院,都是他背着,还跑前跑后找医生,其他人都没管,钱经理给他塞了点钱就回去了,是他一直坐在床边陪梨安到天亮的。

"没事,我自己也有钱。"梨安说,"干吗用你的钱。"

郁仓管回头对医生说:"先开单子吧,再开点营养药吧。"医生叫护士开了轮椅和药,交过押金他们就回去了。医院离公司并不远,郁仓管建议推着他回去,梨安说好。他们沿着小村庄往重庆南路走,穿过山东路立交桥是一个高坡,郁仓管有点吃力,梨安坐在上面也不太好意思,可郁仓管并不觉得。

2

秦海棠走后不久，公司又来了一个女厨师，叫赵美瑜，虽然已年过五十但依然气质如兰，同事们都叫她美姨。美姨原在佳木斯百货大楼上班，修理缝纫机，提前病退，老公在AU北京分公司，女儿在济南某幼儿园教英语。美姨在家无事可做，就来到AU公司，被分派到青岛。她虽是大专毕业，受过良好教育，人也聪明，但在公司没有过硬的后台和亲戚，只能委屈做个厨师，但她烧得一手好菜，很快赢得大家的喜爱和尊重。

美姨是个很爱干净的人，每天都将厨房收拾得一尘不染，抹布和蒸馒头的屉布绝对分开，不像秦海棠。她也从不会在厨房里撒尿，不像高小三。她的到来给青岛公司注入了温煦的春风，大家时不时跑到厨房和她聊天，她的笑声很爽朗，透着东北女人的泼辣劲儿。

郁仓管推着梨安走进停车场，没有一个人从里面走出来相迎去问问梨安的伤病，反正与他们无关。梨安他们就像悲壮的即将赴战场的士兵，一脸灰尘，似乎样子还有点搞笑。办公室里坐着钱经理和新来的业务员田鸡，还有闲着没事干的牛司机，他们抽着烟往外面看，嘴巴在动，脸笑得皱成一团，估计在看笑话。

这时候，美姨从厨房里走出来，高声叫梨安的名字，走过来，停在办公室门口等他们。

"梨安，你感觉怎么样？严不严重啊？"美姨关切地问。

"没事的。"梨安笑着说，"就是脚不能站，医生说过几天就好了。"美姨走过来拍梨安的肩膀，"等下你到厨房来，咱们聊聊。"她不方便进办公室便转身回了厨房。

郁仓管推梨安进去，就见钱经理他们坐在里面笑着，也没人站起来关心梨安的情况。

钱经理嘴里叼着一支烟，手里拿着扑克牌，田鸡和牛司机坐他边上——原来在赌钱。

"医生说你是睡着了？"钱经理一边说一边笑，另外两个也笑。

"嗯。"梨安哼了一声，"没事的话我就回宿舍了。"他们没说什么，梨安示意郁仓管推他回去，刚走出门口，钱经理突然叫住郁仓管："小郁，你惹的祸啊，自己收拾，梨安最近归你管了。"田鸡和牛司机笑得哈哈的，郁仓管也笑了，推梨安回宿舍。

"去厨房吧。"梨安说，"想和美姨聊会儿。"郁仓管没说什么，听凭他差遣。

要是有一条时光隧道，就不会跌下去了吧。梨安心想。

青岛公司业务量越来越大，钱经理特别向总部申请来了几位新同事，业务员田鸡、牛司机和美姨都是新来不久的。另外会计和出纳也即将到任，因总公司暂时没有合适人选，青岛的钱就由钱经理自己拿着，他每天会给牛司机加油钱，给美姨菜钱。

美姨每天晚上到钱经理处领钱，次日一早做好早饭便拉着小车去菜市场，十点多回来。每次见她出现在停车场门外，梨安都会跑出去迎她，帮她将东西拿到厨房，所以她跟梨安也最亲近。

看到她，梨安就想起自己的母亲，她们年龄差不多。

将梨安送到厨房后，郁仓管就回去了，说他有事。

郁仓管走后，美姨把梨安推到桌前，看看门外无人，神神秘秘地拿出两枚苹果给他，还有一根哈尔滨红肠。

"别让人瞧见。"美姨说，"我刚才去菜场的时候买的，你快吃了吧。"

"不要不要。"梨安推着说，"我自己也有的。"

"那是你的。"美姨说，"这是我买的，你放心，是我的钱，没用公家的。"

"谢谢美姨。"梨安接在手里，美姨拿走一枚苹果去帮他削皮。

梨安想起以前外婆也帮他削过苹果，只是外婆眼睛不太好，梨安怕她削到手，还是抢了自己削。

3

"你看小郁也挺可怜的。"美姨说,"他活儿干得最多,可费力不讨好,谁都欺负他。"

"嗯,他人挺老实的,是个好人。"梨安接过话茬。

"你知道他的事情吗?"美姨问。

"不知道。"梨安啃了一口美姨递过来的苹果。

美姨笑眯眯的模样,开始八卦郁仓管:"听说他家在农村,有个妹妹在家里读书,学习挺好的。他以前谈过一个女朋友,是他村里的,女孩子很漂亮,谈了好多年的。他早早出去打工供这女孩子读书,结果这女孩上了大学之后,忘恩负义地跟了别的男人,是个社会上的小流氓。她还把郁仓管的钱拿给那小流氓花。后来怀了孕没钱堕胎还问郁仓管要过。郁仓管很伤心,离开了她,之后好多年都没有谈过恋爱,一直一个人,现在他的钱都寄给家里的妹妹。"

原来是这样。

"也真是不容易啊。"美姨接着说,"能对一个女人这么死心塌地,现在可不好找。"

"他也是踏实的人。"梨安说。

"不踏实也得踏实,你看他那么胖,没读过书,又没钱,要什么没什么,家里穷得叮当响,哪个女的肯嫁给他。"美姨说完长叹了一口气。

"那女孩就不是一个省油的灯,小郁也可怜,一直活在自己编织的童话里。"梨安也感叹。

青岛公司成立伊始,郁仓管作为元老,管着六个装卸工,威风八面。自梨安开始,陆陆续续来了两个业务员、两个司机,还有两任厨师,他的地位就越来越低,威风不起来了,常被人呼来喝去,有时调皮的工人也拿他打趣,而他始终不言语,低头干活。梨安是唯一一个不冲他大呼小叫的人,他同梨安的关系渐渐好转。这次的意外事件,他的责任并不大,却深陷自责中,承诺一定照顾好梨安,信誓旦旦绝不食言。"日久见人心"是句古话,何时拿来用都不晚。

回到宿舍,梨安躺在床上,郁仓管一会儿过来替他盖盖被子,一会儿问问是不是口渴,倒水给他,又问他想不想尿尿。牛司机进门就看见了,指着郁仓管哈哈大笑地说:"小郁,你就是个狗腿子。"梨安愣了一下,谁是狗?

新来的业务员田鸡和牛司机都不喜欢梨安,初来那几天,以为梨安是很了不起的人物,"朝廷"里有人,觍着脸同梨安说了几句话,后来打听到梨安没任何背景,也就不把梨安放在眼里了。田鸡有时甚至会落井下石,但凡遇见难缠的客人,或是路远需要送货的时候,全部打电话给钱经理,安排梨安去,理由是他自己要负责整个公司的调配,任务艰巨。钱经理起初对梨安也寄予厚望,时间一久,发现梨安是个扶不起的刘阿斗,年纪小,不会说好话,不会管理公司,而田鸡却深得他心,陪他夜醉,陪他夜嫖,哄得他心花怒放,牛司机也在旁敲边鼓,钱经理便认为田鸡是青岛公司挑大梁的最佳人选。钱经理就想,将来山东成立区域公司,自己做了区域总经理之后,青岛就交给田鸡管理再好不过,所以遇到麻烦难缠的客户或山高路远的送货,都安排梨安去。

牛司机话里藏刀,梨安不与人争,听了只当屁声夹了点碎稀屎,郁仓管也不管那么多,依然照料着梨安。梨安笑着说:"不用管我,我没事的,你去忙你的。"

晚上卸了一车货后,工人们大汗淋淋地进来,郁仓管去洗了澡,回来时见梨安依然躺着,喂他吃了药,然后神神秘秘地问他:"你饿不饿?"

"不饿。"

"我饿了。"

"那你去吃东西吧。"

"这么晚钱经理不让出去,我带你一起去,我请你吃饭。"

"你赚几个钱，我不去。"梨安把眼睛闭上。

"喂，我请你吃海鲜，你不是最爱吃吗？"

"不吃。"

"求求你。"郁仓管挤着眼睛像个小孩，"就陪我去嘛。"

梨安说："真是服了你了。"便坐起来穿衣服，郁仓管将梨安抱到轮椅上，推他出去。宿舍里的人也不管这么多，梨安等在院子里，郁仓管屁颠屁颠跑去办公室和田鸡打招呼，田鸡听到他的话，抻长脖子看院子里的梨安，然后又说了几句，郁仓管又屁颠屁颠跑出来。

"你和他说什么了？"梨安问。

"说你饿得不行了，一定要我陪着去吃东西。"郁仓管说。

"你怎么可以这样？"梨安不高兴了。

"你知道时光隧道吗？"梨安问。

"不知道。"郁仓管头也没抬，"坐几路公交？"

"不是什么公交。"梨安说，"也许真的有时光隧道。"

郁仓管不再理他，好像没听见。

"你脚控得累吗？"郁仓管说，"把你的脚搭在我腿上吧，我胖。"于是梨安心安理得将脚搭在他腿上，他在剥着一只肥大的螃蟹，只点了一只，聚精会神，样子憨态可掬。

本来梨安没打算真的让他请吃海鲜，他的收入不高，又要寄钱给家里供妹妹读书，但他执意不肯，推着轮椅进了饭店，梨安拗不过他。他们进了店里有点茫然，服务员送上菜单，两人看了半天，只看价格已经吓死，话一句不会讲了。服务员问有什么需要，梨安说不是特别饿，郁仓管却突然说："给我们来一只螃蟹吧。"服务员怕听错："一只吗？"他说："对，就一只。"

脑子一根筋的人做事没有道理可讲，不晓得变通方法，与其吃一只不合季节昂贵的螃蟹，不如点两道小菜。郁仓管却偏不，他一厢情愿地认为梨安受伤全是因他而起，他该死，便想尽办法弥补，哪怕蟹贵，他答应了就要做到。

郁仓管性格如此耿直常常吃亏，夜里到了货车，他叫大家起床，心怀愧意，干活他最卖力，重活他第一个抢上去，别人纷纷退后，站着笑他，背后叫他傻帽儿。他拿钱不比别人多，干活却从不讨价还价。

"没有女孩喜欢他这样的笨蛋。"美姨说，"现在是什么社会？钱最重要，没钱起码要有外表，他样样也不占，人是好人，命不好。"

眼下，郁仓管正认真地剥着那只螃蟹，他手指粗大笨手笨脚，将螃蟹扭成了好几段也不得法，梨安看他笨拙的样子，突然动了恻隐之心，没来由地问他一句："你在老家谈女朋友了吗？"

"没有！"他依然低着头，却回答得斩钉截铁，梨安不好再问。

"你会剥吗？我没吃过。"他抬头向梨安求助，傻兮兮地笑。

"我也没吃过。"梨安也笑着说。

"那把螃蟹带走，明天问美姨。"郁仓管灵机一动，"我们去吃肯德基，你总吃过吧？"

"我也没吃过。"梨安向他摊摊两手。

结果，两人在山东路立交桥下看到一个卖烤地瓜的还没收摊，他们兴奋地买了一个大的，一人一半，吃得津津有味。

4

梨安给父亲打电话问家里的情况，父亲说并不好，小饭店已经贴了转兑的红纸，只等人来谈。当初父亲盘店时的盘资也没有付清给上家，现在不好办，等兑店的人来了直接和上家谈判就好，他们虽没有钱赚，但总不能让上家亏掉，目前只能先拖着，等等再看。

"钱真是难赚，要人命啊。"父亲感慨地说。

梨安问父亲最近有没有回老家，说自己梦见了外婆。父亲说，怎么这么巧，你舅舅来电话说外婆正准备来咱们家住一阵子，她没出过远门，你舅舅会送她来的。

"真的吗？"梨安说，"外婆从没出过门，这次为什么来？"

父亲说："她突然觉得自己有时糊里糊涂的，怕忘记，她手上有一对翡翠玉镯，是当年陪嫁的嫁妆，日本人在的时候都没有抢走，早些年日子苦也没想过卖掉，这次她说一定要带来给你妈，因为你妈是最小的女儿，你舅舅说人家不会稀罕的，你外婆不肯，一定要送过来，还让你舅舅陪她一起来。"

"那舅妈没意见吗？"梨安问。

"应该不会有意见。"父亲说，"你外婆年轻时就很强势，孩子们都怕她，你舅舅说这次还会带些老家特产来。"

梨安说："那就让我妈好好留着吧。"

父亲说："没有，你妈说你在外面不容易，等你回来给你带着，万一遇到棘手的事，那镯子总能换点钱应应急。"

"可那是外婆的嫁妆，怎么可以给我？"梨安说。

"你妈说，她留着和你留着是一样的，她也只是留个念想，你留着还能渡个难关，万一遇到不顺。"

梨安又问起小饭店的事，他一直关心着，小饭店不大，不过三四张桌子，但关系着一家的生计，生意差，一家人就可能挨饿。

父亲说，小饭店的事再看看，过个半年实在不行，他打算到外地去看看，换个地方生活。萝城太小太落后，一直靠梨安寄钱回来总不是个办法，他和母亲年纪也不大，还没老到不能动的地步。

· 第三章 · 依稀有魂萦绕的梦境 ·   075

"那来青岛吧。"梨安脱口而出,"我们一家人可以在一起,带外婆也来。"

"不行,你刚到青岛还没多久,我们再一去,岂不是给你添了更多麻烦。"父亲说,"你已经帮了家里很多,不能再增加你的负担。"

"那也不差这一次。"梨安说,"如果你觉得可以,过阵子和我妈商量一下,你先来这边看看,也算考察,如果可行再过来,不行就算了,只当看看我的工作环境。"

父亲说:"好吧,我和你妈商量下。"

梨安想打电话给姐姐或者哥哥,想了想,还是打给了哥哥,很少跟哥哥讲话,竟然是嫂子接的。

"哎呀,你可是个大忙人。"嫂子说,"怎么想起我们了?"

"还好吧。"梨安苦笑了一下。

"听说在那边混得不错嘛。"嫂子笑着说。

"一般吧。"梨安回答。

"萝城也没啥出路,能走出去多好。"嫂子说,"我们也想走呢。"

"你们不好吗?"梨安问,他突然觉得很少关心哥嫂。

"不好,也不想待在这儿了。"嫂子长叹了一口气,"靠谁也没用,还得靠自己,想我和你哥在一起这么多年,谁记得我们呢?刚开始都反对,现在没人反对了,见我们过得不好,又在背后说'瞧瞧他俩现在的穷样儿',谁帮过我们一把?现在是借钱都没人理我们,听说我们要去,大门早早就锁上了。"

"怎么会这样?"梨安说。

"正常啊,谁让咱们过得不好。都说亲人、亲人,你当人家是亲人,谁当你是亲人?"嫂子说,"我就想跟你哥好好过着,给他们瞧瞧,有一天啊,他们大门开得三米宽,我也不会走进去一步。"

"能这样想,你们的日子肯定会过得好。"梨安说,"人挪活,树挪死,日子还得靠自己呢。"

"嗯,肯定的,你帮我们打打前锋,探探路。"嫂子在电话里笑得咯咯的,她永远那么乐天。谁也无法预知未来,这时的梨安当然也不能预料到十年后哥嫂会过得那么富足。诚如嫂子当年所说,给他们瞧瞧,他们当然是指那些势利眼的亲戚们。但当哥嫂有一天终于得到了他们想要的生活之后,才发现,日子终究是自己的,好与不好,给谁瞧呢?古人云:如人饮水,冷暖自知。

梨安辗转找到双喜的电话,打给了他,他已经离开大连的"雕刻时光酒吧",回到老家,陪在母亲身边。

"安安,可我一天也待不下去。"双喜说,"还想出来,怎么办?"

"那你舍得你妈吗?"

"不舍得也要舍得,再在家里待下去,我要疯了。"双喜说,"我舅舅给我介绍了女朋友,让我相亲,真是烦死了。"

"你才几岁啊。"梨安说,"太早了些。"

"可是我们这里的人都这个年纪结婚,再不结婚要被人说三道四了。"

"你又不怕的。"

"我是不怕,我妈怕。"双喜说,"我还要出去闯闯。"

"那有打算吗?"

"没打算。"双喜说,"你在青岛怎么样?那边好吗?"

"好是好,只是不知你能做什么。"梨安说,"我这里太苦了,干体力活,你肯定不行。"

"那是,我是多金贵的身子。"双喜立刻变回了梨安记忆中的双喜,"青岛没有酒吧吗?总有歌厅吧,再不行高档些的酒店也有的。"

"那倒是有。"梨安说,"你可以过来看看,找找工作。"

"好啊。"双喜说,"过一阵子再看,你留电话给我,有事打给你。"

梨安顺便和双喜说了父亲要来青岛的事,双喜马上说:"那我迟些时候去,等你爸走了再去,不能一窝蜂地全部都冲过去找你,你也很辛苦。"双喜倒也非常体谅梨安。

双喜小心翼翼地问:"你家里的债还上了吗?"

双喜去年和梨安一起在大连酒吧打工,知道梨安离家出走是因为父亲欠了表姑一笔催命的债,不得已才跑出来的。

"已经还上了。"梨安说,"不欠人家钱是件多开心的事,感觉天都亮起来了。"

"那家里实在没有什么发展吗?"

"嗯,萝城太小了,已经到了国境线,再往前走就要跳江了。"梨安说,"只能一路向南行。"

"唉,咱们都是为生活奔波的人。"双喜说。

"宿命难逃。"梨安笑着说。

"好吧。"电话挂断前双喜说,"再联系,我的安安。"

那小得令人窒息的萝城,地图上不存在的茫然的小斑点,横不过三四道街,竖不过五六条路。一条凤翔大街将县里所有最重要的经济命脉和政府职能部门全部包括,一排罗列,清数得过来。从城东步行到城西不过一两个钟头,城东拍拍手跺跺脚,城西差不多都能听到回响,城西买东西拿出去的钱,城东又会找回来,小到没有一点神秘。而街上的面孔,每天也都是旧的,偶尔出现一个外地人,分秒钟就能被发觉,无处逃遁。

幸而梨安早年离家出走,不然依他的脾气秉性,肯定无法生存下去,只是可怜他的父母还有哥哥姐姐,还要在那个一眼尽头的弹丸小镇辛苦过活,但梨安发誓,总有一天会让他们走出来,看看这世界上的其他景色。

梨安但凡吃到好的食物或者看到美丽景色,总是会想起家人来,可家人在遥远的东北一隅,一年有半年覆盖着积雪的萧索的荒镇,他眼睛望得再远也瞧不见,手伸得再长也无法触摸。他深知,没有钱就不能回去,回去无疑是给家人增加负担,但他同样希望可以见到家人,他如此这般矛盾。

梨安已打定主意,让父亲先来青岛看看,带他转转,哪怕不成,也要让他感受下梨安目前的工作状态,已经比在广州时好太多了。梨安深深记得母亲的话,她说知足常乐,只比自己的过去,今年比去年多赚了一块钱,你就是幸福的。

"母亲,我感觉越来越幸福了。"

5

神秘人米修又一次造访了梨安的梦境,这次梨安比想象得平静很多。

月亮在窗外洒进来大片光辉,有一小部分落在梨安的床上,白白的。这时梨安已入睡,头脑还处在进退两难的边缘,往前走是一片茫白的世界,他即将失去知觉,而一个新的梦境即将造访,后退他便能听见马路上行驶的一辆辆车,以及停车场里货车熄火的"扑哧"声。

"你考虑得怎么样了?"那扇久违的门终于再一次开启,神秘人米修的声音带着回声,那只黑猫依然蹲在他的脚边。

"我不知道。"梨安说,"这是一个非常奇怪的尝试。"

"你不需要做什么,只要同意,我们会在适当的时候做这个试验,而你只需要接受和享受就行了。"神秘人米修得意扬扬。

"这是多疯狂的事,我'享受'什么?"梨安充满不屑,他对神秘人米修所说的试验根本不感兴趣,甚至觉得荒唐。

"你难道不想得到一件其他人都无法得到的法宝吗?比如一次时光之旅?"神秘人米修笑着说,"你还真是难缠。"

"你可以保证我的安全?"梨安问,"也保证其他人的安全?"

"你还真是啰唆。"神秘人米修一边回身一边说,"就这么决定。"

梨安的身体很快恢复,经过几次专业的足腱按摩,已经可以正常走路,只是不能长久站立,直到现在,依然留有后遗症,站久了会痛,小腿也会浮肿,奇痒难忍,有如数万只细小的蚂蚁噬咬。郁仓管常常跟着梨安去按摩,连带他也吃了些苦头,有时要等很久,梨安出来时,郁仓管已经歪睡在人家的椅子上,还打起响鼾。

梨安想,如果时光隧道的铁门现在打开,他先把一双脚扔过来。

美姨还是每天悄悄给梨安留好吃的,有时是水果,有时是鸡腿,他们也常常在厨房里一起跳舞。美姨虽已年过五十,依然爱美,所以她是为了减肥;梨安不为减肥,他才98斤,他为了足腱恢复,其实纯属为了嘚瑟。他们两个每天在厨房跳两个小时的舞,放着广场舞的俗气音乐,张牙舞爪乱蹦,蹦好后气喘吁吁,又乐得前仰后合。

美姨总有八卦传给梨安听,她的小道消息总是那么灵通,内容丰富多彩,她绘声绘色讲故事的本领又总是可以吸引到梨安。

没有多久,美姨便摸清了整个院子的底细。

这院子属于一个叫海通的公司,也就是门口收费处的那户人家。院主不常来,派自己嫂子在门口收费,他嫂子铁面无私,凡事不通情理,常与人站在门口对骂,口水如瀑布可喷数米远。

停车场内唯一一个厕所是靠近海通公司的,漆着瓦蓝色,只有两个坑位,男女平等,坑位中间全无遮挡,同时如厕的两个人可共听一台CD,耳机一人一只,还可以聊天,免除如厕的寂寞。夏天时,旁边人尿急了可能会溅到你的身上,屎拉得快了也许会落进你的坑位,这都不算罕事;冬天时比较恐怖,排泄物冰冻,高高堆叠,形成一座"富士山",色彩斑斓,后面如厕之人只能踮起脚尖,难度系数增加,再之后的人,到了马步也蹲不下的地步,于是,只能找海通公司求助。

海通"人才济济"倒真的能想出妙招，在坑位两侧叠加砖块，如厕之人便不必踮脚尖，登上砖块即可，直到垫了十几块砖仍不能满足的时候，聪明人在上面垫了一块木板，人蹲在上面就像爬梯子，有不知道的误撞进来还以为进了杂耍班子秘密训练基地。

厕所旁边是一排简陋的平房，租住给两个湖南人，门口终日挂着一块小黑板，上面白粉笔写着"空车配货"四个歪歪扭扭的字。逢一场雨，那字就不见了，于是再写，雨水再冲，再冲再写，百折不挠。

那两个湖南人中，年轻的是经理兼工人，年老的是副经理兼厨师。他们二人终年各端一碗面，蹲在歪脖树下吃，而收来的货物就挺尸般横在院子里。有时一场大雨悄然而至，他们便手忙脚乱取篷布遮盖，常常搞得人仰马翻，坐在对面办公室里看他们，犹如看一幕话剧。

院子最角落处，挨近AU公司的厨房，住着一家小小货运公司，运输路线不明，因他们总是三天开门两天关门。里面同样是两个人，其中一个是秃头，常常坐在办公室里喝酒，郁仓管有时也去混吃混喝，后来美姨也同他们熟了，常去用他们的长途电话，占他们便宜，有时逢他们喝酒，便拉上美姨一起喝一扎。青岛啤酒论扎卖，用崂山矿泉水酿造，甘甜可口，工人们常去打一扎喝，权当饮料。

有一日，最角落的那个秃头叫住美姨，他亲切地称美姨为大姐。秃头让美姨改天有空可去夜场找他，并十分豪爽地说："大姐来，我一定好好招待，怎么样？"美姨问他在哪个夜场，他说他晚上兼职在夜场做打手，跟黑社会的很熟，什么事都能摆平，他还说如果美姨去提前打个电话给他，他弄两颗摇头丸给美姨尝尝。他夸张地说："那东西可好了，吃了就成仙啦。"美姨吓得不轻，遇到梨安，一边笑一边向梨安复述，美姨说："我一天干活儿累成熊包奶奶样，还吃那玩意是疯了吗？"

有一次梨安去厨房找美姨，她不在，门锁着，宿舍也没人。秃头在门口喝酒，拼命向梨安招手，喊道："小青年，快来喝一杯，刚打回来的啤酒可凉快啦。"梨安笑着谢了他，赶快走了。

其实他人挺好，没有坏心眼，只是形象有点对不住人，凶神恶煞的，不能怪他。

6

美姨的消息来源一般比较可靠，她这个小厨房是八卦集散地，她将听来的事统统整理一番，然后传达给梨安，他们两个笑过一阵子也就算了，并不会让它发酵，也不会造成影响，毕竟在青岛的生活太无聊了些。

有一晚，牛司机说要去东海路送货，路途遥远，但在海边，美姨动了心思，央着梨安去和钱经理打招呼，说一起去玩。公司有规定，非业务人员在不必要的情况下，不许上车，否则司机也要受处分。

梨安很犹豫，他不知道郁仓管也在到处找他，想叫他一起逛夜市。郁仓管已经赖上他，有时他不理郁仓管或者说话刻薄，郁仓管摇摇头走了，过阵子再来找他。美姨说郁仓管已经拍过她的门，为了找梨安。梨安一听赶快去向钱经理请了假，和美姨陪着牛司机去东海路送货了。

走时梨安和郁仓管说去送货，郁仓管还乐呵呵地说：“那我等你回来。”梨安说走了，郁仓管突然叫梨安等下，然后回宿舍拿了三个大红苹果给梨安，让路上吃，说牛司机借梨安和美姨的光，否则才没他们的。

车子行驶在青岛不平坦的公路上，上下坡颠簸，因为是夜里，路灯昏黄，照进车厢忽明忽灭。牛司机放着音乐，邓丽君的歌，边开边唱。梨安和美姨往窗外看，绿树、行人、桥、水和山，一一从身边掠过。青岛很多单行线，车子需绕路，从清江路到308国道，沿哈尔滨路下南京路再向左到香港中路。路过美姨每天买菜的菜场时，美姨指给梨安看，像个开心的孩子，梨安说改天我陪你一起来买菜。

牛司机不太理他们，觉得无聊，他自娱自乐哼着情歌，他们在旁边大呼小叫，像刚从监狱里放出来的囚犯。梨安还好，常常外出清欠款，对青岛已经熟之八九，美姨出来得少，除了去菜场，他故意同她一起惊讶，陪她变回童年。

半小时后，车子驶入东海路，沿海边缓慢行驶，听到不远处的海浪声，可是那里漆黑一片，什么也看不见。牛司机说等送完货，让他们去海边坐坐。

到了客户处很快卸了货，牛司机拉着他们到达雕塑公园，将车子停在一边。刚下车，他们便闻到海浪潮湿的腥味，听到海浪的呼啸声，仿佛要将整个城市吞没。公园地面由一块块红砖铺就，公园各处立着"人物"的雕塑，当时梨安还不能一一识别。公园中心有座玻璃展馆，中央吊着个巨大的水晶吊灯，昼夜通明，在这张扬着凄楚的深夜里闪烁着谜样光芒，照亮小半片沙滩。

牛司机带他们往沙滩上走，海浪声越来越响。这片海滩未经开发，依然是怪石嶙峋，像海怪的牙齿。海水拍打着巨石，发出澎湃声响，一浪紧跟着一浪，"啪啪"地拍在石上，顷刻掀起万丈水墙，那后面紧跟着再扑上来，逐着前浪，再一同坠落成跌破的银镜，碎得无影无踪。

站在海边，梨安长长地舒展了手臂，海风吹乱他的头发，海浪汹涌朝他怒吼叫嚣，他回头对美姨说话，美姨听不见。于是，他冲着大海用力地吼了一声，他胸中长久积压的情绪随着他的声音一道冲出体外，他要让全世界听到他的声音，他要征服这夜、夜的海和海的墙。

"美姨，你听说过时光隧道吗？"梨安突然问美姨。

"没有，多少钱一张门票？"

梨安突然被美姨逗乐了："不卖门票，不是游乐场，是回到过去的通道。"

"你是做梦了吧？"美姨伸手要去摸他的额头，"说起胡话来了。"

回程的路上，他们都很疲倦，梨安靠在美姨身上打盹，美姨靠着玻璃窗。车子按原路返回，牛司机中途接了一个电话，应该是家里打来的，说了没几句，便吵了起来。梨安和美姨睡意全无，又不敢说话，便一直听着，尤其是美姨满血复活，八卦的小雷达充满了电，歪着头竖起耳朵听，一边在脑中分析，半个多小时之后，他们返回停车场。

梨安揉着惺忪睡眼下车，郁仓管坐在办公室里，只他一个人。梨安问田鸡呢？一般这时候，他该守在办公室里。郁仓管说田鸡出去了，叫牛司机打他电话，牛司机用公司电话打给田鸡，问清了方位，也跟着出去了，他们大概约好了在某地见面。梨安问钱经理在不在，郁仓管说晚上就没见人。大概各有各的去处，谁都不甘心守在冰冷的办公室里。

"你饿不饿？"郁仓管问梨安，他只知道饿不饿。

"不饿，有点累，想睡觉了，你不睡吗？"

"你去吧，我再坐一会儿，万一有事。"

"好吧。"

梨安正欲转身出去，电话铃突然响了，吓了他一跳，郁仓管接起来"喂"了一声，然后对梨安说："找你的。"

"找我的？"梨安有些惊奇，不该是家里，他刚打过电话不久，梨安狐疑地接过来。

"喂？"

"你是宋梨安吗？我是晓瑞哥，钟晓瑞啊。"电话那头兴奋地说。

7

钟晓瑞是梨安在广州认识的朋友，一直以来都很照顾梨安，无论在广州还是在大连，钟晓瑞都赶来看望梨安，问梨安有什么困难，给梨安加油打气，告诉梨安不要轻易放弃，老天会善待每一个善良的人，梨安对他充满感激。

钟晓瑞来青岛那天，天气异常恶劣。中午时分，闪电把天空撕裂，雨水倾盆而下，像离人的眼泪，止不住情感的宣泄，从早晨一直哭到黄昏，天色跟着灰蒙蒙。

这样的天气无法外出，梨安守在公司里，想去厨房找美姨，又怕钟晓瑞的电话打来，只好坐在办公室里。钟晓瑞要来的消息，让梨安莫名紧张，不知何故，想想认识已经三年，时光不等人，梨安已不是当年那个怯弱卑微的小男孩，在大连的时候，他们可以面对面谈笑风生，无所顾忌。梨安已经相较初识有了很多变化，钟晓瑞也会感受到。

钟晓瑞之前在电话里说："梨安，我发现你开心多了，真为你高兴，这下我也放心了。"

可他并不知道梨安在大连所遭受的侮辱，当侮辱到来的时候，梨安脑海中掠过了好多场景，被人架着去派出所的车上时，梨安回顾了自己短短的离家生涯。

那个初秋的早晨鲁莽冲动的少年，带着对未来的梦想和憧憬踏上南下的列车，前途未卜，但他义无反顾，当得知被骗时并没有如别人那般震惊，依然用他性格里母亲遗传的因子——逆来顺受，默默承受一切并用孱弱的肩膀扛起了第一件货物，从此步入另一个人生阶段，陷入与命运抗衡、与世界为敌的悲愤当中。

那时的梨安软弱得不堪一击，在别人眼中十分多余，但钟晓瑞并没因此而小瞧他，一直视他为知己，处处帮助他，给他信心和力量。在广州、在大连，如今在青岛，钟晓瑞都尽力寻找梨安，跟梨安见面，而且反复地问梨安需不需要他的帮助。

在大连时，某一晚的一辆车上，梨安被人押送到派出所的路上，他真的想钟晓瑞能出现，像救世主那样带他远离不义，救他于水火。但钟晓瑞不在，钟晓瑞那时应该在去山东威海的路上，梨安只能独自承受一切，就如1998年的梨安站在那幢白色的二层小楼里，等着老板娘红姐说句将他留下的话，他独自承受着一切，而且注定只能孤独上路。

钟晓瑞来了，他们约在离停车场不远的一家名叫"斑马旅馆"的小旅馆见面。

梨安打了一把蓝色的雨伞，沿着石砌的斜坡去旅馆找他，雨水顺着斜坡往下淌，鞋里已经浸了水，脚趾很不舒服，所幸路程并不太远，十几分钟后他便到达目的地。

钟晓瑞站在斑马旅馆门前张望，穿了一件黑色的西装，人好像黑了也瘦了。

"哎，梨安，这里。"他兴奋地向梨安招手，梨安笑着走过去。

"进来进来，雨这么大，真是不好意思。"他说着帮梨安收了伞，带梨安去二楼的房间。服务台前坐着一个中年男人，头发已经快掉光了，抬眼看了看他们，表情古怪。这旅馆很小，他为了照顾梨安才定了这家旅馆，长长的一道灰黑色的走廊，尽头由外面瞥进一丝幽幽的光亮，走廊里散发着严重呛人的霉味。他用钥匙打开一道门，门锁发出空心的咔嚓声，他推门而入，梨安跟在后面。他关门时，棚顶的灰尘被震落，房间里潮湿的气味很快扑入他们的鼻孔。

房间不大，墙壁是剥落的白色墙纸；有一扇大的窗，未关，雨水飘落进来，窗帘在风中摇摆；一张破旧的双人床上铺着白色的棉花被；绿色单人沙发脏脏旧旧；茶几铺着格子桌布，上面一只水壶一只杯，他的公文包随意丢在沙发上。

"没想到这里条件这么差，下雨也不想到处找，将就一晚好了。"他说。

"来青岛有业务要谈吗？"梨安坐下来。

"没有啊，就是来看看你。"他的微笑如沐春风，仿佛窗外的雨也已经停了，有阳光照进来。

"听说你到了青岛，我一直不得空，最近刚好闲下来。"他说。

"你的业务开展得如何？上次你说的黏合剂。"梨安在大连时听他说起要到威海做生意。

"很好啊，已经谈了几笔单子，都在等回复，创业总会辛苦些。"他说，"你在青岛还住得惯吧？"

"已经习惯了。"

"哦，你觉得好就行。看你好像长高了嘛。"

"有吗？"

"有的，又瘦又高。"

"你也长高了。"梨安打趣。

"我是变老了吧。"他说。

"没有,依然还那么鲜嫩,像刚出锅的生蚝。"梨安一边笑一边说。

"真能瞎扯。"他也笑了,"你的工作还好吗?"

"跟广州时差不多,不过很少干活了,我现在负责业务,有时去清欠款。我有时间就逛街吃东西,只不过常常一个人。"

"那我来青岛陪你啊。"

"你说真的假的?"

"当然是……假的。我只要有时间就过来看你。"

"等下一起去吃饭吧。"他说。

梨安打算请他吃个饭,可下雨天又不能走得太远,附近的饭店很小,本以为不太体面,不过他既然可以住这样的旅馆,想必也不会计较吃什么东西。他们之间虽不常见面,却没有一点距离感,他们属于那种不必常常联系,一旦见面仿佛朝夕相处的朋友,也深知对方并不会介意形式。

"吃什么无所谓,方便你就行,不要耽误你的工作。"他仿佛看穿了梨安的心思。

"不会,我已经请好假了。"

窗外的雨依然没有减弱的迹象,远天却泛了茉莉白,钟晓瑞笑着说:"看来天快晴了,老天为我千里迢迢来找你感动了,哈哈。"

8

钟晓瑞拿了一台黑色的笔记本电脑,插无线上网卡联系业务,梨安坐在床边上无聊地看电视,等雨停。

窗外依然哗哗啦啦，盯着电视的梨安心思却不在这里。他想起那年在广州的事，钟晓瑞带他去"大洋别墅"，他睡了一个长长的觉。他们在钟晓瑞家里吃饭，晚上逛街，人群中钟晓瑞悄悄拉他的手。

"对了，你家院子里的沙果树怎么样了"？梨安问，"结果子了吗？"

"哪个？"钟晓瑞转过头看梨安，"你说广州的房子吗？早卖了，为了还罚款。"

钟晓瑞说得轻描淡写，仿佛在说一桩别人的闲事，却让梨安突然觉得他过得并不好，起码不如梨安想象得好。

他们就这样坐着，两下无话，为一棵树的尴尬，后来，雨渐渐微弱下来，钟晓瑞合上电脑问梨安是不是饿了，梨安说有点，他们下楼找吃的。

"来青岛怎么能不吃海鲜呢？"钟晓瑞撑着伞，另一只手搭在梨安肩上。天已经有点黑了，雨越来越微弱，马路上全是积水，车子飞快驶过，溅起一道水墙。

他们坐车去了中山路一家店。店坐落在山坡上，远眺可望见海，钟晓瑞点了几道螺类贝类，烧了大虾，又点了青岛啤酒，他们一杯接一杯喝着，冰冰凉凉。店内唱着轻悠舒缓的法语歌，他坐他对面，梨安突然发觉他头发蓬乱，眼神有点浑浊，他已不再是梨安当年认识的那个青春阳光的钟晓瑞了。

聊的话不多，他们像最平实的两个人，每天相见的人，时常沉默，只有碰杯的声音会提醒两个人见面的时间越来越短，下次见面又不知会是什么时候。

吃过饭后两人去了海边，海天苍茫，海浪拍打在栈桥回澜阁的护墙上，击起数十米高墙，又顷刻间倒塌。雨天的海有一种暗自愤怒咆哮的力量，像在对谁发脾气，是在责怪谁当年不辞而别吗？岸边几乎没人，只有他们两个迎风站立，任雨水拍打，一直久久地呆望着。

他侧过脸冲梨安笑，风吹起他的衣襟，那笑包含太多梨安无法体会的意味，永久地定格在梨安的脑海中。回去的路程很短，出租车里播放着青岛本地话笑话，车子沿辽宁路往上去，半小时后回到他的小旅馆。

他突然拉起梨安的手穿过斑马旅馆的狭长的楼道，仿佛时光隧道的大门开启，一下子回到当年广州熙来攘往的街头，他拉着梨安的手在人群中穿过，只是他们都已不再年轻，梨安跟在他后面，他的手温暖潮湿。

回到房间里，他烧水泡了茶给梨安，梨安坐在绿色的单人沙发上，窗外已经黑得浓厚，雨丝细密，仍没有停下的迹象。

他说："今晚就别回去了。"梨安没说什么，起身关上窗子，拉闭了窗帘。

他们并排躺在那张简易的大床上，合盖一条被子，被子潮湿，有刺鼻的味道，房间安静，听着窗外的风雨飘摇，闪电后，树枝的影子张牙舞爪地映在窗上，像蜘蛛撒下的天罗地网。

他们都没睡，也没有什么特别的话讲，他偶尔不咸不淡地问了几句，梨安一一作答。

"你还好吗？"钟晓瑞突然问了句，梨安知道这一句跟刚见面时问的不一样，问的不是他，而是那个长得很像梨安早年夭折的弟弟。

"一切不适应慢慢都会习惯。"梨安说，"就像我们生命中，谁到来谁缺席一样，时间会改变和抚平一切。"钟晓瑞并没有作声。

不一会儿，钟晓瑞睡着了，在梨安耳边打着响鼾。梨安也很快睡着了，梦见一个同自己一模一样的男孩站在自己面前，他说他叫晓树，他有一个哥哥很爱他，但他因为要去远行，不能时常见到哥哥。梨安知道他是谁，一点不害怕。

他对梨安说："谢谢你，梨安，你来了。"

梨安说："你好吗？晓树，我竟然真的见到你了。"

晓树说："你可知道这是哪里，你可知道这'斑马旅馆'不是一般的旅馆，你真的可以见到我的。"他伸手拉着梨安的手，冰冷的没有温度的手，他的脸是苍白的，笑容里透着天真善良。

梨安说："我只觉得这些似曾相识，可我没有来过，难不成这里也有一道时光隧道吗?"

晓树说:"你一定来过的,只是你不记得了,将来你会想起来。"

梨安用力点头,晓树接着说:"再见,梨安,希望你能一直代替我出现在哥哥的生活当中。"

梨安说:"再见了,晓树。"

早晨的空气异常清新,雨已经在夜里停了。梨安醒来时,钟晓瑞在卫生间洗漱,流水声传进房间,梨安起来穿好衣服,钟晓瑞从卫生间走出来。

"昨晚我的呼噜声有没有吵到你?"钟晓瑞一边用毛巾擦着头发一边问。

"没有,我睡得死。你就要回去了吗?"

"是啊,赶早一班车,门口马路上可以拦的。"

梨安去洗漱,钟晓瑞整理东西,很快他们就一起下了楼,在服务台结账。早班的女服务员高原红的饼脸,像山东特产的大苹果。

出了门,地面还是湿的,梨安陪钟晓瑞在马路边等车,很多依维柯慢行慢开,每辆车上都有一个人将头伸出窗外,喊着方言"平度""胶南""烟台""龙口",只是没有威海,他们静静地等。

"梨安。"钟晓瑞突然问他,"你想去威海工作吗?"

"还没想过。"梨安耸耸肩,"我也没念过什么书,也不知道自己还能做什么。"

"可以做很多。可以和我一起做黏合剂。"钟晓瑞停顿了一下接着说,"我们可以一起生活。"

"我想我不是做生意的料。"梨安没有仔细揣摩出他话中的意思,"现在还挺好的。"然后尴尬地笑笑。

"嗯,也好。那你就留在青岛,有时间来威海玩,不过有空了去学点什么,比如电脑或者外语,以后都用得到。你不是做苦力的人,好好学学,以后一定可以做成大事。"

"我能做什么大事啊。"梨安笑了笑。

"一个人按着他自己的想法和意愿生活，并且自由，就是大事。"钟晓瑞很认真地对梨安说。

车子来了，钟晓瑞向梨安挥手告别，梨安冲着他喊："我一定会去威海看你。"看着他渐行渐远，梨安心中生出一种惆怅，他像他最熟悉的陌生人，心里空空的，好想找美姨说会儿话。

梨安带着略微失落的心情走回停车场，停车场很安静，没有车辆进出。他望向墙头，有只黑猫蹲在那里，吓了他一跳，黑猫看见了他，不紧不慢地站起身子，缓缓地向墙外望了望，纵身一跃跳了下去。

9

有一个忽明忽灭的巨大的黑洞将梨安牢牢吸了进去，夹杂着风吼，将人的脑子撕碎，一片片吸收进去，然后是划破电影胶片的细碎的声响，如一场盛大的花开，剧烈地摇晃不停。梦只是梦，有如多年前梨安一直梦见自己坐在绿皮的火车里，一个人，火车向一个深渊里行进，漫无目的也没有限定时间，长长久久地开着，没完没了。

神秘人米修不见了，不见了也好。

梨安甚至怀疑，梦境里的一切是否都只是现实的缩影，潜意识里，是他自己想要回到过去，不想面对现实的残酷。他明明是活在童话里的人，认为世界是那么美好，可世界总是给他制造一个又一个困难，让他渐渐对世界失望，可他在心里又给世界留了一道可进可退的门，他宁愿相信一切都可以回到从前，而非一锤定音。

几天后，美姨叫梨安去厨房，说有重要的事情告诉他。梨安知道又是什么新奇的八卦新闻，美姨最喜欢的。也难怪，平淡无奇的货运公司和无聊至极的生活能给他们带来什么刺激呢，无非是扯扯闲话的时候最有趣。美姨常拉着梨安去夜市吃小吃，有时也喝点酒，山南海北地胡扯，喝多了就可以对自己的胡言乱语不负责任，吹着海风编造着假梦，觉得实在惬意。

"你绝对想不到。"她神神秘秘地说，"一定让你大吃一惊，说不定会惊讶得昏过去。"

"这么严重？"

梨安去厨房找她，四下无人，她拉他坐在桌前，突然问他："你记得前几天晚上我们从海边回来后，田鸡叫牛司机出去吗？"梨安说记得。美姨说："其实他们约好了去找小姐。"

"不会吧。"梨安说。

"确有此事。据可靠消息透露，那些小姐就住在山东路立交桥不远，是一个很隐秘的地方，不公开对外，不是街边，是小区里，也不晓得谁先发现了那里，他们几个都去过，听说一人找了个固定的小姐，你惊讶吗？"

"挺惊讶的。"

"会昏过去吗？"

"不会，坚强极了。看着他们不像那样的人。"

"看可看不出来。钱经理那样看起来斯斯文文的还找小姐呢，你还记得那晚牛司机电话里和谁吵架吗？"

"嗯。"梨安回想起来，他们从海边回来的路上，牛司机接了一通电话，美姨的小雷达马上加满了信号。

"是他老婆，问他要钱，说他很久没往家里寄钱了。这男人怎么这样？外面的事也就算了，毕竟离家在外，人之常情，可家里总要顾些，听说还有一儿一女在读书。"

梨安终于表示出震惊："牛司机真不该这样。"

"再说田鸡，年纪轻轻的，怎么也不学好。那些小姐脏得跟下水道差不多，他竟也不嫌弃。"

梨安知道田鸡曾吹嘘过自己当年在佳木斯有多少女人哭着喊着要跟他在一起，而且他和上海、北京、天津、广州的女业务员都很要好，电话里一聊就是半小时，从每天早晨起来吃什么开始直到睡觉盖什么为止，每一个都像田鸡的亲密爱人。梨安说："她们打来电话找他，我接过，感觉都像是情侣一样，好多情人。"

"哪有？他们连见都没见过，不过是业务往来，田鸡嘴巴甜，女孩子们被哄得心花怒放，不过呢，这也无可厚非，都是正青春的小伙子小姑娘。"

"不过，貌似他在老家也有女朋友的，我接过找他的电话。"

梨安接到过一个打给田鸡的电话，是一个女人打来的，声音柔柔的，东北话比较重，听得出来是老家的。她怯生生地问田鸡在不在，梨安说这会儿没在，问她是谁，要不要打回去。她声音有片刻失落，说下午再打来，不肯说是谁，生怕会影响田鸡工作一样。后来，梨安找到田鸡跟他讲了，要他下午等在办公室里，田鸡"嗯"了一声，整个下午都不见人影，梨安急于去客户家就没再留意有没有人打电话找田鸡。

"田鸡似乎有意在躲避老家的那个女人。"梨安说。

"这也不奇怪，肯定是他做了对不起人家的事，一拍屁股就走了，不想负责任呗。"美姨说。

"若是这样，他就太不应该了。"梨安说。

美姨感慨地说："在他眼里，哪有那么多应该，这些也就算了，哪个少年不钟情，以前小做点错事也可以理解，但他现在还跟那些桥头的小姐来往就不太好，将来可怎么办？"

"你怎么知道这么多？"梨安突然想起来问她。

"我是谁呀。"美姨自豪地说,"我问每一个工人,总有些蛛丝马迹,还有隔壁秃头说在夜场见到过他们,田鸡和牛司机各带着小姐去那里玩,我结合在一起就明白了。"

"我说美姨,你不去情报局工作真是可惜。"梨安不得不对她竖起大拇指。

美姨心直口快,又是古道热肠,大家都很喜欢她,主要是她做得一手好菜,连钱经理都连连称赞,也承诺过将会向总公司申请,给她加工资。美姨平时留的菜只有两份是最好的,一份是给钱经理,另一份是给梨安的。

"我女儿很漂亮的。"美姨自豪地说,"她在济南教书,学校放假了会来看我,到时介绍你们认识,她也爱写作,你们一定会有共同语言。"

美姨不太喜欢郁仓管,嫌他脏,不洗手就吃饭,美姨常常说他,郁仓管就笑着去洗手。

其他工人有点怕美姨,她说话不留情面,常让人尴尬,她倒不觉。有一次,她包了牛肉包子,非常好吃,包子拳头大,梨安吃了四个已经吃不下,工人基本都吃了七八个,有一个年纪最小的工人,竟然吃了十四个。美姨一边笑一边说:"天啊,包子都被你一个人吃光啦!"那孩子羞得不知如何是好,跑回宿舍去了,临走时又抓起两个包子带回去。

10

"什么样的生活都是人生啊,但一定要活出味道。"美姨说,"我就不喜欢平平淡淡的人生,我每一天都要过得很特别。"

她是很精致的女人,虽然不再年轻,但依然风姿绰约,就连每天早上去买菜,都要精心打扮一番。她绝对是菜场一道最靓丽的风景，她个子高，头发烫过，卷着大波浪，人也白净，笑眼弯弯，身上穿得更不用说，菜场的人常疑心她是公司老板娘，屈尊降贵来买菜，因此对她毕恭毕敬的，常多送些给她。

梨安某日早上陪她去买菜，她很开心，先带梨安去吃了一碗肉馄饨，混沌店就在靠近山东路立交桥的地方，撒了一把香菜末，美味得无法言喻。她一直盯着桥侧的楼群看，而且还自言自语，那些小姐住在哪里呢？梨安笑她精力充沛，咸吃萝卜淡操心，她不得不承认，也跟着哈哈大笑。

他们去菜场买菜，那些菜农跟美姨都熟络，大姐长大姐短，她内心开心极了，但她粉面含春微不露，装得十分端庄腼腆。他们问："这是你儿子吗？"她说"是的"，他们说"你儿子好帅啊"，她赶快说"我还有一个女儿更漂亮"，得意极了。

他们买了当日的菜，拉着小车回来，公交车上她向梨安叹气道："怎么样？来这一次你才能体会到我的辛苦，赚那点钱真是不值一提。"梨安说钱经理允诺了要加你工资的。她说："钱经理的嘴就是狗屁股抹了油，还不知猴年马月能兑现，公司也不正规，还不是老板娘说了算。"

又问梨安老板娘是什么样的人，梨安说红姐是个瞎子，她大惊怎么会是瞎子，梨安说就是"目中无仁（人）"，完全不把任何人放在眼里，也是个狠角色。她说："这再正常不过，毕竟是老板娘嘛，总要有点派头。"梨安赞美她说："你也是老板娘，怎么就这么和蔼可亲？"她最爱听这句，美得满脸皱纹，不知如何是好。

梨安提议买了豆腐，说会做父亲的拿手菜"三鲜一品豆腐"，她问是怎样的菜，梨安说等下看他的。后来，梨安在厨房忙了一个下午，两片豆腐里夹着肉馅，裹了鸡蛋和淀粉丢进锅里油炸，再重新回锅，浇汁勾芡，撒上香葱就齐活了。可他说得轻松，做好之后发现口味还是淡了，但工人们初次吃，都觉得不错，他松了一口气。

和美姨相处的时光梨安很快乐，可消解大部分的孤寂，他想起从前那些岁月里，为何没有一个人如美姨般存在他苦难的过往之中，给他信心和力量，不过美姨的出现并不晚，所幸有美姨，他一直很感恩。晚上他常和她去夜市，就在小村庄那里的利群商场下面，有时坐车，有时走路，穿过山东路立交桥，不带郁仓管，只他们两个。有时他们偷偷跑，生怕后面有只野狗追着一样，担心郁仓管会跟来，走得远了回头没看到人跟着，他们两个窃窃地笑个不停。

美姨常掏钱买小食给梨安吃，两人故意抢得披头散发，觉得有趣，或者去吃酸辣粉，挤在众人之中，梨安则挽着她的手臂，像挽着一截莲藕，他们亲亲热热的样子，极像一对母子。在青岛的岁月里，美姨一直无条件地照顾着梨安，不求任何回报，暂时代替母亲的角色出现在梨安的生活中，给他温暖。

梨安又去观象山拜访了那位住在有大树的小院子、精通异相又和蔼可亲的周老先生，提了一兜新上市的红富士苹果，泛着一袋清香，又带了他的一篇文章。

前一天，周老先生电话打到AU公司找梨安，问他还记不记得他，梨安客气地说"当然当然，您好您好"。他当然记得吃过老先生的肉包子，还听他讲过几桩匪夷所思的穿越时光的事件。

周老先生说，他有一个学生在《青岛日报》工作，最近刚好要组一期稿件，以反映当今打工者的生活现状，最好有积极向上的内容。周老先生突然想到了梨安，赶紧打电话给他，问他是否有写过的稿子，如果题材符合需要，尽快送来他这里，他可交给学生看能否发表。

"我觉得你不错，要沿着你的梦想之路前行啊，虽然会遇到诸多坎坷，但是千万不能轻易放弃啊，放弃了一切就没有了。"他在电话那头感慨地说。

"谢谢您，周老师，我明天就送一篇过来。"梨安放下电话之后，忙着翻从前写的文章，有关他这几年工作的一些片断，大连的不能写，酒吧的经历不积极，也不健康，不能在报纸上堂而皇之地发表，那就写广州，又怕同事看了不好，唯恐传到AU总部红姐那里去。

当时，郁仓管来找梨安，约他去夜市，说要买几双袜子，梨安忙得很，无暇搭理，让他找美姨去，美姨当然也不去，他只能自己去了。他手里捏着一根烟，一边走一边摇头，胖胖的身子渐渐消失在停车场的大门口，梨安不知道当初郁仓管得知女朋友一直在欺骗他的时候，是什么神情，难道也只是一边走一边无奈地摇头吗？他心生怜悯。

梨安突然又想到郁仓管似乎从不穿袜子，鞋子一直趿着，走到哪里都是"嗒嗒嗒"的踢踏声，怎么突然莫名其妙讲究起来，令人生疑，可梨安无暇顾他，他有更重要的事。

美姨得知周老先生的一番好意之后，替梨安高兴，一并鼓励着他。她说："看来你要靠自己了，别人都指望不上。在总公司那边，钱经理大概也不会帮你说好话，他偏心田鸡。你呢，得空去学点什么，老先生说得对，你还这么年轻，说不定哪一天就离开这里，去更好的地方了。这里是那些工人还有我们这些退休人员混饭的地方，你不应该来的。"

她的一番肺腑之言，周老先生说过，钟晓瑞也说过，他们都希望梨安有个美好的未来，他应该多去学习，拿个文凭或者技能证书。在货运公司能有什么出息呢？上次周老先生从他女儿那里要到培训机构的电话给了梨安，梨安还一直没有联系过，看来这次他要认真对待这件事。公司命运未卜，因为硬件设施不过关，公司没有营业许可，不具备运输和仓储的资格，不过是租了几辆车和一间仓库，招了一些佳木斯的闲散人员、社会渣滓，开了几家皮包公司，万一哪天因事被查，整个公司就要垮了。到时候，梨安更无处可去，回萝城吗？一想到回萝城他就禁不住心里一阵酸楚，万万不能回萝城。

梨安连夜抄了一份从前的手稿，三千多字，约略写着他从广州到塘厦的经历，以及从塘厦回家火车上发生的事，写那个凶恶的乘警无缘由地抽他耳光，还写了一个善良的老大爷一路照顾生病的他。第二天，他将誊写好的文稿小心翼翼装进档案袋，借拜访客户的机会，顺路去观象山周老先生家里。

那个从前荒芜的小院落已经丰饶起来，绿草丛生，院中的大树生出浓密叶子，天气热，半个院子都沉在阴凉里。周老先生正在家里看书，见到梨安高兴地请他坐。

"怎么还买了水果？你也不容易的，别乱花钱。"

"苹果不贵，但很新鲜，顺路看到就买了。"

"小孩子，乱客气。"

梨安将文章交给他，忐忑地等着，他戴上眼镜翻看，梨安紧张，不自然地搓着手。周老先生认真地看完之后，大加赞扬。他说："写得很好，非常真实，像一部电影一样，一定可以发表。你放心吧，回头我打电话给你。"

"嗯，好的。谢谢周老师。"

"那个。上次跟你说起的关于时光隧道的事，就不要放在心上了。"

"为什么？我觉得挺有趣。"

"那就只当故事听听，不要影响到生活。"

"没有啊。我觉得可以写成一篇故事。"

"嗯，如果有这样的作用当然是好事。虽然事实是那样，但还是一个未经证实的传闻，只当是传闻就好，等哪一天有人来证实了，它就不是传闻了。"

"嗯，我知道了。"

梨安谢了他便走了，他倒的茶也没时间喝，梨安怕耽误去客户家的时间。他约了去馆陶路一家食品公司取支票，对方财会是个名叫月红的女子，一口青岛本地话，眼睛时常乜着，虽然人很和气，却总像是不怀好意。

整个下午梨安都很兴奋，一直乐呵呵的，月红问梨安："你怎么这么高兴？"

梨安说："看到支票就高兴，回公司就能交差了。"

月红说："你可真是敬业啊。"

11

回去的公交车人不多,梨安坐在靠窗的位置上,天淡淡的蓝,近乎白,高大的白杨虬枝峥嵘地伸向天空,太阳如咸蛋黄样挂在西天,有破碎的迹象,身畔拢着几团云,透着桔金色。

刚回到公司,还没走进办公室里,梨安就已看到里面坐着一个又黑又脏又胖的陌生男孩,侧坐在所有人的后面,怀里抱着一台电脑机箱。他扭过头看了梨安一眼又转过去继续傻坐,不发一言,像团黑心棉,一件旧衬衫和一条脏的牛仔裤,松松垮垮挂在他身上,完全不像是他的,倒像是捡的。

田鸡忙着和其他分公司的女业务员们打情骂俏,笑得一脸油光,根本没有理会梨安。梨安收好支票去厨房找美姨,美姨肯定知道是怎么回事,她的雷达信号始终保持着满格状态,从未脱过岗。

美姨说那男孩是新来的会计,学校刚毕业的,已在上海总部学习了半个月,理清了工作流程,今天就到了青岛,带了电脑来,说以后的业务单据全部都要录入电脑里。

然后美姨教育梨安:"你看看,你看看,我说得对不对?你呀,一定要去学学电脑,这不是闹着玩的,将来不会电脑就真的找不到工作了。"

梨安说:"知道了。"

"可是,新会计住的地方怎么解决?宿舍已经住不下了。"梨安问。

"你还真是问对了。"美姨兴奋地拉了一张椅子坐下,看来这话题长了,锅里"嘶嘶"地冒着热气,一股肉香味布满了整个厨房。

"钱经理中午还在的,他已经做了部署安排。所有工人还是住在宿舍里不变,以后也不会变,厨房旁边有间空房,就是挨着我房间的,他已经让郁仓管、大军带几个工人整理出来了,收拾得挺干净的,你、牛司机、送货业务员、新会计四个人搬进去住,上下铺铁床已经买好了,一会儿就来人安装。"

"那田鸡呢?总不至于就让他住到山东路那小姐那里吧?"梨安说。

"当然不会,那不是等于支持他的所作所为吗?钱经理虽偏心他,也不能明着纵容他,万一在外面出了事情,钱经理也负不起责任。他是一只老狐狸,就知道睁一只眼闭一只眼,其实心里比谁都清楚。田鸡被安排在办公室后面的小仓库里住,方便他24小时接电话。"

"那田鸡岂不是气死了?"梨安突然想起那个田鸡一直想躲避的电话,来自老家某个女人的。

"当然,他虽然不高兴,表面上也在笑,无奈地笑,可一转头到厨房就拉长着一张脸,不过据说钱经理答应加他工资,他也就没话可说了。钱才是良药。"

梨安觉得美姨既文艺又浑身充满人间烟火味,谁让她命苦只能屈身于厨房呢。

"那新会计怎么看起来呆呆的。刚才我进办公室,他好像还没睡醒,眼神冷漠,目光呆滞,就像个傻子似的。"

"肯定不傻,比你可聪明多了,不然怎么能从总公司调到青岛来。你一身能耐就不出息,说来说去,最傻的就是你。"

吃晚饭的间隙,美姨借了一只干净的碗给新会计,他很害羞,别人都走散了,他才晃晃悠悠到厨房来,一直冲着美姨傻笑。美姨给他盛了饭,一边看他吃,一边问他的前世今生,再估摸他的未来。

原来他姓方,刚从佳木斯某电脑学校毕业,学的就是会计专业,他的同学们几十个人都来了AU公司,在上海总部培训了半个月后,纷纷被下派到全国各分公司,男会计不多,钱经理说要男孩子,他便被派来了青岛,他说他很小的时候来过青岛,是和家人来旅游。

吃过饭，方会计又回到办公室里摆弄他的电脑了。他后来经常整夜整夜坐在电脑前，如痴如醉，可以不吃饭不喝水，眼睛也不眨一下，人们不晓得到底在弄些什么，看起来很神秘。

当天晚上，铁床就安装好了，两张床上下铺，四人睡，梨安搬到新居室，与美姨一墙之隔，方会计睡他下铺，牛司机很少到新宿舍来睡，他几乎每晚都住在山东路那边，搂着他的美娇娘。

田鸡的脸持续拉长不止一天两天，钱经理允诺过的钱似乎也没能使田鸡的脸有所缩短，电话就是一个不定时的炸弹，梨安猜他并不想昼夜守着，像守灵一样，等待着炸尸。

新住处只是一方面，他失去自由是真的，但他每晚乘着茫茫夜色溜出去也只有门口的女门卫知道，另一方面大概因为方会计的性别他一时无法接受。他一直梦想着总部会派个妙龄十八、前突后翘的小妹妹来做会计，平日里只有他们二人坐在办公室里看庭前落花流水、拨茶弄盏、百转千回，聊聊人生十之八九，可方会计的到来打破了他原有的美妙计划，让他非常失望，甚至绝望，他就像一匹大种马，时时刻刻想着交配。

可是没多久，他便聊上了一位女客户，名字有个玲，是某瓷砖公司的女代表，也是那公司老板的侄女，吉林人。两人聊得火热，情投意合，就差以身相许了，某次去送货，田鸡还特地跟去那公司探望玲，初见之下，令玲喜出望外，专门请田鸡去了某个豪华酒店吃饭。说起来，田鸡的外表也并不难看，眼睛奇大，像新疆小伙，只是皮肤不太好，长了很多红色的疙瘩，一碰直冒脓水，但并不影响他三寸小巧舌吞吐出的甜言蜜语，玲对他千依百顺，至于发展到何种程度只有他们二人知晓。

梨安曾见过玲，是他到那瓷砖公司结欠款，玲接待了他。玲是个长得颇有些气质的长发女生，他因为讨厌田鸡，便也和玲做起朋友，偶尔打个电话，他并没想与她怎么样，玲也只拿他当男闺蜜，与对待田鸡不同。时间一久，俩人聊了很多心里话，她家里的一些事情都讲给梨安听，说她在叔叔这里工作，工资不低，婶婶并不喜欢她之类。后来有一次只有他们两个在她公司，她竟说起她老公来看她的事。原来她已经结了婚，老公又是军人，这几天来看她，她不能和田鸡见面，觉得心里难过，又说起老公晚上陪她在海边散步，一直搂着她说想念她的话，她觉得对不起他，晚上也不想让老公碰她，觉得那样又对不起田鸡，她的身子不能同时接纳两个人，说着说着，她竟真的红了眼圈。玲楚楚可怜的模样打动了梨安，这事他没和任何人说起过，连美姨都没说，因为他答应过替她保守秘密，美姨若知道了，全国人民估计也就知道了。

第四章

听不见的潮汐卷起千层浪

亲爱的朋友S：

又写信给你了。

我想跟你说，我要离开这里，我真的害怕他们了。

为什么好像他们人人都要与我为敌呢？是他们的问题，还是我自己的问题？我连上街都发现别人看不起我的眼光，站在大太阳底下的我，到处躲，又无处躲，最终到现在，只有影子是我可以躲藏的地方。

我其实有一个比较要好的朋友，住得离我家不近也不远。可他妈妈却不让他跟我玩，他已经告诉我了，以后他不能时常来找我了，他妈妈说我们是外省人，有小偷小摸的习惯。他把这些都告诉我了，我真是难过。

往上数几代，谁不是外省人呢，谁不是农村来的呢，怎么你家就比别人高级呢？我想不通啊，S，我是怎么了？

当然，这封信不是老师让写的，我也不可能把这信给任何人看，包括老师，我的那位讲课带方言的女老师。前几天，她亲手把我摘的一束野花从讲台上的瓶子里抽出来，随手丢进了垃圾筒里，放学后又被我自己捡回了家去，原因是我采了一瓶子黄花菜。

你见过黄花菜吗？也叫忘忧草，可以吃的，可我现在有"忧"，要怎么"忘"呢？

前天夜里，有只猫经过我的窗前，喵喵地叫，我以为会是你，哈哈。

祝你永远无忧。

朋友小S

1993年7月3日

1

又黑又胖的方会计不爱说话,总是一副神情恍惚欲言又止的样子,如一碗半冷不热的温水,而且反应能力也极慢。同他说话,他像没听见一样,半响才会问你。讲个笑话给他,他大概到了第二天方能领会出其中笑点,自己在那儿闷声笑起来。

他年纪轻轻却不爱讲卫生,不爱洗脸、刷牙,更不必提洗脚、洗澡这类平常人每天必做的事,在他看来全部可以省略。他只安心地守着电脑,浑身散发着惊人的酸臭味道坐在电脑前,"滴滴滴"点鼠标,"啪嗒啪嗒"敲键盘。

睡在他上铺的梨安,常常闻到一股难闻的味道,尤其在他睡到半夜偶尔掀开被子时,有如打开了潘多拉下水道的盖子,一股酸腐夹杂着腥臭味扑面而来,睡得再熟的人也一定被惊醒,犹如梦里被按进了泔水桶里。梨安和美姨暗地里叫他"下水道美人鱼"。

有一段时间,梨安捡了一只小猫,十分可爱,本来他只是在路上唤了它一声,那猫便跟住了他,他走哪里,猫跟到哪里。无奈,他只得将小猫带回公司里来,睡在他的铺上。夜里小猫要尿尿,喵喵叫个不停,有时梨安睡得熟了也懒得搭理,后来小猫就跳到方会计的铺上,在他被窝的角落里解决,连屎带尿,一坨一坨,一连屙了好几天。方会计的被子从来不叠,也不洗,他依然美美地入睡,竟从不知小猫把他的被窝当成了猫砂盆。后来,有一天房门没关紧,小猫跑了出去,从此再没回来。

方会计的一撮头发永远高高竖起,定了型般,像风干的牛粪饼上插着一棵草,满脸积着油脂,厚得可做面具,眼屎成结成球,鼻口糊着鼻屎,一口焦黄的牙齿上沾着辣椒面和青菜叶,脖子上更不必细说,堆了厚厚一层泥垢,洒水可种菜。

起初几日,人们还以为他工作繁忙,为了将早先的单据输入电脑,不眠不休十分敬业，顾不得洗漱。有时他就靠在办公室那面墙上睡觉，天亮之后跟跟跄跄去厨房抓了馒头就吃，也是出于饥饿的无奈。后来渐渐发现不对，不洗脸不刷牙仿佛是他的一大爱好，觉得没有必要，别人也不好说什么，除了暗地里嘲笑几声。

他的衣服更是没必要更换，也不用洗，床底下堆得已无法塞进去任何东西，那一件衬衫和牛仔裤，自他到青岛那天开始，足足穿了两个多月未换。直到有一天，他每日靠着的那面墙上惊现了他黑色的身影，完完全全是一个人的人形印在墙面上时，钱经理终于受不了了，说："方会计，你是不是该去换换衣服洗洗澡，年轻人要干净点，怎么能浑身是臭味儿，你看看那面墙。"梨安疑心是田鸡背后告状，每日他们都坐在办公室里，方会计的臭味时时伴在田鸡左右，他无法安心和全国各地的女业务员煲电话粥，发泄不满也是情理之中的事。

方会计闻听钱经理如是说，倒也有片刻不好意思，当天换了一身衣服，不过是从床底下掏出来一件，也许在上海总部就穿过没有洗的，咸菜样皱巴巴一绺，只是相比他身上这件干净些罢了。之后他又洗了脸刷了牙，但自此之后再也没换过衣服，也拒绝洗脸刷牙，好像故意和田鸡过不去，定要以"生化武器"向他宣战，也像是在和钱经理斗气。

梨安也是无奈，除了夜半惊醒以为天崩地裂，茅坑来到了头顶之外，其他时间尚自由，可外出，省了很多和方会计相处的时间，其他人就没这么幸运，尤其是田鸡。

梨安和美姨说起来都笑得弯腰，也该让田鸡尝尝这滋味。

方会计发生过一件好笑的事，堪称经典，连工人们听了都忍不住要笑起来，这事还是要从美姨谈起。

美姨所工作的小厨房挨着一个大的仓库，厨房小，自然与仓库间形成一个三角形的避风地带，美姨拉了一根绳子在那里，专门晾晒厨房的餐布、小毛巾、蒸馒头用的白纱布。从没有人将洗的衣服晒在那里，那是美姨的地盘。

有一天，不知是谁晾了一条洗过的窄小的三角裤衩在那里，上面还有破洞。美姨心下不爽，又不便发作，只等人来取，她每天进进出出都能看到这条小裤衩。她晾餐布时，只得将裤衩移个位置，时间一长，每天面对它就生起气来。可说也奇怪，裤衩的主人从不来取，一挂就是近两个月，经历过风吹雨打，湿了又干，干了又湿，风吹掉无数次，美姨好心拾起来再挂好，周而复始，小裤衩又脏了。她曾问过梨安是谁的，梨安也不清楚，这是一件悬疑案。

梨安将嫌疑人锁定在方会计身上，他不换内裤是出了名的，洗过忘了也是情理之中的事。但大家每日来厨房三次，早午晚，天天得见那小裤衩如旗帜般在风里飘扬，难道他就看不到吗？

终于有天，在大家吃晚饭的时候，美姨再也受不了了，大声责问那条小裤衩是谁的，已挂了两个月了，怎么没人拿走，这辈子也不打算换裤衩了吗？马上有人笑起来，连同工人，可能大家心知肚明不便说破，田鸡和郁仓管都在低头笑，可谁料方会计果然大方站起来，承认是他的，并且接了一句："当然要换的，哪能一辈子都不换裤衩？"顿时食堂里的人都笑喷了饭。

后来得知，方会计一共两条裤衩，一件穿一个月，再翻过来穿一个月，刚好两个月，就把那条挂在厨房门口的给忘了。

方会计还有一项特殊技能，是别人无法理解的，可以不脱袜子剪脚趾甲，原来他袜子破了一个洞，大脚趾伸了出来，他剪完大脚趾甲后将这个洞移到二脚趾上，再剪，然后是三脚趾四脚趾小脚趾，不脱袜子就已把指甲剪完了。

方会计心不坏，除了不爱讲卫生浑身臭味、不换裤衩、太懒、反应慢、出去不爱付账之外，没有其他不好。

方会计曾热心主动地说要教梨安电脑，教他打字，这令梨安喜出望外。梨安虽知他的小算盘，但学电脑这件事却和梨安的想法不谋而合，毕竟是好事，梨安已经报名参加了一个办公自动化培训班,加上方会计的辅导,他很快学会了电脑。方会计又教他上网,和十几个网友聊天,有时速度赶不上,急得梨安满头大汗,久而久之,倒也锻炼出他打字飞快的速度。他还教梨安如何做会计账,收支借贷,没多久,会计的工作梨安也学会了大半。

美姨作为青岛公司唯一的女性,虽被另眼相看,也确实有点孤独,梨安再贴心有些事也不方便跟他研究。方会计来了之后,仅是做会计工作,钱经理继续兼任出纳员,钱由他把着。

又过了些日子,总部总算派来一个人做出纳员,确切来讲是个女人,而且是来头不小的女人。

2

"你好像最近不太搭理我。"郁仓管问梨安。

"没呀,你多心了。"

"是不是你觉得有愧于我?"

"我有何愧于你?"

"上次虽然是我失误造成了你的差点瘫痪……"

"停停停,没那么严重,不过脚跟受了点伤而已。"梨安纠正。

"是的。但我并非因为那件事对你好的,而是因为我发觉你是个值得交往的朋友,才走得和你近了一点,我不希望引起你的误会,以为我为了弥补过失才对你好,因此你就产生了自责的心理……"

"停停停,没那么夸张,你也太自恋了。"

"不是就好,那,你不搭理我是什么原因?"

"也没有不搭理你,我是很忙,忙着外出,也忙着和美姨逛夜市。"

"夜市可以带上我的。"

"好吧,有机会就带上你。"

果真,没几天他们逛夜市就带上了郁仓管,那天,钱经理跟美姨说总部派来一个出纳员,是个女的,需要住在美姨的宿舍里,让美姨有空去夜市买个铺床的垫子,说红姐特地打电话来说这人不能睡硬板床。大家觉得此人来头不小,气氛顿时紧张起来。

美姨叫梨安陪着去,梨安自然想到了郁仓管,可抓他做壮丁,他不是一直委屈说自己不理他嘛,这是一次友好交流的机会。梨安一说,郁仓管就同意了。他们三人乘公交车去了小村庄的夜市,走了几圈买到了颇厚的垫子,价格不菲,美姨讨了三十块钱的便宜。梨安说反正可报销,干吗死缠烂打的,美姨说:"我们拿这三十块钱去吃酸辣粉岂不是更好吗?"梨安不得不佩服美姨的精打细算。

回来的路上,梨安挽着美姨的胳膊,两人吃着糖炒栗子,有说有笑,郁仓管在后面扛着床垫,哼哧哼哧地跟着他们。

第二天一大早,钱经理就叫大家起床,让他们去美姨房间帮忙打扫卫生,新的床也已添置完毕,铺了昨晚郁仓管扛回的垫子和新的床单。他特别吩咐一定要打扫干净,地上多拖几遍,要求亮得可做镜子,玻璃也要擦干净,必须透明锃亮。田鸡和牛司机在外夜宿还没回来,钱经理让郁仓管打电话催他们一下,不要等到出纳员来时不见人,那要传到总部可不是好事情。气氛越来越凝重,美姨的小雷达又开始搜索信息了。

美姨给钱经理单独煮了猪心汤,钱经理喝得滋滋作响,额上发汗,高升的发际线似乎又往后脑退了一步,显得冬瓜一样的头更加浑圆。当他心满意足地喝完一碗猪心汤后,美姨便已掌握了新出纳的第一手资料,急得到处寻找梨安下落。

"你可知道来者是何人?"美姨神神秘秘地对梨安说,伸出一只手指来摇了摇,满眼是兴奋的喜色。

"哪吒的妈吗？"梨安打趣。

"不是啦，比那更厉害，是老板娘的亲嫂子，大概嫌青岛最近的支出费用太高，故意派到这里做内奸的，听说在佳木斯时是砖厂的职工，负责烧锅炉的，她能当什么出纳员，钱经理心知肚明是怎么一回事，不过是老板娘派来的眼目罢了。"

"那以后的日子岂不是很难过。要处处小心行事了。"

"跟咱们关系也不大，咱们哄着她点就是了，她一个有身份的人犯不上跟咱们过不去。听说叫花荪红，四十多岁吧，有个儿子在读大学，其他的就不知道了。"

"你知道的已经不少了。国家应该派美姨你去外国做美女间谍。"

这新来的出纳员到底是什么人，竟然有如此大的能耐，使一向老谋深算的钱经理也不由得虎躯一震。在无聊透顶的青岛AU公司里，这无疑是件让人好奇又兴奋的趣事。美姨和梨安研究下来，总结出一种可能：这嫂子不是一般的嫂子，定是个狠角色，一脸正气，刚正不阿，典型的居委会大妈发型，每天天不亮就穿着一件鼠灰色的职业套装站在仓管门口一边掐着表一边等上工的工人，虎姑婆一样的职场"铁娘子"。

当牛司机开着送货车带领田鸡到火车站将出纳员花荪红接回来的时候，所有人都站在办公室门口咧着大嘴列队欢迎，像七个小矮人等待白雪公主大驾光临，幻想着有一条红色的地毯从停车场外面一直铺到AU办公室里。

美姨打扮得美美的站在梨安左边，还煞有介事地抹了面霜擦了口红，方会计站在梨安右边还没睡醒，脸上挂着各种屎，整个人随时可能昏厥过去。他们盯着停车场大门翘首企盼，望眼欲穿，激动得热泪盈眶。

果然喷着AU公司字样的货车缓缓驶入院内，径直朝办公室开过来。原本坐在办公室里的钱经理，掐准时间，分秒不差，信步走出办公室，微笑着迎接花荪红的到来，花荪红坐在车里也看他，两人暗暗过招。

田鸡先下了车，再搀扶着花荪红下来，她一落地就绽开了桃花般的笑容。

她个子不高，长得很敦实，长头发扎了一个马尾，纹过眼线，扁鼻子、大嘴，牙齿轻微突起，适合此时的笑容。

田鸡喊郁仓管将花苁红的行李送到美姨的房间去，郁仓管照办，趿着鞋子"嗒啦嗒啦"地回响在空荡荡的仓库门口。

花苁红过来握住钱经理的手："钱经理，你好。"

钱经理也客气地说："嫂子好。"

美姨和梨安说过，钱经理从前在佳木斯时认识红姐他们，自然也该认识花苁红，叫她嫂子是理所应当的，只是剩下一干众人不知该如何称呼她。田鸡一脸穆仁智的走狗样，觍着脸叫她"花姐"，他们也只好叫"花姐"。

"各位好。"花苁红突然看见了美姨，"你就是赵姐吧，我在总公司就听说了，你烧得一手好菜，连阿红都说想来亲自品尝，以后咱们住一个屋，我身子弱，你要多关照我呀。"

美姨也热络地拉起她的一只肥胖的小手说："哪里哪里，以后大家生活在一起，好好相处就是，我尽全力照顾好你。"实在虚假得很，梨安从后面捅了美姨腰一下，差点把她捅倒了。她故装镇定，佯装不觉。

花苁红冲他们点了点头就进了办公室，钱经理让了位置给她坐，她说："在上海时就听说钱经理把青岛公司管理得特别好，样样考核都基本接近最低达标线，领导有方啊。"她一面笑一面用手掩口，动作幅度过于夸张，整个人向后仰了起来。

钱经理赶快满脸堆笑说："青岛做得不好，以后还要嫂子多多监督，嫂子来了我就放心了，相信青岛公司会更好的。"他绝口不提他自己做得不好，都怪"青岛"。

花苁红说："主要还看你钱经理的，我只是帮你们点点钱而已，钱都是你们辛苦赚来的，我代表阿红也要感谢你们的。"

钱经理便逐一将公司其他人向花苁红介绍一番，介绍到梨安时，花苁红惊讶地说："这是个男孩子啊，长得可真白净，多俊俏，就像俺家隔壁卖豆腐的。"梨安脸红得低下头。

钱经理介绍到方会计时,方会计居然鞠了个躬,开口就叫:"花姨。"

花菽红立刻面如菜色,180°时空逆转,明显不高兴了,她说:"好了,好了,你们一人一个叫法也真是够了,都别阿姨嫂子的叫了,以后叫我'花姐',调皮一点的叫我'花小姐''花花''美女花'都行,这样方便。"

"好好。"钱经理说,"花姐你和赵姐一个房间,我已让人收拾好了,你累了就去休息吧。"

花小姐说:"我知道青岛条件差了点,当时阿红跟我说的时候,我想也就算了,比不得自己家里,只要地方干净一点也就凑合了,也不要求什么了。我这人比较容易将就,最随和,谁让咱们公司还在创业爬坡阶段,享福是以后的事。"

说完,她站了起来,从众人的目光当中穿过,犹如穿过一条漫长的时光隧道,带着她凝固住的笑容,美姨带她回了房间。她走后,钱经理不住地摇头,嘴角带着一丝无奈。

3

第二天一早,花小姐就展示了她的与众不同,她在水池边洗手惊呆了众人。

公司水龙头仅有一个,水流较小,人多,动作要快,轮流洗漱倒还不算太困难。花小姐起得很早,在房间里收拾,梨安的宿舍与她们仅隔一道木板墙,听得清清楚楚,她边收拾边和美姨聊天,间或一两声爽朗的笑声传来。

她从房间里出来,拿了一个塑料盆接水,据说要洗手,先接了满盆水,手在水面上抓,猫捞鱼一样,抓几十下,仿佛练某种气功,将手弄湿后,这盆水便失去作用,倒掉了。于是又接一盆,这盆算是真正的洗,抹了香皂,双手揉搓几十下,伸入水中涮掉泡沫,然后又倒掉了。她再接第三盆,手依然在水面上抓几十下,算是漂洗过。三盆水后，她的手才算洗完。

工人全部等在那里发傻，直到她洗完才回过神来，郁仓管的牙膏已经有部分咽了下去。他们对花小姐啧啧赞叹不已，有钱人洗手就是不一样，但据美姨说，花小姐在佳木斯时是砖厂的职工，负责烧锅炉的，不知道她将半车煤推进锅炉之后，也要这样洗手吗？

花小姐走路的样子有点好笑，两腿因为肉厚并不拢，但她并不承认是因为自己胖，只说虚弱，加上拿了东西，整个人就像随时要栽倒一样，好像连着脚也跛了，一瘸一拐。钱经理还曾问过她是不是脚上受过伤，她说没有，她只是累，很疲倦。后来钱经理跟美姨说："她就是懒，一身懒肉，凡是活儿她都推给别人做，连收钱都是逮到谁就让谁帮忙收，一个出纳员连查钱都觉得累，还能干点什么？"

钱经理也只是发发牢骚而已，对于花小姐，他是无可奈何的。梨安曾亲见钱经理所说的事：花小姐安稳地坐在椅子上，有人付钱，她回头到处找人，找到谁就让谁代她查钱，有时是方会计，有时是田鸡，有时是梨安。三个人查过后，她就仔细将钱放入保险柜里，笑眯眯地冲他们说："看我多信任你们。"有时需支付货车运费，几千上万的，她说手指疼查不了，推给田鸡、方会计查，或者谁从门口经过便喊住人家。

有一次，梨安竟然看到装卸工大军在帮她查钱。大军刚卸好货，满头流着大汗，从门口经过，被花小姐叫住，让他查钱。他的手还发着抖，一边查一边擦着汗，查好交给花小姐。花小姐手一指，大军直接就把钱给了等候在一边的货车司机。司机再查一遍，数字就不会有错了。花小姐是碰也不碰钱的，不过从节约用水的角度考虑也是对的，查过钱就要洗手，而她洗一次手的水可供全公司人一日使用。

花小姐不单查钱找人，连记账都找人，她怕碰笔。有时是大军或者郁仓管，身上还冒着臭汗，也会被她挥挥手说："来来来，帮姐姐写一张记账凭证，别坐我桌子旁边，你太脏了，孩子，瞧瞧你的手，赶上榆树杈了，上那边去写，写好了交给我就行，好孩子，姐姐多喜欢你，姐姐信得过你。"她甚至签名都找别人代签，她总说累，总说拿了东西就要洗手，她的手的确洗不起。

自她搬进美姨房间之后，美姨便成了她的"奴仆"，但凡有活儿都是美姨干，而她安心地躺在床上假寐。她说她浑身都累，她连地上的一张纸片也不会捡起来，那样腰也会酸，任凭美姨"哼哧哼哧"地忙上忙下，她也充耳不闻，做入禅状。

美姨说有天早晨花小姐床边有张小纸片，下午竟然发现已经移到了美姨的床边。花小姐是宁可用脚踢过去，也绝不会弯腰捡起来，仿佛弯腰会让她的身价大打折扣，她忘记她当年在砖厂烧锅炉时，都是弯着腰往炉子里添煤。她在房间里待了整整一天，连晚饭都是美姨端着个茶色的小托盘给送进房里的，就差喂进她嘴里。

花小姐很少去办公室，客人付钱也基本由办公室几个人轮流代收，她只在晚上幽灵般出现片刻，数数一天的钱，又带着貌似病态的身体摇摇晃晃回去，继续入定养生，时间长了，大家均有意见，又不能发作。田鸡时时需守在办公室里，因此最气，有时忙不过来就差郁仓管去叫花小姐过来，她自是气恼，拉长一张脸。田鸡告状到钱经理那里，钱经理也拿她没办法，只有劝田鸡，因此田鸡私生活上钱经理只好两眼全闭，只当看不见了。

再说方会计与花小姐工作上属搭档，每日需要对账，但方会计常常见不到花小姐的面。花小姐如白云般随风飘过，彩虹般难以捉摸，方会计没有田鸡那般气愤，他本来也是轻度昏迷患者、半个植物人、缥缈峰的活死人，他沉湎于电脑无法自拔，花小姐不找他，他偷得浮生半日闲。因此，青岛的账目越来越混乱，无人管理。

花小姐白天觉得累，尤其是工作时，浑身像犯了大烟瘾样难受，可到晚上就精神了，像午夜春猫。晚上美姨在洗碗，她进厨房快快地让美姨快点干活，和她一起去夜市，她说想买点东西，美姨无奈，怕她不高兴，再累也得去，美姨提议拖着梨安，三人一起。花小姐封美姨是"妇女主任"，管理所有妇女，她说梨安长得好看，算半个妇女，理应归美姨管理。

到了夜市之后,花小姐对那些小食不感兴趣,觉得脏。她不住地皱着眉头,偶尔心情好想吃个风味,也是挑三拣四,嫌东嫌西。大家排队挑选食物的时候,只有她坐在那里纹丝不动,等着美姨选好了给她。万一选的不对她胃口,她就不吃,厌恶地丢到一边。所以,美姨很快便掌握了她的生活习性,她去夜市不为购物,只图那里的热闹,哪怕走走路散散心,她实在憋了太久。

花小姐的自私自利也是惊人的。

宿舍距厕所远,隔着半个院子,需要穿越沙漠般的停车场方能抵达,厕所没灯,乌漆麻黑的,踩到屎尿是小事,万一蹲着一个流氓就坏了。

男同事容易解决,新业务员是个年轻小孩,有时开了门就尿,浇得扬起一阵沙尘,女同事就惨了。花小姐自备了晶莹剔透、美玉无瑕的小尿罐一只,半夜坐在上面撒尿,"哗啦啦"的声音,常常把隔壁几个男的吵醒。她畅快淋漓之后,轻手轻脚地走到晾毛巾处,也不洗手,而是找到美姨的毛巾用力捏几下,把手擦干净,以为人不知,有次竟将例假红都留在美姨的洗脸毛巾上。美姨气得找梨安哭诉,一边哭一边说:"这事我只能跟你说,不说我的心里憋得要炸啦,真是太欺负人了。"梨安建议美姨在毛巾上抹点辣椒,美姨破涕为笑,说万一自己忘记了怎么办?

还有一次,钱经理组织大家全面打扫卫生。花小姐借故跑去银行办事,迟迟不回,钱经理明知她偷懒,命所有人停手,静静"守株待花"。下午太阳快落山了,花小姐才踩着猫步一步三晃地回来,见她进了院子,钱经理才让大家继续干活。她到了办公室先是愣了一下,见此情景,再也躲不过去,不得不加入他们的行列,不过她自有妙法,笑着说:"我去打水啊,你们擦就好了,我在这里也碍手碍脚的。"梨安知道她绝对不会碰那脏兮兮的抹布。

钱经理在后面奸笑,看她去哪里打水。原来下午临时通知停水,不过梨安和美姨已各留了一壶温水，蓄在暖水瓶里，就藏在梨安房间，晚上可用来洗脸。

不一会儿，花小姐端着一盆热乎乎的水来了，笑着对梨安说："我正发愁没有水呢，可巧你们房间门开着，就找到一壶，没办法只能用了，卫生总要打扫嘛，公司脸面是天大的事，其他都是小事。"

梨安心里虽不爽，但表面只能微笑地接过水盆，想着晚上和美姨用一壶好了。

晚上回房间时却不见了美姨那壶水，梨安问她是否拿走，她说没有，他们便去房间翻，结果发现美姨的壶在梨安的床下，里面已经空了。

"水呢？明明还有一壶的。"

"哎呀。"美姨突然想起来，"刚才我回房间的时候，看到花小姐的水壶是满的，我还纳闷她从哪里搞了一壶热水来。"

于是，梨安和美姨互相看看，大眼瞪着小眼。

4

梨安送去周老先生处的文章有了消息，已被挑选好将会发表在《青岛日报》上，周老先生打了电话告之此事，梨安很兴奋，不停地谢他。

"但是，有点改动。"周老先生说，"我的学生说那文章好是好，但太过现实，深入骨髓的现实，恐怕无法发表，只能改一改才行。"

"怎么改？"梨安问。

"前半部不动，你回家那段要动，尤其是在火车上。乘警没有骂你也没有打你，他发现你不太舒服，可能是病了，然后热心地帮你找药，还通过广播问车上是否有医生，对你极尽关爱，最后帮你找了一张卧铺。他未阖眼地守了你整夜，第二日你病愈后感动得哭了。你觉得这样改行不行？"

梨安说:"那还是不要发表了。"

周老先生赶快劝梨安:"目前只能这样,你也别太在意,新作者都要经历被修改文章的命运,这很正常。"

见梨安不作声,他情急下说出"忍一时风平浪静",最后竟说出"留得青山在,不怕没柴烧"的话来,梨安最终还是妥协了,说"随便吧"。周老先生说文章交由他学生改,不必梨安操心了。

接着周老先生说:"上次我说的那个题材……"

"什么题材?"梨安问。

"就是关于一个时光隧道的故事。你可以按这个路线写出一篇来。"

"是呢,或者有一天会写出来的。"

"梨安,你要加油,别灰心啊。"周老先生临挂断电话时说。

梨安依然谢了他,不管如何,周老先生算是帮了他的忙,更多梨安这样的文学青年都没有发表一篇文章的机会,而他白白捡了这次机会,哪还有理由矫情呢,他该庆幸。挂了电话后,梨安找美姨平静地复述事情经过,美姨问他开不开心。他说只有片刻失落,开心到失落不过短短几秒钟,可他却用了几分钟来冷静。当梦想照进现实,现实却大于梦想,甚至背道而驰时,人该做何选择,梨安已经开始思考这点,得到的结论是,以眼下的状态,只能屈从和顺服。

他已经屈服于现实这么多年,却突然对现实产生怀疑,他惊讶于自己内心的变化,从前都是恨得牙齿痒痒,现在也能嚼碎了咽下去,这是他的进步。

美姨说:"那你就该更加努力、更加勤奋,有一天让别人不敢轻易改你的文章。"

梨安依然每天按部就班前往客户家清欠款,乘很多公交车,上山下坡,百转千回,早出晚归,偶尔偷空去小村庄那里的一家电脑学校上课。班级里坐着各种年龄的学生,他在其中并不起眼。晚上回来让方会计帮他补习,可方会计常常脑子打结,说过的话又忘记，答应教他又常常找不到人，梨安时常空等，但无法责怪他，他肯教已是难得。

电脑学校的老师是一个年纪不大的男孩子，常常课上到一半就忍不住去外面抽烟。梨安常缺课，但每次都能按照他的要求正确操作电脑，他问起梨安，梨安便将真实情况讲给他听。本来因梨安的缺课纪录太多，没资格被授予毕业证书，但他了解到梨安的情况后，竟然把梨安的名字按全勤上报给教育局，梨安便得以拿到一张毕业证书。为表示感谢，梨安特地买了两盒烟送到学校给老师，老师不好意思要，梨安丢在桌上就走了。他现在已不记得买了什么烟，也不记得那老师长什么样子，只记得是青岛本地人，长得胖胖圆圆，脸上架一副黑框眼镜。

梨安又去报考了青岛市成人教育，一个大风吹的天气里，漫天黄烟，美姨陪着他。乘了很远的车，到达一个高的山坡上，那里孤零零地立着一幢白色小楼，报完名，他们领了一堆书回来。从那以后，梨安每周三、周四晚都按时赶到某个大学教室里听英文课。教英文的老师是位年过六旬的白发先生，讲话有气无力，软绵绵，带着浓重的胶州湾口音，英文像山东快板，而且只念一遍课文便卷书本走人。同学们多是社会上的人，年轻如梨安，年老如先生般，见先生走了，忙停笔喊人，问怎么不再讲讲。先生笑着说，你以为这是小学生课堂吗？读一遍已经很好，其他的自己领悟。

梨安翻开书，原是英语六级教材，如蚂蚁般密密麻麻的英文字母怎么看都糊成一团，头也痛了。一本砖头一样的厚书如何啃下来，他着实没有章法，于是，只听了三四堂课便不再去了，估计那成人教育就为赚这些半途而废的人的钱而开设的。其他书他倒是读了一遍，比如大学语文，看过之后没什么感觉，还不如现代小说好看。

梨安又去报考统计员上岗证，公司出钱，倒是考上了，证书被收走，公司需用报工商税务之类事宜。梨安每天跟方会计学业务，帮花小姐收钱、付运费、填支票、跑银行，渐渐已对财会工作了如指掌，虽未受过专业培训，却丝毫不比人差。

那篇发表在《青岛日报》上的冠梨安名字的文章叫《列车上的温暖》，前半段果然未改，倒是全部删除了，只将后来在列车上遇到热心乘警感天动地的事写得活灵活现，梨安看了都要吐了，但从头至尾除了作者名字是"宋梨安"，其他都不是他写的。梨安灰心地把报纸丢到一边去，美姨却收了起来，说："我女儿马上放假了，要来青岛看我，留给她看，让她和你一起交流交流。"

梨安还是非常礼貌地打了电话给周老先生，对周老先生的知遇之恩表达了他的感激之情，周老先生问起梨安是否在网络上写文章，梨安说已经开始了。其实他还没有，最近一直忙着学习上的事，倒很少写东西了，同方会计商量，他同意晚上十点之后，梨安可以使用电脑写作，而且会将他的文章存在一个文件夹里留好，不许别人看。

梨安感激他，然后开始新的创作，摒弃纸笔，用电脑代替手写，当然写作不是说写就能写的，需要一定时间的构思。将一个故事切分成几个场景框架，逐一完成填充，关于人物也要突出其性格特点，还要注意下笔的主次，不能乱了章法。梨安知道这些必要的过程，但往往写着写着，就偏离了道路。他知道自己太感情用事了，他笔下的故事几乎都是亲身经历，他的主观意识和情感都在里面，所以本位主义也很严重，不能很快将自己从故事中抽离。现实与虚幻世界的混淆是他最大的问题，之后数年，他都在端正这个思想，常常又被带回进去。

他想起了民国女作家萧红。为什么在萧红逝世很多年的时间里，她的名字都没有出现在文学"正史"上？主要因为她的文章太过"真实"，虽然也有文章写到战乱，写到重生，与当时动荡不安的时局吻合，但更多的却在揭露残酷、荒蛮、愚昧和死亡，她不会山呼万岁，也不会为谁高奏凯歌，她只写想写的东西，由着自己的真性情，不受任何拘束，她与那些所谓的进步人士走得渐行渐远。他们在歌颂新生活，而她还在缅怀过去，她永远只纪录那些黑土地上终日劳作见不到天日的妇女、挨饿的孩子、脚疾的拐子，农妇不得不卖掉唯一的瘦骨嶙峋的牲口，为了冲喜娶来的小团圆媳妇被活活烫死在开水里……所以，萧红一直是孤独的。

梨安有时候也能感受到那种孤独，不与世人等同，往往剑走偏锋，一旦稍稍拐了一个弯回来，即刻发现了自己的俗不可耐，人人要写的爱情他不写，人人要写的风花雪月他只看到秋冷残荷，"人人"不是他，他也不做"人人"。以至于他越来越觉得孤独，想想周老先生的话也是对的，或许只有在网络上才可以任由泼洒笔意，任由真性情发挥，网络将会是另外一个新奇的世界。

都说电脑是人脑的六倍，果然，写作速度飞快。梨安在网络上注册了一个"春恨秋悲"的名字，发表了他的第一篇网络小说，名字和内容现在也都不记得，或许是关于他的出走和流浪，他的经历也不过这些，悲情和苦难始终萦绕在他所有的文字里。不过他还记得一会儿工夫已有人评论，鼓励的很多，着实让他兴奋到极点，原来网络是如此神奇，果然没人知道网络背后的你是什么样子，男或女，老或少，哪怕是一只长满癞痢的狗也没人在意。人人都在网上扮演着自己心仪的角色，说说笑笑，唱唱跳跳，你方唱罢我登场，网络从来都不缺乏热闹。

自那之后，外出时梨安一定挤出时间去网吧上网，聊天和写作，再看看当下的新闻热点。他注册了OICQ，认识了几个网友，天南海北的。曾有一个山东的网友送给梨安一首歌，某个小明星唱的，说要陪他一起老下去，但梨安不知，以为是他原创，感动得一塌糊涂，常常播放来听。

有一家网吧在浙江路圣弥爱尔大教堂附近，是梨安常去的，沿下坡石子路走，飞花深弄巷，寂寞远人烟，几经周折才可寻到。古朴的小院落，门口长满蔷薇，进院可见一座小小池塘，池上有荷，荷下有红鲤，石砌的楼梯搭在墙侧，墙缝里长出青苔，上楼有一扇枣红色木门敞开着，里面可听到沙沙的敲键盘声，没人喧哗和吵闹，老板是个年轻小伙子。梨安找到一个靠窗的位置，透过窗可见到远处的大海，碧波荡漾，抬头，一道阳光从天窗射下来，照在地板安然卧着的一只黄色懒猫身上，不远处的圣弥爱尔大教堂的四个巨大铜钟常被敲响，钟声高远辽阔，清脆悦耳。

梨安坐在这幽静的小楼里，写下一篇篇文章，并且在网上认识了很多同样喜欢写作的朋友，他们会告诉他哪里写得好，哪里有待加强，大家以诚相待，均有相见恨晚的感觉，期待有朝一日可以相约在某一个城市见面。

梨安想写一部关于时间入口和时光隧道的小说，将它设定在当下的某个时间，一觉醒来已经是另一番天地和日月，将是多么神奇的事。他想起那个梦，想起神秘人米修，想起周老先生讲的故事，心中热血沸腾。

5

除了方会计和美姨之外，没人知道梨安在写文章，他怕节外生枝，钱经理若知道肯定也觉得梨安的大部分时间都用在写作上面，对工作就没那么热心，说不定会越来越消极。但钱经理知道梨安喜欢读书，而且也常在美姨面前夸梨安做事认真仔细，像一杯蜂蜜水，看着是白色的，喝起来却是甜的。美姨将这些话争分夺秒地告诉梨安，她忍不下独享，片刻也不会耽搁。梨安心里自是高兴，但他也知道钱经理的老狐狸面孔下深藏的是什么。

钱经理虽然这样夸过他，但对他没有多么照顾，话只说出来好听，显示他作为公司领导人的大气。钱经理一直偏心田鸡，好处都给了田鸡，还给田鸡加了一级工资，大家全都看在眼里，总公司安排全国业务员去上海培训，本是闲差，不过游山玩水，他也带着田鸡去了，而梨安在家里做田鸡的那份工作，还要把欠款收回来。花小姐仍然不常到办公室去，她躺在宿舍里说浑身疼，骨头架子都散了，她大概是碎瓷片粘成的。梨安还要负责帮她收钱，忙得不可开交，手脚并用。倒是方会计看不下去偶尔会帮忙一下，但他多数时间都坐在电脑前发呆，喊几次也不会回过头来，回过头来也是满脸的茫然不知所措，他的脑子常常游离在不知哪个高度上，云层顶端，迟迟不肯下来。

钱经理和田鸡一走，牛司机也开始不听话，不由任何人管了，直接做了自己的主。

他现在已经正式搬到山东路立交桥那里了，每晚抱着美娇娘翻云覆雨，早晨回来得很迟，手机也不接，该出车的时候找不到人，客户电话打过几次来骂。不知多久，才见他大腹便便一步三晃地回来，嘴里哼着小曲，进门先赔着笑脸道歉，点头哈腰，谄媚的鱼尾纹可夹死苍蝇，然后才去开车，一点不好意思也不见。他是料定梨安不会因为这点事向钱经理告他的状，他自然气定神闲，事实上也是如此。

田鸡仗着钱经理撑腰恃宠而骄，牛司机仗着田鸡，也是目中无人，完全不把梨安和方会计等人放在眼里，视他们为小屁孩。但牛司机不敢得罪花小姐，只得把花小姐哄得心花怒放，田鸡也是，姐姐长姐姐短的，别说他们，连钱经理都要对花小姐礼让三分。

梨安和方会计完全跟不上他们的节奏，也不屑对这种虚假的亲昵产生羡慕，他们几个人搂在一起像骨血至亲一样，可背地里却把对方骂得狗血淋了头，恨不能多踩几脚以泄心头无来由的恨意。方会计毕竟有技术傍身，田鸡再如何使坏，也无法动方会计稳如泰山的地位，只能瞪着白眼吞吞口水作罢。梨安就不同，梨安无技术也无后台，肩膀是他全部的身家，一个人苦苦撑着，随时都可能成为别人泄愤的肉垫、替罪羔羊，所以他只得加倍努力学习，帮方会计干活，学财会工作，替花小姐收钱，主动又勤快，全都是为"万一"做打算。"万一"是一颗随时可能炸响的定时炸弹，它没有时限和保质期，永远有效，而可送给他"万一"的人又何止田鸡一个，梨安像只细小的蚂蚁，谁不经意间的走动，都可能让他横尸脚底。

从现在起武装自己，是周老先生和美姨教给他的，仅凭他自己想不到这么深远，周老先生指了一条路给他，而美姨则把路上的种种厉鬼的招数——告诉梨安，吓唬他，让他产生危机感，这一招却着实有效。

虽然一年时间还不到，田鸡已做好将梨安清除出青岛的打算，他不喜欢他是显而易见的。美姨说，有次田鸡和牛司机在厨房吃饭，边吃边聊，田鸡提到家乡有个表弟辍学后无事可做，牛司机献媚地说可以介绍到青岛来做业务员，田鸡装作为难地说人员已经饱和，再无多余职位，牛司机立刻出了歪主意，按能力上岗呗，谁不行就走人，多简单。

这主意也并非是田鸡没想到的，只是不方便从他的口里说出来，借牛司机的嘴田鸡表达了自己的意愿，所谓"能力"没有一个具体的标准和条例，不过就是看谁的关系和后台硬。

美姨帮梨安分析，她说："你要小心了，田鸡准备对你使坏。"

"怪不得。"梨安说，"这一阵子田鸡仿佛针对我一样，总是安排一些高难度的客人让我去应付。"

美姨料事如神般地抿着嘴，用力点头，仿佛母鸡啄米。

从那天起，梨安便没日没夜地翻看青岛公司所有运输单据，包括账目，但凡可以记在脑子里的东西都去看。花小姐的账本是随处丢的，上面还有水果汁凝成的暗红色的"胎记"，梨安企图寻找出可以"保命"的免死金牌，在有必要的时候，他打算向钱经理下手，捉住他的小尾巴，也可以在危难时拉住它，从悬崖底攀上来。

梨安又主动提出帮方会计干活，尤其到了月底月初，财务最繁忙的时候。方会计自是乐得合不拢嘴，如果他一人昼夜不停地加班也要三四天才能算出月账，有了梨安帮他，只需两个晚上便结束了工作。梨安又从头至尾审核了一遍，准确无误，方会计才心满意足地去睡觉。他很少按时睡觉，昼夜颠倒，有了梨安的帮忙之后，他的生物钟也渐渐调整了过来。

除了美姨之外，没人知道梨安的真实想法。这是一场硬仗，梨安清楚知道。

6

天气依然没有丝毫凉爽的迹象，连马路对面石头村的树叶都晒得卷曲。晚上梨安和美姨、花小姐、方会计或是郁仓管会去石头村纳凉，坐在石凳上，伴着马路奔跑的车声，看嘉定山上的清凉月光，有时吃冰糕，有时吃苹果，翘起穿短裤拖鞋的二郎腿，想着日子真是美好。

白天里热得不敢出门，人们躲在办公室里喝水，停车场的黄沙被阳光晒过，发出滚烫的信号，没人往外走，连大军养的一只取名为"虎妞"的黑色小狗，都不肯到院子里去，只躲在仓库的阴凉处，百无聊赖地伸着长长的舌头。

田鸡极不喜欢这狗，曾有一次狠狠地踢了它一脚，只听到小狗惨叫一声接一声，从那之后，它便瘸了一条腿，三条腿蹦蹦跳跳走路。大军很是心疼，又不敢多话。钱经理知道这事，平日里他也偶尔逗逗这狗解闷，看田鸡踢坏了它，便说了句"以后不要踢它"，就此了事。这小狗命也真是不好，被踢过之后跑得慢了，半年后被停车场的一辆货车撞死，大家都很心疼，大军还为此落了泪。

梨安从外面回来的时候，美姨在厨房门口向他招手，他会意地点点头，他们之间有暗号，美姨转身回厨房。

办公室凉快些，钱经理、田鸡、花小姐、方会计都坐在里面，各忙各的，田鸡接着电话，不知同哪个分公司的女业务员聊得眉开眼笑，脸上的青春痘像散落在地上的珠子蹦跳移动着。

田鸡的座位上坐着一个小眼睛的男孩子，年纪和梨安差不多，没长开的样子，头发卷卷的。

梨安稳稳地推开办公室的门。小男孩看到他，微微点头，一脸害羞的笑。梨安没理他，把收回的支票交给花小姐之后便去厨房找美姨。

一进门，美姨正在剥着蚕豆，在围裙上抹了两下手，问梨安："怎么样？看见了吧？"

"那人谁呀？"梨安问。

"田鸡的表弟，上次说过的。"她边摇头边说，"怎么样？人就这么不明不白地来了。"一副完全在她意料之中的神情。

"来就来了呗。"梨安说。

"还'来就来了呗',你完全没有意识吗?"她比梨安还要紧张,"这男孩来了不是好事,说不定要调整业务员。"

"你是说会开除我吗?也并不一定吧。"

"难说。你最近最好不要出什么差错,田鸡一定会死死盯着你的。"

"他要盯着,我也没办法啊。"

"你呀你。"她一边用手指戳着梨安的额头,一边不住地摇头,"心咋这么大呐!"

"不是心大,是没办法的事。他们要开除我,我也没有办法阻拦。"

"查钱经理账的事怎么样了?"美姨关心地问。

"没查出什么问题。钱经理多精明,怎么会留下把柄?"

"唉,那就要看你的造化了。我可不希望你走。"美姨说着伤感了起来。

"不会的呢,船到桥头自然直。"梨安安慰她。

这时有人推门而入,是方会计,他揉着眼睛说:"梨安,花小姐找你。"梨安只好随着他回了办公室,刚一进门,花小姐就笑了,一脸抱歉地笑着说:"真是不好意思呀,小安安,刚才支票的背书让我填错了,辛苦你明天再去换一张吧。"梨安只得说好。花小姐写错支票的事已经不是第一次了,梨安每次交回支票都要在心里祷告,祈求上天保佑花小姐写字的时候手不要抖,癫痫不要犯,可她还是常常写错,辛苦了梨安一趟趟更换。花小姐有时候也不好意思,送点水果之类的小恩惠给梨安。

吃中饭的时候,钱经理不在,大家都去了厨房,美姨多备了一双碗筷给新来的男孩子,可迟迟不见他来,也不见田鸡,后来才知道,是牛司机给那男孩子接风洗尘,请他们去饭店吃饭去了,就是门口的那家饭店。

美姨不停地唏嘘:"瞧瞧,瞧瞧。"腾出一只手戳了两下梨安的背,让他长点心,梨安只顾埋头吃饭,嘴上不说,心里也有点慌张和不安。下午没事做,梨安帮方会计输货运单,这是每天必做的工作,方会计懒,运单一直由梨安帮忙代输,梨安动作越来越快,想起田鸡的阴谋,恨得用力敲打键盘"噼噼啪啪"作响,花小姐也伸过头来看。

"小安安。"花小姐笑眯眯地说,"晚上叫上'妇女主任',我们去逛夜市啊。"梨安知她是为今天写错支票的事故意向他示好,夜市上也会买些小礼物送他,梨安说好啊。

牛司机、田鸡和那男孩吃完饭一步三晃地回来,显然喝了酒。梨安和方会计互相看看,这才刚过中午就喝酒,牛司机的车是开不了了。田鸡满脸通红一身酒气,直接去宿舍叫了另外一个司机开车,放牛司机一下午的假。那男孩喝得脸色暗红,像秋晚的霞光,田鸡给他安排了一张床,让他睡觉,他挠着头皮两眼呆滞地去了。

晚上,美姨、花小姐、方会计和梨安四个人去逛夜市了。田鸡和表弟看办公室,他们睡了整整一个下午已精力充沛,田鸡竟然已开始教表弟如何填写运单、如何发货接货之类的业务,有板有眼,看来是做给别人看的"下马威",很有可能就是给梨安的。梨安只当视而不见,该来的总会来,急也没有用。

去夜市要坐公交车,两站路,远远便可看见闪烁不停串成一道金龙的灯光,人潮涌动着挤挤挨挨,谈话声叫卖声此起彼伏。他们四人顺着人潮走,花小姐一手挽着美姨,一手挽着梨安,十分亲密,方会计傻傻的被丢在后面。

花小姐请他们吃烤鱿鱼,一人两串,她照例是挑了又挑,选了又选。摊主已经十分不耐烦,花小姐也看出端倪,大方地说给我所有食物每种八串,摊主立刻露出笑脸。花小姐头扬得高高的,有钱人的骄傲神态。

美姨悄悄问梨安:"她原来烧锅炉也这样吗?"梨安想笑又不敢。

回来的时候,他们各自手里已经多了好几样东西:梨安有一盏绿色的台灯和两双袜子是花小姐执意要送的;美姨多了几条毛巾,还有一个粉红色的胸罩,绣了一朵海棠花，也是花小姐付钱并帮忙选的颜色；方会计只买了一包烟，其余没有，他依然蓬头垢面，穿着那件发臭的白衬衫，穿着拖鞋，脚指甲又黑又长，花小姐假装不认识他。

刚回到停车场，他们就看到办公室还亮着灯，田鸡不在，只有那表弟一个人守着电话机发呆。见到他们回来，他喊了梨安一声："哎，你叫宋梨安吗？你爸刚来电话了，挺着急的，你打一个给他吧。"男孩子眨着星星般的小眼睛，有点害羞。

梨安顾不得去外面，赶快用公司电话回给父亲。父亲说："也没什么事，跟你说一下，我买了明天的火车票，后天就可以到青岛了。"

"怎么这么突然？"

"也没什么，跟你妈商量之后说可以，刚巧我最近没事，要来就快一点嘛。青岛不行的话，我也早点回来早做打算，都快冬天了。"

在北方，夏末已经是秋风渐近、凉风四起，不用多久，第一场雪也会悄然而至。

"好啊。"梨安知道父亲到达青岛的大致时间，因为只有一班火车，就是梨安从佳木斯坐的那列，一早到蓝村，中午可到青岛。

"到时我去车站接你，你带好电话啊。"梨安嘱咐，"路上小心一点。"

挂了电话，梨安就跑去厨房找美姨。

"快点快点。"梨安喊着，"美姨，快点陪我去买个手机。"

"啊？现在就去买啊？"美姨刚把淘好的米放入饭锅里，等着明天一早煮粥。

"是的，很急呢，等下人家下班了。我爸要来了，我得赶快买个手机，不然联系不上他。"

"很贵的。你真舍得钱。"

"反正也要买的。"梨安不由分说，拉着她就往外走。刚巧撞见花小姐打水，顺便问她去不去，她说不去了，已经累得要瘫了，方会计要弄电脑也不去，梨安便拉着美姨的手几步跑出了大门。

7

父亲来青岛时已是夏末。

梨安等在杭州路立交桥的长途汽车站门口，望眼欲穿，一直捏着新手机，摩托罗拉120，银色平板机，那时算小巧的，他和美姨奔出大门跑到清江路上麦德隆超市买的，那里十点才关门，时间还来得及。

梨安一向是个很理智的人，不知自己何时突然变得如此冲动，想到要买手机就真的跑去买，都不考虑这钱寄到家里可能更好些。

昨晚，梨安突然在某一刻害怕起来，他怕接不到父亲下车，然后那些不好的画面一一浮现在他的脑海之中——他与父亲在车站擦肩而过，父亲找不到他，人生地不熟的，又不记得他公司地址和电话，然后遇到骗子，手机和钱都被抢，无法求救……他凭空在脑海中生出许多莫名其妙的坏念头，他更加认定买手机是对的。

第二天一早，他便将新手机号码告诉了父亲。父亲那部手机还是从前开三轮车时捡来的，又破又旧，外壳已掉漆，绑着塑料皮筋，常常听不到对方声音，需用力拍几下，不过总算是个通信工具。梨安想，新手机他自己也用不着，等父亲回家就送给他吧，让他带回去用。

自己苦点累点不算什么，黎安总是首先想到家人。

那些年的流浪岁月里，家人一直是他坚强的后盾，只要想到家人，他眼下的困难就都不是困难，凡事都可以解决。

梨安站在长途汽车站的出口，看到年初来时那座环形的立交桥，他拖着行李箱在上面转了几圈寻找出口，累得气喘吁吁，他打电话给公司，郁仓管在电话里掷地有声地说:"我是这里目前的负责人"。那时他非常不喜欢梨安,处处刁难他与他为敌,现在又每天粘着他甩也甩不掉,想起从前的事,梨安忍俊不禁。

"梨安!梨安!"父亲在出口处大声叫着他的名字。父亲个子矮人又胖,脸上油光光的。梨安向父亲招手,过去接父亲的包。父亲头发白了很多,额上也多了几道深刻的皱纹。他穿了一件灰黑色的旧衣服,有点脏,里面是多年前的一件洗得发白的蓝衬衫。他提的帆布包,还是梨安当年在佳木斯读书时用过的,已经破了,拉链处缝了好几圈粗糙的针脚,带子也断过,系了死结。看见父亲,梨安突然没来由心生一股酸楚,从前那么神采飞扬精神矍铄的父亲,如何变得这样可怜,好像是经受过巨大磨难的人。

"青岛真是热。"父亲笑着说,"我还穿着线裤呢。"父亲一年四季都爱穿着线裤。

"这几天已经不热了。"梨安提着他的包往回走,边走边说,"翻过了这座桥,我们就叫辆车走。"

"多远的路啊?打车贵不?"父亲紧张起来,"如果不远,咱们就走路吧。"

"三站公交车,也不近。"

"还是走路吧。我坐都坐累了。"他生怕梨安坚持打车,"你看我一点不累,走得多快,说不定你还撵不上我呢。"

梨安不再说话,怕再要打车父亲会生气,就陪着他走。三站公交车的路程其实很远,要跨两座天桥,父亲一声不吭地闷头走,像做错事的人,梨安回头便可看到他低着的头发稀疏的头顶,被太阳照得失了色。梨安尽量放慢脚步,可还是与父亲拉开了一段距离,一旦稍微落后一点,父亲就赶快小跑几步追上来,怕梨安等他,哪怕他已经很疲倦。

他们终于在烈日下走到了山东路立交桥,又一道上坡的路通向遥远的未知,父亲终于走不动了。

"坐下歇会儿吧。"父亲气喘吁吁却坚持说,"怪我太胖了。"他竟始终不提累。

梨安陪他坐在一块路边的石头上。父亲看着车来车往,突然对梨安说:"你外婆的那对翡翠玉镯我给你带来了,在包里,还是你收着比较好,千万不要丢了,万一缺钱顶个用。"

他又问梨安:"你饿吗?"梨安说不饿,父亲又说,"你要是饿,我的包里有刚才大巴车上发的面包,我没吃,留给你吃。"

梨安的眼圈红了,他故意迎向马路,让车驶过带来的风吹在他的脸上,然后他别过头去擦眼睛,假装被沙子迷了眼。

我们很少与父辈交流,总觉得有距离,就因为是亲人,才会有更多说不出口的话。梨安少小离家,很少与家人交心,诉说心中苦闷,全部一个人扛着,对父母更是如此,总是报喜不报忧。如他的性格,自小也是从不撒娇或者讨饶,跟父母的关系隔着一层弹性十足的膜,戳不开也化解不掉。因此父亲简单的一句话,厚实沉重的关心在里面,一时间触碰到了他内心柔软的部分。

8

梨安带父亲住进了上次钟晓瑞住的那家斑马旅馆。服务台换了一个女孩,梨安要了一间没窗的房间,同隔壁合用一台空调,墙上穿了一个洞,空调就卡在洞口,一边一半,卫生间在走廊尽头,不能洗澡,洗澡要去外面的公共浴室。因为梨安只看了这里最便宜的价格,60元一天,尚可承受,别家没去问,觉得万一住不起,人家也会露出鄙夷的神色,怕父亲心里不舒服。

他觉得自己没用,只能让父亲住这样的小旅馆。他想起晓树曾经出现在这里,既而又想起钟晓瑞来。

"爸,你要洗澡吗?"梨安问他。梨安看到他的小腿已经肿了,他用手一按便是一个深的坑。"要洗澡,我带你去外面的浴室里头。"

"不用，我身上不脏。"他生怕梨安花钱赶紧说，"等下我打盆水擦擦就行了，在家出门前都洗过了。"他卷起裤管，换上小旅馆的旧拖鞋，打算拿盆去打水。隔壁房间已经有人入住，开着电视，声音通过墙上空调的洞口传过来。

梨安说："那你先睡一觉吧，我还要回去工作，晚上来找你，如果有事就打我手机。"

交代完这些，梨安又嘱咐父亲不要乱跑，像叮嘱一个孩子，看到父亲端着盆一瘸一拐地消失在走廊的尽头，他心里一阵酸楚，匆匆下楼。

梨安赶回公司上班，心一直有所牵挂，做事也就不在状态上。公司到了一辆货车，时间紧急，人手不够，所有人都要卸货，田鸡带头干活，他表弟也在，连方会计都不好意思动了手，梨安也不能含糊，赶快加入干活行列。

花小姐兴奋地说："我也出出力，我去帮'妇女主任'烧饭。"便一溜烟地跑去厨房了。

一直忙到晚上七点钟才结束，整辆车卸空，天已黑了，而父亲始终没有打一个电话给梨安，梨安的担心越发加剧，见已忙好，衣服也没换便赶快跑去找父亲。

上了楼，父亲的房间关着灯，梨安敲了敲门。不一会儿听到父亲来开门，梨安的心慢慢放下，父亲开门见是梨安，忙说："知道你肯定忙的，也没打电话，刚才又睡着了。"

梨安问："你吃饭了吗？"

他说："有点饿了，就把包里那块面包吃了，已经饱了。"

梨安跟他进屋，房间里香烟缭绕，呛得人要打喷嚏，原来隔壁有四个人在打牌，电视声音开得很大，他们又吵又叫的，"嘭嘭"地摔牌声像不经意间的一颗颗定时炸弹，他知道父亲肯定没有睡好。

"这你怎么休息呢？"梨安说，"要不咱们换一家旅馆吧。"

"不要不要。"父亲生怕梨安立刻带他再找别家，赶快说，"我能睡着的，刚才就睡了，这房间还有空调，挺好的。"

"连个窗都没有，要呛死人了。"

"没事没事。出来不比在家，不碍事的。"

梨安带父亲出去吃饭。天已黑透了，父亲说就不去太远的地方了，随便哪里吃一点，他说想去夜市看看。

梨安说，难得你来，咱们吃点好的吧。

父亲说："你知道我这次并不是来旅游，一来看看你，二来也想多了解下青岛，如果可以的话，我和你妈就过来了，打工也好，自己做熟食加工也好，总比在家里强，另外你赚钱也辛苦，就不要乱花了。"

梨安不再坚持，找了家小店点了几道菜。

"味道还可以吧？"梨安问。

"有点咸。"

梨安说，青岛这边的口味都比较重。梨安给父亲叫了一瓶啤酒，他们边喝边聊。

"外婆怎么样？"

"有点糊涂了。她眼睛不好，隔着一条马路，竟然说那边有个人瞪着她，手里拿一把刀要杀她。还有一次半夜她不睡，叫醒你妈说隔壁有个老头儿在念经，吵得她不能睡。唉，人老了，脑子也不灵光了。"

梨安想想已经好久都没见到外婆了，记忆中的她是个脾气不太好的眼盲的小脚老太太。

"你外婆挺惦记你的。一辈子要强的她，从没说过关心谁的话，却一直说你不容易。"父亲把一个红绸的小布包交给梨安，嘱咐当心别碰碎了。梨安打开，原来是那一对外婆陪嫁的翠绿色的玉镯，泛着晶莹剔透的光泽。他当心地放进口袋里，内心五味杂陈。

年轻时的外婆勤快又漂亮，是十里八乡打着灯笼都难找的好姑娘。那时她还住在辽宁岫岩满族自治县的大山里面，待字闺中。有一日，有人介绍同县的一位姓赫的男人给她，说这男人刚刚死了老婆不久，还有两个年幼的女儿没人管，家里已经乱成一团，想找个媳妇当家，问外婆是否愿意。

说也奇怪，那么多媒人来说媒，外婆都没有动心过，却在听了这男人有两个年幼的女儿没人管时，动了恻隐之心，说可以去看看。等她来到赫家，看到可怜的一对小姐妹眨着年幼无知的眼睛望着她时，就已经决定做这个家里的女主人了。幸好外公也是一个仪表堂堂、谦逊和善的人，家里过得也还不错。

外婆就这样嫁到了赫家，又为赫家生育了三男三女。外公不爱讲话，只知道干活，家里家外都由外婆一人操持。她风风火火，做事干脆利落，把一个上有老下有小的庞大的家庭管理得井井有条。

外婆的一生也就这样过下来了，因为辽宁土地少，他们便举家迁至黑龙江省桦南县的一个小乡村——"稻田地"来居住，就是梨安祖父的祖父宋先人开辟的村落里。外婆的一个内侄女嫁给了梨安的伯伯，两家便成了亲戚。再后来，她的小女儿又嫁给了宋家的小儿子，生了梨雯和梨安。

到了外婆的晚年，外公过世，她的大儿子也因病离世，她便住到梨安的另外两个舅舅家，轮流供养。她脾气坏，经人劝说下信了基督教。又过了几年，年岁大了开始糊涂，常说些莫名其妙的话。

吃过饭，梨安带父亲去小村庄的夜市逛。父亲对那些卖熟食的小摊极其关心，买了鸡腿和猪蹄边走边尝，又细心问价格，慢慢盘算着。梨安走在他后面，看他从前宽阔的背有点驼，走路摇摇晃晃的。父亲毕竟老了。

回到小旅馆已经很晚，父亲累了，催梨安赶快回公司。隔壁的人已经散了牌局，电视依然开着，烟味从墙上的洞口飘过来，弥漫在空气中，始终没有驱散。空调被打开，增加了房间的辛辣气味，还带着些许自己过得不如意别人也别想舒坦的愤怒和自私。父亲怕梨安再说重找旅馆的事，匆匆把房间门打开，央着他赶快回公司去，一直把他推出门，父亲才安定下来。

梨安回到公司的时候，院子里停了两辆货车，有一辆已经卸空了，另外的还在卸着。他立刻知道自己犯了错，赶快加入卸货队伍中。这里和广东时候的区别就是多了几分人情味，人与人之间开始交心，但相同的便是缺少那么一点点人情味，一旦遇到工作时，人与人之间便开始算计，多与少都不合适，像梨安，仗着父亲来青岛的理由躲避干活，是任谁都不能原谅的。

钱经理一直站在办公室的门口，觍着大脸眯着眼看外面。他看到梨安从大门外走进来，一言不发，冷着一张脸，他心里盘算的事是梨安猜不出的。

梨安分明看到田鸡几个人得意的神情，似笑非笑，一副把柄在握的胜容，但愿是梨安多心了。

一直忙到夜里才干完活，美姨和花小姐已休息了，梨安无法找美姨询问晚上的事。梨安在水池边洗漱，冷风渐紧，方会计叫梨安，跟梨安讲办公室里发生的事。

原来，七点梨安刚刚离开，就到了两辆货车，同样急得要命，总公司来催，连夜要将空车放到济南去，必须在三个小时内卸空。

田鸡带着众人卸车，牛司机、方会计也在其中，但梨安不在，田鸡便打电话给钱经理告状了。钱经理本来在外面玩，估计钱已付了还没开始玩，急匆匆地回来，问谁知道梨安的手机号码，没人知道。他便拉着一张脸站在门口，半是对梨安动怒半是为那付出去的钱感到痛心疾首。后来，见实在人手不够，连钱经理自己也动手搬货了，由他带领下，大伙儿更是卖命，听说大军把一只破鞋跑掉了，都来不及穿回。

田鸡一边搬货一边冲着钱经理说："就是家里来人了，也要把工作做完才能去啊，要是人人都来家人的话，公司也不用上班了，全放假好了。"

方会计说，钱经理就拉长着脸，一言不发，过了一会儿，钱经理突然夸田鸡的表弟干得特别卖力，那孩子满头是汗，流到眼睛里都舍不得擦，钱经理后来问他多大，家在哪里，非常热心的样子。

方会计说:"说不定明天钱经理要找你谈话,你要做好心理准备。"

"我爸来了是真的,就住在上面的旅馆里。"梨安说,"总不能把他一个人丢在那里,人生地不熟的。"

方会计说:"我当然知道,他们肯定也知道的,但现在是非常时期,你就撞在枪口上了。"

本来梨安并不担心田鸡表弟来后人员分配问题,他相信自己的能力,肯定是稳操胜券的,但经由这一桩突如其来的事——晚上他逃了班被钱经理逮个正着,加之父亲非常有可能带母亲来青岛投奔他一事,使他突然间变得紧张起来。他开始为明天担忧,肩上压力陡然增大,大到如一块厚实的铁砣,生生掉下来,砸中他身上。

这一夜注定无法入眠。梨安从没经历过这样惊心动魄的夜晚,他睡不着,在宿舍门外长吁短叹。停车场惨白的灯光如鬼火一样昼夜通明,没有几辆车子,靠西面的位置停着一辆后八轮,拖着十几米的蓝色车厢,长灯照过来,车后形成一道长长的黑暗地带,看不见那里藏着什么七零八碎的东西,一两点微光忽明忽灭,那也许是神灵或鬼魂在黑暗里眨着幽冥的眼睛,望着大千世界芸芸众生的悲欢离合。

主要是在看他——梨安,梨安想那里应该有一个时光隧道的入口,不过就算回到今天早上,他也会毫不犹豫地去接父亲,安顿他入住旅馆,比起父亲,其他的事对他来说根本不重要。

于是,他回到宿舍睡觉去了。

9

第二天一早,梨安打了一个电话给父亲,想知道这一夜父亲睡得怎样,明知道不好,也想听到父亲一句很好的话,像是在安慰自己的内心。

父亲当然说睡得很好,"还做了一个很长的梦,像真的一样,就是小时候自己偷邻居家的沙果被你奶奶追着打的事呢,呵呵。"父亲故作轻松,梨安说让他自己到楼下吃些早点,他先不过去了,怕公司有事,他没向父亲提前昨晚的事,怕他担心。

　　父亲说:"你忙去吧,我先随便转转。"梨安将小旅馆的具体方位告诉了父亲,说如果找不回来的话,一定记得叫辆出租车,不要因为省钱而走了冤枉路。

　　父亲说:"好的,你就放心吧。"

　　梨安"嗯"了一声挂断了电话。

　　他还是不放心父亲,虽然父亲年轻时也曾走南闯北,不比他去过的地方少,但他仍不能放心,虽然父亲并没有他想象得那么老和糊涂,辨别方向的能力比梨安还强,东南西北说得头头是道,但梨安仍然不放心。这种不放心源自他本身的脆弱和不安,父亲没来青岛的时候,他坚强得如一头迅猛的小豹子,天地都任他闯,可父亲一来,他的心便被牵去了一半,软弱随之而至,竟然常感觉有根极细的针不时地刺到他的心脏上,带来阵阵疼痛。

　　整个白天,没人跟梨安多说话,办公室的气氛诡异凝重,钱经理早已外出;花小姐也因身体不适及早退回宿舍静养,梨安代她收钱;方会计在打电脑,不时传来他因喉咙不适而发出的轻微的细咳声;田鸡在煲电话粥,笑得眉飞色舞;小表弟在翻运单,努力认真地学习着;牛司机和业务员已出去送货了,停车场没有车子,空空荡荡。

　　郁仓管在办公室门口走了几个来回,趿着一双破鞋,嗒啦嗒啦的,不时往里面看。梨安抬头看他,他欲言又止的样子,还搔着头皮。

　　梨安明白他有话要讲,便走出来。

　　"听说你爸来了。"郁仓管问。

　　"嗯。"

　　"怎么没让他到公司里来看看?"

"不了，不太好。"

"哪里不好？"

"不想让他看到我工作的地方，怕他担心。"

"也没什么呢。"

"再说，他过来了，别人怎么办？"

"关别人什么事？"

"请吃饭吧，有些人硬着头皮完成任务一样，没那份心意也显得无聊，我爸也吃不安生，我还要回请人家；没人请吃饭，又怕我爸面子挂不住，以为我混得太差了点，同事都不当一回事。"梨安说出心中所想。

"关键我不想给别人添麻烦。"梨安说。

"倒也是。"郁仓管站在走廊里捏灭了手里的烟说，"我正要和你说呢，想请叔叔吃个饭。"

"不要你请客。"

"你看你看。你这人就这样，从来没把我当成真正的朋友。"

"我们本来也不是朋友。"

郁仓管不讲话了。

梨安赶快说："心意我领了，真的不必了，你留着钱吧。"

梨安深知郁仓管工资多少，每月还要往家里寄，怎么能让他请父亲吃饭，一顿饭钱或许能让他换一条新被子，他的被子已经破洞百出，露了棉花。

郁仓管突然不高兴了："你就是瞧不起我，我知道的！"说完他转身就走了。

梨安愣在那里半天没有回过神，等反应过来之后，他的脸突然烧起来，问自己的确是在心里瞧不起他吗？他敢确定的是没有，但他的确是伤害到了郁仓管的自尊心。在别人眼中，郁仓管是没脸没皮的，任人嬉笑和耍弄，竟在梨安这里端出了他的自尊心。梨安无法解释，但他已知自己犯了难以弥补的错误，不该说出那样伤人的话，尤其是对郁仓管。

梨安去宿舍找郁仓管,没有找到,厨房里也没有。美姨在摘菜,见梨安进来赶快擦了擦手。

"你爸爸来啦?怎么没到公司来?挺匆忙的?"

"是的,可能明后天就走了。"

"哎,这么急的。我还跟花小姐说要请你爸爸吃饭。"

"不用客气的。他也不想让同事请客,所以都不让我说的。"

"人来了总要到公司看看,看你的工作环境才能放心。"

梨安便一五一十地将父亲为何而来讲给美姨听,她听后也不赞成父亲来公司了。

"田鸡和牛司机他们处处针对你,你还真不能让你爸爸来,万一遇到什么难堪事,下不了台。我听人说,昨晚田鸡在钱经理面前不停地说你的坏话,钱经理一直'嗯嗯'地应着。"

"钱经理会有自己的判断。"梨安心虚地说。

10

晚些时候,梨安去斑马旅馆找父亲,他不在,手机也打不通。无奈,梨安问服务台的女孩,女孩说父亲问这附近最大最热闹的夜市在哪里,女孩告诉他在错埠岭小区。

错埠岭要坐很远的车才能到,他不确定父亲是否真的能够找到。他赶快跑去公交车站,上了一辆公交车,绕了几个路口几道弯,到达错埠岭小区。

夜市很大,人潮涌动,一眼望过去,人如海浪般,父亲便像海底的针,梨安可到哪里去找呢?他又担心起来,这么大的青岛,父亲能去哪里呢?突然有那么一刻,他感觉父亲确实走丢了,那他的罪可就大了。

梨安沿着夜市找，挨个摊子看，都没找到。突然，他看到两个头上戴着可爱的猫耳朵发箍的女孩子手里拎着一只烤鸡迎面走来，他赶快上前问哪里买的，女孩子向北面一指说在那里，他赶快跑过去。

远远的一盏红色的灯光下，父亲和熟食摊主有说有笑的，灯光打在他脸上，油光光的亮。

梨安松了一口长长的气，走过去站在父亲边上。

"啊，你竟然找到了我。"父亲笑着说，"你是怎么找到的？"

"你吓坏我了。我猜你就在熟食摊上，果然。"

"你忙好啦？"父亲回头对摊主说，"这是我儿子，在青岛工作，来找我了，咱们再见吧。"摊主冲梨安点头，梨安冲他笑笑。

"也是东北的，挺好一人。"父亲跟梨安边走边说，"在青岛五六年了，说生意不好做啊。"

"人家当然不会跟你说生意好做，所有人一边赚钱一边抱怨，很正常。"

"不是的，这人特别实在，不会骗我，生意确实不好做啊。"

"我们先去吃饭吧，你一定饿了。"

"也好。"

"今天听我的，我们去云南路美食街吃，吃完可以到海边走走，好不好？"

"不去了吧，太贵了。旅馆住得我心疼，明天就回家了吧。"

"那就当明天回家好了。今天一定要听我的。"

他们叫了一辆车子去云南路，梨安坐前面，父亲坐后面，他们都看着窗外，却想着不同的心事。云南路上各色店家挂着霓虹，张灯结彩一团喜气，食客很多，吵吵嚷嚷，家家都在排队。

父亲不爱吃海鲜，梨安带他吃东来顺羊肉火锅，等了十多分钟，竟分到一个包厢，叫了火锅另外点了四道菜，基本都是青岛特色，又叫了两瓶啤酒，他们各一瓶。父亲当这是在青岛度过的最后一个晚上，吃得津津有味，不再像之前那么故意挑剔，而是一直赞不绝口。

"我想过了。"父亲说，"我和你妈还是不来了，你不要失望。这两天我都在看市场，已经感觉不太好了。今晚那个朋友一说，我就决定不来了，也给你省了负担，不然咱们还要租房子，又是一个全新的城市，挺难的。万一不好，也影响了你。"

其实梨安这一天也想了很多，他自然是希望父母可以从萝城走出来，到青岛生活，但田鸡向钱经理告状的事让他突然产生了前所未有的顾虑，万一……万一田鸡得了意，梨安因此失了饭碗，那让父母来青岛无疑是给自己雪上加霜。他顾自己已是十分艰险，再赌上父母的生活那就实在太不应该了。他无法承受这么巨大的压力，尤其是在他已是危难之身时。

他选择尊重父亲的决定，与父亲碰了杯，父亲也很感慨，还怕梨安不开心。梨安对父亲有愧疚，不停地给父亲夹菜和倒酒。父亲喜欢吃蚕蛹，青岛的很新鲜，梨安点了一大盘。

"这菜味道好。"父亲说，"外酥里嫩，比我做的好吃。"

第三天，父亲执意要回家，再不肯多留一日，那旅馆的费用已让父亲如坐针毡。他一早就结了旅馆的账，拎着行李站在旅馆门外等梨安了。

梨安只得硬着头皮请了假陪他去买当天的火车票，钱经理就哼了一声，梨安只当他同意了。没办法，梨安只能忍着，父亲走后一切也就回到正轨之中，田鸡将再无怪话可说。他去和美姨讲一声，美姨竟塞给梨安钱，让父亲路上买吃的，梨安自然不肯收，两个人拉扯了很久。

"这不是我一个人的。"美姨说，"我和花小姐都有份的，你快收下吧。你爸爸来，我们也没请吃个饭，钱不多，让他路上买点吃的。"

最后，梨安只收了一人一百块钱，谢了美姨，梨安便去找父亲了。

"梨安！梨安！"梨安已走到停车场大门口，郁仓管从后面追出来，手里提着东西，生怕办公室里的人瞧见似的，藏着掖着。梨安停下回头等他，他跑过来推着梨安出了大门，往右转弯好一会儿才停下来。

"我给你爸爸买了青岛特产，不过是几包虾仁几包鱼干，你让他带回家吧。"郁仓管说，"不许说你不收，如果你还瞧得起我的话。"

梨安看他一张坑坑洼洼的脸扬起的灿烂的笑容，是发自内心的微笑，而非故意应付，心中感动极了。他完全堵住了梨安的后路，再无法拒绝。梨安已经伤了他一次，不能再重复，不过是他的一番心意，拒绝又显得生分了。

"咦，怎么才这么几包啊，没多买点啊？"梨安故意说。

"你当我是大款啊，真是过分。"他怒斥着。

梨安带着父亲乘303路公交车去火车站买了当晚6点去沧州的火车票，再转车回佳木斯。父亲执意要买张硬座，不肯坐卧铺，人不多，梨安排队，父亲站在一边等待。父亲仰头眯着眼看售票窗口上方的列车时刻表，心里盘算着，那只破旧的行李包就躺在他的脚边，像只老得不能动弹的懒狗，浑身散发着衰朽的气味。

很幸运买到了一张硬座票，这下父亲的心安了。梨安将美姨、花小姐的钱还有郁仓管的特产交给了父亲，父亲感慨地说："你们同事都对你这么好，我就放心了。"梨安说是的。父亲继续说："你在外面不像在家，处处要学着忍让，不要跟别人发生争执，尤其是跟领导和同事，说到底吃亏的总是你，性格也别那么直，凡事圆滑一些……"梨安频频点头。

他将新手机塞给父亲，让他带回去用。父亲执意不收，说还是留给你用吧，梨安说你那个手机已经破得不成样子了，父亲说："萝城小也不太用得到手机，倒是你，说不定又会漂到哪个城市去，还是你拿在手里好一些，我还能找得到你。"说得梨安一阵心酸。

梨安带父亲在海边一家饭店吃了土豆烧牛肉,他说味道不错。他们还去看了白天的大海,碧绿色的波浪,孤帆远景碧空尽,远天一道灰白色的长线。在栈桥上,梨安花钱让人给父亲拍了一张照片,镜头前的父亲在众目睽睽下有点不自然的羞涩,生硬地将两手垂到裤线的地方,板着脸。

父亲感慨地说:"青岛真是美啊,但我不能和你妈来这里陪你,你一个人要照顾好自己啊。"

第五章

在没有你的世界里逃亡

亲爱的S：

又打扰你了。

我做了一个大胆的决定，我要离开这里，因为我觉得所有人都不喜欢我，无论我怎么做，都是这样，连我的家人也是一样的，他们看我的眼神都带着不屑。

所以，你听我说，那天我做了一个大胆的举动，我离家出走了，我背上了我的书包和几个馒头，就出发了，走的时候是中午，没人撞见我，家里也没人。

姐姐和哥哥都午睡，姐姐懒得像猫，哥哥等着晚上去恋爱，爸妈在外面干活儿呢。我趁这时候就出门了，反正平时也没人在意我，多一个我少一个我对他们也没什么影响的。

我出门了，开始还悄悄地跑，一边跑一边躲，怕人追上来，后来就放开胆子了，我一口气跑到了北山去，沿着那条水泥厂的路，走得累了就坐会儿，饿了就吃馒头。天黑的时候，我跑到了后山。可是，突然刮起了大风，我又看见了几个坟，我就害怕了，我是真的害怕了，比有人在背后议论我还要怕，没办法，我就自己走下山了。

到家还被家人骂了一顿。唉，我没敢说我离家出走了，可能我还小吧，自己也觉得不太现实。所以，好吧，请S你仔细听好，我，一定会离家出走的，把所有人都忘掉，一个人上路的，你一定一定要相信我。

等我好消息吧，我会成功的。

希望你祝福我。

你的发誓要离家出走的朋友S

1993年8月1日

1

外婆说:"外面的雨这么大,我以为你不回来了。"

梨安说:"怎么会,我答应了你的。"

"如果真有时光隧道的话,外婆,我想回去看看你。"梨安心想。

外婆劳碌一生,到了晚年也没有多少幸福。梨安不打算也没有资格指责任何人,这不是他应该去评定的,就连他都是一个不孝子,把家人丢下,逍遥自在地拍拍屁股就去了远方,还曾经想过永远不回家里来,跟所有认识的人断了关系。那时候外婆在哪里?

北方那个细雨霏霏的小荒村里,外婆坐在冰冷的炕沿上,用仅仅能够看见一点光斑的眼睛望向窗外那片灰白色,她心里想的是什么?

她不是悲天悯人的人,年轻时就自有坚强,乐观向上,紧凑地操持着一个十几口人的大家。可晚年的她,就剩一个人,没有与她对话的人。她心中那种寂寞和孤独是如何排遣的,梨安无法想象。

总有一天,我们也将老去,亲爱的家人也会一一离开我们。到那时,我们的心会不会也变得平淡,看开了一切俗世之后,向往的是更加波澜不惊的安宁。

外婆的晚年就在这样宁静的小荒村里度过,她因为要送一对翡翠玉镯给梨安的母亲才央着舅舅送她到萝城来,结果那对玉镯被父亲送到了梨安的手里。

AU公司网点渐渐变得庞大,已从早年的七家分公司,发展成如今的五十几家,铺天盖地遍布全中国。之前全公司的营运和财务都由田老板一人管理,这也确实难为了才初中毕业的他。于是，加了新鲜血液进来，总公司出现总会计，管理全国各分公司会计，但人事方面却始终由老板娘红姐一个把持。

红姐在各个分公司的重要环节上安插了自己的人，随时向她汇报。比如花荪红便是红姐的嫂子，同她走得近些，有百利而无一害。其他公司也有诸如此类人员，红姐的娘家人几乎霸占了AU公司的喉结关卡，再无人可闹出事端，哪怕田老板自己也要三思后行。

花小姐大概也不理会自己身负的重任，她从不多问钱经理的事，依然顾我，每天按照自己惯常的生活方式生活。已经变得越来越胖的她死不承认，梨安和美姨两人照例每天下午在厨房跳一会儿舞，她从窗前走过，莞尔一笑，请她加入，她摇摇手说累。

她一直都觉得累。

美姨说，她每早起床光束腰就要半天，硬是将救生圈勒成杨柳小蛮，吃力了，便一屁股坐在床上长吁短叹。挑食也是每天的必修课，运用自如，美姨不得已单独为她开小灶，她说别的不能吃，只能吃一些精肉丝和炒猪肝，她说她严重营养不良，再这样下去身体会撑不住。

美姨说："有次钱经理笑着说，当初花小姐在砖厂烧锅炉的时候，每天抡着大板锹添煤，胃口好得不得了，什么都能吃。那时候人又黑又胖，笑起来牙齿上还粘着煤灰渣。后来厂子倒闭，多少人差点去讨饭。现在她反而只能吃些精肉丝和炒猪肝，令人难以置信。"

AU公司的成立解决了很多下岗职工和社会闲杂人员的就业问题，算是做了件好事，在这一点，田老板和红姐确实功不可没。

尤其是红姐，将家族中所有亲戚都安排进了AU，还有部分是朋友所托，无法拒绝。烟台分公司的经理便是别人托红姐安插进来的，此人名叫黑尔热，少数民族同胞，在烟台原经理卸任后的第二天，他便从佳木斯坐着硬座火车风尘仆仆地来了。

他先是到青岛公司拜见了钱经理，钱经理属山东区域代班总经理，负责整个山东所有分公司的营运管理和调度，黑尔热来青岛也是应该的。

他来的那天，所有人都坐在办公室里，钱经理起得很早，特地坐在办公室里等他。中午时分，眼见一个瘦瘦高高有如阴间纸人的人，目光呆滞，没魂一样飘了进来。

钱经理微笑着起身相迎，二人寒暄几句，钱经理又介绍办公室里的其他几人，田鸡、田鸡表弟、方会计、花小姐和梨安。当黑尔热看到花小姐时，四目相对，两人眼中透出难以捉摸的光芒，也许只有梨安一个人发现。

钱经理在公司招待了黑尔热，让美姨加几道荤菜，对他的重视可见一斑。梨安陪美姨在厨房，她一边烧一边骂："都是些损犊子，在公司吃啥呀，去饭店呗，堂堂大经理，嫖小姐都舍得钱，请个饭就瘪茄子了。"

梨安说："美姨你小声点，别让人听见。"

美姨无奈地摇头："没办法啊，这就是命，人家能坐在办公室里喝茶，困了累了就睡一觉，还有人伺候，我的命就苦啦。"

黑尔热很能喝，不愧是勇猛的少数民族同胞，酒桌上十分豪爽，钱经理陪着，田鸡也陪着，梨安早早撤下来，花小姐却出人意料始终没走。等梨安从外面转了一圈回来，酒桌上的几个人已经喝得烂醉，钱经理和黑尔热也变成了亲兄热弟，互相搂着肩膀摸着老脸，相见恨晚地长叹息。田鸡也喝红了脸，他脸上的青春痘颗颗爆裂，像熟透的石榴籽。更奇怪的是花小姐也喝醉了，这本是不该出现的一幕，她该早早就觉得浑身疲乏，早早躺到她的温柔小床上想她烧锅炉的往事，可今天有点反常。

美姨一直躲在灶台那里，随时待命，见梨安进来，匆忙使个眼色，要他去外面，急咻咻地把他往一个角落里拖，好像有惊天动地的大事要跟他分享。

他们来到仓库的拐角，没有其他人，美姨神情诡异地嚷着："出事啦！出大事啦！"

"怎么了？怎么了？"梨安的好奇心升到顶点。

"我看到黑经理用手拍了花小姐的大腿！"她夸张地几乎尖叫。

"啊？"梨安仿佛遭遇到雷击，无法相信她的话，"怎么会这样？"

"他们肯定认识。"美姨恢复了常态，"据我分析，他们肯定认识，而且关系非同寻常。花小姐坐他边上，刚吃饭的时候他还一直绷着，等喝多了酒，我就发现他们挨得越来越近，而且有那么一瞬间，黑经理的手就拍到了花小姐的大腿上，估计其他人没看到，但是逃不过我的法眼。"

梨安真是越来越喜欢美姨了。

二人回到厨房。他们仍然在喝着酒，黑经理眼睛已经红如血兔，半睁半闭，目光呆滞，钱经理问梨安："小郁呢，叫他再买酒来，今天要陪黑经理喝好。"

梨安说好，正欲转身离开，钱经理突然又叫住他："你把田鸡表弟叫过来，陪黑经理喝几杯。"美姨看了看梨安，他们心照不宣，钱经理估计打算将田鸡表弟派到烟台做业务，如此一来，梨安的地位也就保住了，这可是个喜讯。

田鸡表弟还是个羞涩的孩子，坐在那里傻傻的模样，敬黑经理都要站起来双手举杯。黑经理让他坐，叫他别客气，俨然已是领导派头。

钱经理突然问："梨安不能喝酒吧？"

梨安赶快摇手说不能喝，喝了要现原形的。一句戏谑的话竟然引起他们兴致，吵着要看梨安的原形为何物。钱经理嚷着："赵姐！方会计！小郁！都来，再看看牛司机要不要出车，都来！都来！"

于是，美姨也坐下来，郁仓管、方会计、牛司机都坐下来，其他工人跑去外面，又抬了两大桶扎啤喜滋滋回来，钱经理又安排人去门口饭店点了几道菜。

啤酒冰冰凉进入胃里，使人浑身冷得打战。美姨回房间拿了三块披肩来，分给花小姐和梨安一人一块，梨安分到一条蓝色的羊毛毯，如海洋的蓝，坐在花小姐和美姨中间，他们三个就像夜色中三只妖艳的花蝴蝶。

2

　　他们从下午一直喝到天黑，月上树梢，空气中飘浮着夜露的芬芳，清凉的气息沁入人们心脾。窗子开着，可听到草丛里小虫细微的叫声，此起彼伏，仿佛竞赛，一切自然和谐。

　　"那时候是冬天吧，俺们还在厂里呢。有一次下夜班，我送她回家，路上碰到一个醉汉躺在雪地里，俺们赶快叫他起来，他还骂人，我说我不叫你的话，你就冻死了呢。"黑尔热转过头问花小姐是不是有这回事，满眼都是浓醉的爱。

　　"嗯，是啊，那醉汉是我们那片区的，第二天还到我家谢我哩。"花小姐也高兴地说，"那时候每天下班都太晚，天黑路滑的，一个人还真不敢走哩。"她越说越兴奋。

　　美姨不停地在下面用手打梨安一下又一下，提醒他注意黑尔热和花小姐的对话，看来美姨还没有喝多，即使她喝多了，她的八卦小雷达也不会停止转动，依然在嗜血加班。

　　钱经理、田鸡都已喝多，各自讲着久远的故事，钱经理讲之前在佳木斯做扫盲班老师的趣事；田鸡虽是上海调派过来的业务员，但本也是佳木斯人，当然要夸耀他当年在老家的风流史，他说有女孩为他要死要活，还拼命塞钱给他花，他不要，那女孩还哭得不行了，大家都笑起来。他说你们别笑，现在那个女孩还对他痴心不改呢，他说他就有这种"恒久"的魅力。亏他还知道这个词，梨安突然想起曾经接过一个东北女人打来的电话，找田鸡，声音里透着怯弱和渴望，得知他不在又极度地失落，她说会再打过来的，而田鸡却不想接电话躲了出去。

　　接着，田鸡又讲他在上海的风流艳事，多数是喜欢他的那些女孩子们为他争风吃醋的事，他顺便跟钱经理说，天津的女业务员小美可能要来青岛探望他，到时他要请假陪着的，钱经理频频点头，笑得很诡异。

小表弟喝得满脸通红，坐在那里发呆，打着酒嗝。

郁仓管抢着说话，没人要听，他的手时常尴尬地停在半空。

牛司机一边喝一边奉承着钱经理和田鸡，也奉承黑尔热，看来他的主子又多了一个。

方会计也喝红了脸，没人同他碰杯，他便自己喝，喝得兴高采烈，桌上的话题已经说到别处，他却还停留在上一个笑话里不能自拔，笑得傻兮兮，顶着一头乱发，蓬头垢面，完全是一个痴汉。

花小姐和黑尔热两人互相补充，一个忘记何事，一个赶快提醒，谜底越来越清晰，钱经理当然不是傻瓜，早听出其中味道，田鸡也抿嘴笑。醉后的花小姐很美，披了件碎花薄毯，将她平时隐藏极深的风尘味烘托出来，十分妩媚且动人。

3

梨安喝醉了，耳朵里产生幻听，是一阵悠扬的笛声，从远处一个深黑色的洞穴里面传出来，起先是悄悄的，若隐若现，渐渐就涌上地面，越来越近，不过一会儿工夫，已经到了他的耳边，再下去已经变成更加浓烈的响哨，还有那只破猫凄惨的叫声尖厉刺耳，划破了他的脑子。

他用双手堵住耳朵，拼命地用力挤压。他想是不是那个时光隧道要来了，要把他带回过去某个时间段了。他只瞧见身边人翕动的双唇，却听不到声音，看到他们时而嬉笑时而忧伤的表情，却无法感知。他焦急地想要挥挥手把这笛声赶掉，却发现手臂已经失去抬动的力气。

时间的入口开启了，往里面走，那深黑色的洞穴将通往另外一片未知的世界，是过去抑或是未来，无从知晓。

笛声夹杂着一阵冰冷的风刺入梨安的身体，他在寒风中发着剧烈的颤抖，一阵从心底涌上来的孤慌让他顿时有种不祥的预感——他悲苦的过去、现在和无法预知的未来将会以怎样的形式又一次出现在时间的入口之中，他要如何才能明明白白地看到，而不是仅凭猜想。

笛声在十分钟之后停了，他眼睛逐渐清晰，听力也恢复了。

一个打骰子的老套无聊的游戏开始，是田鸡和牛司机提议的，他们从夜店学来的。梨安不禁心里笑着，这都是老子当年在大连玩剩下的。他们不知梨安的过去，仅仅以为他仅是从学校毕业而来的嫩家伙，完全没有社会经验，性格乖僻，头脑简单。

骰子比大小，中了数字就要喝酒，非常公平，几十轮下来，酒已喝光，全体醉倒。然后不单是梨安，所有人的原形都露了，花小姐干脆上半身扑到了黑尔热的怀里去，田鸡和牛司机说着什么悄悄话，二人笑得十分猥琐，美姨跑去钱经理身边一杯杯敬酒，而梨安的两侧则坐着郁仓管和小表弟，他们打赌谁能跟梨安喝交杯酒，连方会计都拿着一根烟狠命地吸，一脸装出来的孤独寂寞。

不知谁说了句"去海边吧"，钱经理立刻响应并组织起来，他们一行数人浩浩荡荡冲出停车场，马路上拦了几辆出租车，直奔中山路去了。

上车时梨安清醒，郁仓管和小表弟如酒桌上一般，分坐梨安左右，方会计坐前排，而其他人不知去向，梨安猜花小姐定和黑尔热腻在一处，这种障眼法拙劣可笑，众人皆知，嘴上不说，心里仍然当成笑柄。

到了中山路之后，梨安的记忆就模糊不清了，只记得他们下车，去看夜里的海。梨安还站在栈桥的围墙上看向远处，那里黑乎乎一片，有人一直在后面拉住他的脚，怕他掉进海里。他还记得他坐在台阶上要睡过去了，被人叫醒。小表弟一直挽着梨安的手臂，像搀扶一个老人，他从来没有跟梨安这样亲热，他们甚至没说过一句话。

后来，美姨告诉梨安事实的真相：那晚梨安从车上下来，像只猴子，又喊又叫又蹦又跳，吐得满海滩都是。然后他一溜烟跑到栈桥上面，追也追不上，爬到围墙上准备跳海，嘴里喊着让我去死。他们捉住他，死命往回拉，又叫小表弟看住梨安，他就乖乖地拉住梨安一只手，他们沿着海边的路往火车站去，梨安倒在花坛上就睡了，被人拖起，不管碰到谁，拉过来就亲，钱经理无奈地笑。他们看见一个早起的馄饨摊子，一人要了一碗，而梨安当着他们的面，端起馄饨就往里吐，所有人都放下了碗，美姨说她再也不想吃馄饨了。

梨安整整躺了一天，稍晚时候郁仓管陪着他去卫生所打了一针之后才有起色。梨安去办公室，他们全部都在，钱经理对他"嘿嘿"地笑，搞得他十分窘迫。

黑尔热去烟台赴任，不多日，小表弟也去了，田鸡不高兴，始终阴着一张布满青春痘脓包高高低低土丘一样的脸，他的计划没有得逞，梨安躲过一劫。

美姨说，她常和钱经理聊天，都是他一个人在厨房吃饭的时候，有时，钱经理会跟美姨说点办公室里的人听不到的话。钱经理说："宋梨安是个很有才华的孩子，看得出来，人也聪明，不管是业务还是财务，就连电脑他都会，每个岗位都能胜任，青岛需要他这样不可多得的人才。"美姨说这是梨安得以完胜的重要原因。

钱经理又提到花小姐和黑尔热的事，一边笑一边说："且睁一只眼闭一只眼吧。"但他也会随时保持警惕，万一闹出什么事来，红姐定会问责到他头上。

田鸡打心里看不上黑尔热，说他完全就是个农民工，离经理差十万八千里，牛司机也随声附和，梨安深知他是吃不到葡萄的狐狸，自认为以他的水平可以甩黑尔热几条街。

"但是，"田鸡笑着说，"谁让我没有一个红颜知己呢。"

小表弟去了烟台之后就接手做业务了，认真的劲头令黑经理不时打电话给田鸡交口称赞。黑经理虽是经理级别，但区域所限，他的实权还不如田鸡，所以对田鸡他也是毕恭毕敬。

小表弟打电话到青岛时，偶尔梨安接，他开口便叫梨安"哥哥"，十几岁的人奶声奶气，像牙牙学语的孩童。梨安讨厌田鸡但却不讨厌他，他是单纯的孩子，心地纯善，虽然只比梨安小两三岁。

有一天下午，小表弟打电话来问黑经理在不在，梨安反问他找黑经理怎么找到这里？他说："黑经理说一大早去青岛了呀，手机打不通。"梨安说没见人，电话就挂了。

梨安突然想起，花小姐一早也离开了公司，说要去银行，她从没如此积极过，令人生疑，且一整天也不见回。梨安去找美姨说此事，她也说这里定有蹊跷。天黑了，花小姐才一瘸一拐地回来，边走边哼着优美的小曲，美姨当即跑到办公室告诉梨安："花小姐的头发还是湿的。"

花小姐有一个新款玫红色的手机，很少用，除了老公电话，最近却背着人频频接电话发短信，有时看着短信甜美地笑。美姨看在眼里，一一记录，有空便与梨安探讨，最终他们得出结论，花小姐已彻底红杏出墙，但事关重大，二人决定保守秘密。

田鸡和牛司机无暇顾及别人的花边新闻，他们顾着自己的事。他们依然每晚住在山东路桥边那里，据说已和两位小姐搬出会所，租了房子，二人邻居，两位小姐各自工作，回家又要招待他们，他们竟也不嫌弃，视她们为爱人。美姨和梨安说起这事，往往大骂一通：牛司机弃家中妻儿不管，与这小姐勾搭真是丧尽天良；田鸡年纪轻轻也走了这条邪路，实不应该；钱经理更不好，明知这些事，也不劝劝他们，只知道装傻，更不应该。

据说牛司机收到一封家书，是他十二岁的儿子写来的，问爸爸为什么不管他们了，为什么几个月来一分钱也没寄回。儿子在信中说："爸爸，我就要失学了，读不起书，你在哪里？"收到信的牛司机痛苦了几日，主动问花小姐借了钱寄回家，他目前已身无分文，全数给那小姐拿去了。

4

  天津的女业务员小美也如约到了青岛公司，为了见田鸡一面，请了几天假高调地乘着专车来了。女孩子眼睛长得大大的，长头发，有点丰满。田鸡自是眼前一亮，请了几天假陪着游山玩水，与相好的小姐扯谎说去出差了，然后二人出双入对，俨然一对情侣，常常一整日不见人影。有时他们早晨回来，小美身上披着田鸡的衣服，一脸幸福。

  田鸡不在时，她就坐在办公室里和梨安说话，声音轻轻柔柔，像刚喝了人血的蚊子。梨安不爱理她，又不好表现得太明显，总要过得去。美姨也说这女孩子不自重，他们都反感她，自然不太与她接近。她大概也有所觉察。梨安问："你和田鸡挺好的？"她只淡淡地说："我和他的关系并不如你们想的那样。"反反复复这一句，但他们深知，田鸡无论如何也不会放过送到嘴边的鲜肉。

  小美在青岛足足待了半月有余，像个公主样被田鸡照料，牛司机请他们吃饭，叫花小姐作陪，没叫梨安和方会计，美姨也没叫。他们自有他们的悄悄话要说，不便打扰，满桌是非，都是戴着面具的厉鬼，梨安也不想趟这浑水。

  小美回天津后，田鸡恢复常态，又住回山东路那边，每晚抱着美娇娘摇船桨了。有时田鸡在办公室里口无遮拦地说着小美的身体如何柔软轻盈，皮肤如何白皙，技艺如何了得。牛司机瞪大眼睛听着，一脸老皱纹都舒展开了，口水流出老长，间或说两句下流话，二人一阵奸笑，梨安耳际则回响着小美轻轻柔柔的声音——"我和他的关系并不如你们想的那样"。

  后来梨安也偶尔接到过小美的电话，她那边冷冷的，不像以前听到过的快乐无比的声音，仿佛结了冰一样。

没多久，门口饭店里胖胖的女服务员小春也来找田鸡了。

田鸡和牛司机常去门口的饭店里吃饭，有时带工人，或郁仓管或大军，一来二去便和饭店里的女服务员小春熟识了。小春个子不高，贵州人，五官倒是不丑，嘴巴噘噘的，身材差了一点，矮墩墩，屁股外翻，像个施肥过量的萝卜，性格却很好，总是一副笑眯眯的模样。她有时到小厨房帮着美姨干活，美姨和她聊天得知：她家里穷，小孩众多，她是大姐，早早辍学，曾跟父亲到山上砍柴，手掌被荆棘刺破过，腿上也划出过道道血伤。她讲起家里的事很平淡，仿佛是别人的故事，却令听者美姨心疼得直想流泪。美姨表面是个强人，其实是个软女人，心肠是豆制品做的，一碰就碎了。

美姨见她三句话中有两句提起田鸡，并且眼中放出异样的光彩，分明是恋爱中的女人智商下降的明显症状，不由得替她担心。小春讲的都是田鸡对她的好，种种好，连有时买根冰棍给她这种小事都念念不忘，并且感动到夜不能眠的地步。有时她说到他们之间一些不能说的秘密时，欲言又止，掩口害羞，既希望美姨了解，又怕说得太多反而适得其反，只好偷笑，憋得满脸通红。美姨有些话不方便细问，又怕女孩子家吃了亏，不知他们已到什么地步。

"田鸡怎么可能放过小春。"美姨对梨安说。

"可怜的女孩子。"美姨说，"所以我常说，女孩子家在外，一定要学会自重，不是什么东西戴上帽子都能做人的。"

"按你说的那样，小春从小生活在一个食不果腹的家里，早早下到社会，离家又这么远，一定非常渴望来自外界的关爱，她才会觉得有安全感，所以田鸡半挑逗半认真的一些话或者一根冰棍的行动就会彻底让她沦陷，让她死心塌地了。"梨安分析。

"唉。"美姨不住地叹气，"现在的小春是听不进任何劝解的，我想说吧，又怕说得不得当，两边都不讨好。"

"有时候吃亏也是一种成长啦。"梨安说，"这种危机只能她一人化解，旁人急也没有用。"

美姨想起来什么似的,突然说:"我得打个电话给我女儿,让她注意一点。"

5

初冬时节,天气有点冷了,雾气夹杂着细小的冰屑砸在梨安的鼻尖和嘴唇上,硬生生的疼。阳光在厚重的云层后舞蹈,始终半遮着面,不肯见人。

母亲知道梨安行李遗失的事之后,说要再寄件毛衣给他,梨安请她织同样一件条纹的,母亲一针一针熬了几夜织成,又加了羊毛线,厚厚实实。

他喜欢那件毛衣,因为它失去了,带着母亲的温暖。

他去山东路邮局取包裹时,路过一家理发店,店面不大,店门口站着一个三十岁左右的男人,盯着梨安看,来回地看。后来梨安留意到,只要从那里走,他即使忙得不行,也一定奔出来看,仿佛能把梨安看出水来,梨安觉得这人古怪。

时间一长,他竟然冲梨安微笑点头,再几次,他便主动跟梨安打起招呼来,他知道梨安就住这附近,问起过梨安的工作,梨安说在物流公司。

"哦。"他说,"如果你理发就来我这里。"梨安觉得他是故意拉生意的。

后来,梨安和美姨提到他,美姨一拍脑袋想起来。某次美姨和花小姐去修剪头发,他与她们聊天,听是东北口音便问做什么工作,美姨说物流,他竟问她是否认识一个长得胖胖脸的很好看的男孩子,美姨知道一定是梨安,就说认识,是同事,他很高兴,不但没收钱,还另外送了一瓶护发乳给她们。她们理完发又吃了羊肉汤,一高兴就把这事给忘记了。

"你们沾了我的光,竟然还不让我知道。"梨安笑着说,"下次我去告诉他说不认识你们,要加收你们的钱。"

梨安与他萍水相逢,他竟对美姨如此大度,真是想想都奇怪。

有一次，梨安和方会计、郁仓管去理发，他店里坐着很多人，洗头小工也在忙。很多客人都在等，可他偏偏绕过别人，说要给梨安理发，其他人坐在那里愤愤不平，他竟突然问梨安："你刚才打电话给我预定了吧，说一会儿要去参加个婚礼。"慌乱中梨安说是的，他就理直气壮地拉着梨安去洗头发了。

事后，他也不肯收梨安的钱，店里人多，他又扯慌地说："不用付钱，上次你来时忘记找你钱，我一直记得呢。"其实梨安从未去他店里理过发。

回去的路上，方会计和郁仓管都问梨安他是什么人，什么时候认识的，梨安竟一句答不出。

又过了很长时间，有一次在公交车站，梨安见他拉着一个女生的手，见了梨安，他眼神里飘忽不定，似乎害羞，他礼貌地冲梨安点头。

"这是你女朋友吗？"梨安问他。

"是我老婆。"他声音很轻，仿佛怕吓到梨安。

"挺漂亮的。"梨安说，女生冲梨安善意地微笑。

当天，他的店门口贴了张红色告示——"店主喜事，暂休"，之后一直未开过门。

梨安打电话给父亲，说毛衣收到了，大小刚合适，让他告诉母亲一声，父亲说"好"。父亲说梨雯筹钱开了一家服装店，在商场里面，生意还不错。梨安知道她朋友多门路广，早就应该开家店的，也好解决家里的经济困难，当然什么时候开都不算晚。

黎安又问起哥哥，父亲说他也打算筹钱开饭店，他和女朋友一直很辛苦（梨安虽叫她"嫂子"，但当时两人还没正式结婚），想结婚两边家里都不同意，自己手上又没钱，亲戚都很穷，没人帮得上忙，只能一直拖着。

梨安说如果有可能，最好也让他们出来闯闯，外面虽然不如家里生活舒服，但是总有出头机会，眼界也不同，看到、吃到和感受到的是家里不能比的。父亲说，有机会就同他们讲。

父亲说，外婆的病情有些严重，人老了的关系，常常胡言乱语，脾气也时好时坏，他们天天变着法地做好吃的给她，她却一直说住不惯，嚷着要回老家，说她快死了，一定要死在老家才行。父亲还说："我打了电话给你舅舅，让他过了年来接你外婆回去，住个一年半载的再来也好，她是一个人孤单，城市住不惯。"梨安说也好，又问父亲下一步有何打算？

"有朋友介绍我去天津一家饭店做厨师，过了年想去看看。"

"那边待遇还好吗？要去那么远的地方。"

"好像一个月能给千八百，算好的了。"朋友隐瞒了父亲的真实年龄，报小了几岁，人家不要年纪大的。父亲叹着气说："人老了就不值钱了。"

"那去看看也好，不行就回家，路上多带点钱，家里钱够用吗？"

"还好。这几天饭店也有点收入。"

"我寄点钱回去吧，刚好手上有。"

"还是你自己留着吧。上次我路过你的公司了，看上去条件也不好，虽然没去，也知道你一定是舍不得吃穿用的。钱都是嘴里省下的，还是你留着吧。"

梨安还是寄了钱回家，邮局里一男一女，礼貌客气，不像塘厦的邮局工作人员凶巴巴的样子，从不会笑，并且多收邮费。从邮局出来路过那家理发店，红纸依然在，时间久了，褪成淡粉色，半边被风吹得飘摇不定，像一面残破的旗子，没人再从店里跑出来冲着梨安微笑。

很多人只是你擦肩而过的路人，匆匆得让你来不及回望对方，已化成一片薄薄的云，在你回望所带来的丝丝微风中，已幻化成捉摸不定的空气，消散在阳光穿过树叶的记忆之中，不再与你的人生发生任何碰撞。

梨安上了石阶，往公司走，冷风吹得他直打哆嗦。南京路和重庆南路交叉处有家饭店，矮矮脏脏，名叫"泰山酒家"，里面专做海鲜。他吃过几次，味道不错，只是卫生条件差，大门边上堆着蟹壳、螺壳，还有几堆颜色可疑的垃圾，虽然天气已凉，却依旧散发着令人窒息的腥臭味，有几只野猫站在上面奋力地翻找。

梨安从泰山酒家门口经过，不经意向里面看了一眼，意外看到几张熟悉面孔。田鸡和小春坐在一起，他们的对面是牛司机和一个擦得艳俗的陌生女人，想必这女人就是牛司机的相好。

他们点了几道菜，津津有味地吃着，除了几大盆菜之外，桌上还摆着几瓶啤酒，可梨安明明记得这时候牛司机应该是在去客户家的路上，看来田鸡有意把他留下来。但这不该是梨安管的，即便梨安管也无济于事，他能做的只是安分守己。

此时他们有说有笑，小春甜蜜地将一颗硕大的头靠在田鸡肩上，笑得满脸春风，俨然一个私订终身的幸福女人，一副终于找到了人生船舶停靠的港湾的那种安然自若，仿佛世界都在她脚下的胜利感。梨安转身走了。

回到公司里，方会计在整理账目，已到月底，花小姐也在查钱，最近她的钱总是对不上账，每次对不上，她便自己贴钱进去，无怨无悔，任劳任怨。梨安坐下来帮方会计整理，方会计很高兴，挪了挪肥胖肮脏的身子，一件灰黑色的白衬衫散发着咸带鱼的味道。

花小姐突然走过来："梨安，你去过崂山吗？"

"没有。"

"为了表达我对你一直以来帮我收钱的感激之情，我请你去崂山，带上'妇女主任'一起吧。"她不提方会计，她或许觉得方会计坐在旁边有点尴尬，赶快补了一句，就咱们"两个半妇女"去。

6

崂山是第一海上名山，临海而立，风景怡人，梨安和美姨一直向往却始终未成行。

崂山分前后山，前山是道观，后山是风景区。游客多去前山，冲着三清宫而去，据说观里有一眼泉名为"不老泉",喝一瓢长生不老并可得道成仙,饮者排长队。山上还有一棵耐冬树,蒲松龄游历于此,以树为蓝本,写了篇耐冬树成精作怪的故事,也令很多人心驰神往。

三清宫门口常年居住着一批流浪汉,因在城市里讨不着饭,来此作怪,不知哪里偷了道士袍子穿上,蓄了长发胡须,把长发在头顶盘一个髻,插根树枝,装模作样当假道士,供游人拍照,十元一张,收入蔚为可观。

他们一行三人到栈桥坐上了旅游小巴车,导游说乡下人才去前山,有钱有身份的人都去后山,那才是享受,花小姐当即决定奔赴后山。

车子一直驶到后山脚下,他们下车,徒步登山。梨安提着一个大包,美姨也提了一个,花小姐两手空空,只拿根小树枝,满面春风惬意。三人有说有笑地往山上去,没几分钟到达"一水"。后山共"九水",一水比一水高,是为九个泉眼,"九水"在山顶,据说九个水代表九级磨难,登顶可成仙,泉水清澈,可双手捧起直接饮用,喝了长生不老,比前山"不老泉"还灵验。

"一水"果然有水,不过一个浅的小池塘,花小姐摆几个造型,梨安给她拍了相片,还有花小姐和美姨的合影。他们只做短暂停留,匆匆又往山上去,到"二水""三水"开始,风景大同小异,山确实青,水确实碧,空气也异常清新,仿佛进入"天然氧吧"。梨安隐约觉得脚痛,不敢多走,便坐下来歇息。

美姨从一个本地农民手里买了两个白萝卜,都说崂山的萝卜有名,吃起来的确清脆可口,花小姐吃不习惯这类粗食,走到"四水"就将它丢进山涧里。

到"六水"时他们发现一块巨石横在路侧,有百岁老人题字,花小姐一定要在此拍照,梨安帮她拍了两张,她兴奋地搂着巨石,美姨突然哈哈大笑。他们不明其意,她指指那几个字,一看之后,梨安和花小姐也笑得直不起腰,那字是"阳具石",十分醒目,刚才竟然没有注意。

再往上去是一些瘦小的亭子和小竹桥供游人休息,美姨拿出昨晚买的零食,分给他们，说带的太多，今天不吃光这些不能下山，梨安和花小姐不敢反抗，不停地吃。

梨安站在小桥上，花小姐帮他拍照，结果没有拍到他的头，她的摄影技术实在不敢恭维，但凡有梨安出现在相片里，不是断了头，就是斜了眼，再不然一张相片里根本找不到他。他说她，她还争辩是梨安太高的缘故。梨安则给她们拍得都很美，发挥超常，年龄几乎打了对折。

到达"九水"已经过了中午，梨安的脚疼得快失去知觉，大概是旧疾复发，他坐下来歇着，远远已听到"隆隆"的瀑布声，还有108个台阶要登，他说不行了，她们拼命拉他上去。终于登上最后一个台阶才看见瀑布的壮观，一条亮光的丝带从天而落，透明得可以当镜子照，这就是最著名的崂山泉水。青岛啤酒驰名中外，只因用了这"九水"的泉水酿造，山下的扎啤也由这水酿成。梨安捧了那泉水来喝，一股冰凉中略带甘甜的味道涌入喉咙，真是好山好水。

美姨说，这水和"不老泉"的水是同祖同宗的，多喝一点，人就年轻了。他们哈哈大笑，又多喝了好几口，花小姐说："梨安，你不可以再喝了，当心变成光屁股的小婴儿。"她故意要用"光屁股"的字样，搞得梨安窘迫极了。

下山的路非常难走，几乎走走停停。花小姐花了十块钱买了一根削得很直的拐杖，走得很慢，后面的游人抱怨，她回头怒目圆瞪地说："你们没看见我年纪大了吗？"梨安和美姨互相看看。

回到公司已是黄昏，他们吃了一天的东西丝毫没有饥饿感。梨安累得不成人形，双腿僵直着无法动弹，像橱窗里的塑料模特。郁仓管拉着梨安去小村庄按摩脚，梨安说不去，他不肯，硬拖了梨安去。

小村庄有个中医馆，之前受伤时梨安常来此按摩。有位老先生坐在里面，随便捏捏要花四五十元，梨安脱下鞋子给他看，他只摸了摸便说："今天登山了吧，足腱有点变形，以后不能这么走了，知道吗？"他分别捏了梨安的膝盖处、手肘处和两耳后，疼得他汗都出来了,但仍坚持咬着牙让老先生捏完,捏完后舒服很多,觉得脚下轻盈多了。郁仓管说:"我们回去吧。"梨安说:"不,反正来了,再逛逛夜市吧。"

郁仓管惊得目瞪口呆,嘴巴可以塞进一条咸鱼。

7

这一年的年末,天气已经冷得让人无法出行,轻盈细微的小雪也第一次到来,路面湿滑泥泞,梨安照例要外出清欠款。有时他拖着,几天才出去一次,外出时他就穿着那件母亲寄来的毛衣,有母亲的温暖在上面,为他抵挡住寒风的侵袭。

海边已经很少去了,风太大又没什么新鲜的景观,有时路过,他看那些游客兴奋地又喊又叫到处拍照,觉得可笑,再想不到初来青岛的自己是什么样子了。梨安能很快融入一个全新的城市,他没有故乡,有时觉得可怕,如水上的浮萍,漂到哪里哪里便是故乡。

这期间,田鸡已经向钱经理申请,安排了几次梨安去外地送货,几乎跑遍山东省境内,不管是城市还是乡村,一辆辆不同时间载着同一个梨安的大货车不分昼夜地飞驰在天之下地之上,崇山峻岭之间,奔向各个迷茫的未知。

梨安坐在一辆高高的大货车驾驶室内,跟着一车大小不一、品种各异的货物翻山越岭,受着路况的剧烈颠簸,整个人的心肺都有撕裂感。他时常想,会不会突然在车前面冲出一个人来,然后被撞得粉碎,骨头和血肉飞散在空中。有时到达某个山沟已经夜深时分,他们就随便找个角落委屈一夜,天亮才能送货。有时找不到收货人,那些边边角角的地方多无地址可寻,他们便要辛苦了。更为难的是,明明货物已遭损坏,钱经理却吩咐必须收回全部运费,梨安只能跟对方装可怜,一副凄惨的模样。他们见他还是个孩子,未成年的样子,一般不太为难。

那些受雇而来的货车司机往往素质很差,多半不负担梨安的食宿,公司也无此项开支,梨安只好常常自己埋单。吃饭倒也算了,随便一个馒头也可填饱肚子,可住处实在为难,有时借在车厢里坐着,而司机睡在车里时,他就只能下车到附近转转,遇到修车店可以睡一会儿。修车的人往往夜里不睡,他们的床铺刚好可以让给梨安睡,而那床铺的卫生条件可想而知,脏得无法躺下,一股油腻腻的机油味夹杂着寒风,从头到脚把梨安灌得满满的,闭上眼睛也无法入睡,头顶冻得失去知觉,痛苦得无以复加,梨安只好围着院子跑。天快亮的时候他们再次出发,坐在车里的梨安已经困得昏过去。

田鸡最喜欢安排这种没人要去的工作给梨安。有一次,他安排梨安和新司机去青州送货,故意下午才通知。

如果早上出发,当天或许赶得回来,而下午出发,夜里也不一定能到达青州。梨安明知他故意的,但作为工作,又不能向钱经理抱怨,只能硬着头皮去。横竖是死,就不管死相好不好看了。

郁仓管带了两个面包给梨安路上吃,他们便趁着橘红的暮色出发了。刚出门不久便遇到大堵车,只得等在车里,梨安和新司机没太多话要说,坐在车上发呆,车里的广播频道嘶嘶啦啦听不清楚。

太阳慢慢西沉,不过一会儿工夫便坠到远空。时间越来越晚,也不知过了多久,一个多小时之后,车才开动,还没走到一半路程,天已经黑透了。车子行驶在无人的城市街道和犬吠连绵起伏的乡间小野,梨安倚在座位上,盖着件厚重的衣服打盹,太困了,眼皮不听话地合在一起又被迫睁开,这是最难受的时候,明明可以睡去,又恐怕不安全而无法安然入睡,强迫自己在无聊的夜里睁着恐惧的双眼。

新司机是山东人,车里放着吕剧,他跟着"咿咿呀呀"敲破锣地唱着。梨安一直看着黝黑的路面发呆,城市有灯乡村没有,不知哪里会随时蹿出一只狗或猫,从车前一闪而过。偶尔有行人慢悠悠地走路，不知避让，使他们的行程越来越缓慢，梨安急得不知如何是好，知道这一夜又要受罪了，不禁心凉了半截，接受了现实之后，人反倒变得安静了。

到达青州的那个乡镇已是凌晨时分，司机联系了收货人，那边骂了半天说会收货，他们又绕了好几道山梁才赶到那个不知名的小荒村。月亮高高地挂在天上，村里已经没有灯光，只能听到不知谁家的狗在狂吠。村子路窄无法开进去，他们下车，司机又打收货人电话，不一会儿来了几个身披棉袄的当地人，一直骂骂咧咧，完全听不懂。司机听得懂一些，一边赔礼道歉一边打开后车厢，请他们收货。那些人骂了几句还是接了货，一路小跑地搬回村子。

等全部搬完货后，领头人竟然直接走了，不提运费的事。梨安急着拉住他，那人一回身就把梨安甩到了地上，嘴里仍然骂着，有些不堪入耳的字还是听得出来。梨安当然不能就此放过他，从地上爬起来又去拉他。他这回急了，回手给了梨安一巴掌，梨安没还手，死拉住他不放，司机也赶过来帮忙。那人扯着嗓子喊了几声之后，突然不知哪里跑出来十几个人把梨安他们团团围住。

"想咋地？"有人问梨安和司机。

司机赶快解释："我们要收回运费。"

那人说："没有运费，已经付完啦。"嘴里又不干净地骂。

梨安听得懂，赶快把单子拿给他们看，天黑看不清楚，有个人拿了打火机来照，梨安才看清运费那里写得模模糊糊的字，"已付""到付"无法辨认。那人一把将运单撕了，说梨安他们是诈骗，明明付过钱的，如果再纠缠，就打死他们，然后有人跑回村说去拿铁锹、木棒去了。

结果梨安和司机如丧家犬般逃回车子，发动之后火速逃离此地，绕回几道山梁好像还能听到他们追在后面骂。山东话又尖又吵，梨安的耳朵好几天之后仍能听到"嗡嗡"的声响。

梨安睡意全无，后怕起来，浑身像筛子一样发着抖，司机也不讲话，收音机忘了打开，梨安在担心回去如何交代。

过了好一会儿，司机突然开口："老师，饿了。"

山东人称呼别人叫"老师"，儿话尾音，不管男女都可用这个词，梨安说这地方也没有吃饭的，又是深更半夜。

司机突然指着前面一处亮光，惊喜地说："老师，你看！"

果然，就在不远处的一个山边上，有一团火焰。他们微微看到貌似有个女人站在那里忙活着，此时的夜更加浓重，山里连月亮也见不到，黑漆漆的，哪儿来的火，哪儿来的女人？梨安的头皮开始发麻，眼睛瞪着前面看，几乎要从座位上跌下去。

司机说："老师，真的是吃饭的摊子。"

司机把车停在摊子边上，他们下了车，果然是一个女人在那里整理锅灶。

"两位老师要吃饭吗？"她个子很高，梳了一个短发，穿着白色的围裙，手里拿着锅铲，年纪应该有四十岁。

司机乐呵呵地先坐下，问她都有什么菜。

她说车子上的都可以。

他们看过去，几盘半成品的菜摆在车子上，用塑料布盖着。

"就炒个韭黄鸡蛋，再煮两碗面条吧。"司机兴奋地回头看梨安，问道，"老师，咱们要不再吃个猪心？"

"好啊。我也真是饿了。"

"那老师回去报销吧。"

"好吧。"

那女人便炒起菜来，记忆中那大概是梨安吃过的最好吃的一餐，除了面条没有煮熟之外。梨安之前从不吃动物内脏，那一晚的辣椒炒猪心却特别好吃，他们两个人吃光了所有的菜和面，付了钱后继续上路了。

梨安一直疑心那女人是上天派下来的，怎么就会半夜三更在一个山边上支起摊子，四周乌漆抹黑，没有人家也没有过路客，她是哪里变出来的呢？梨安始终不得而知。这里是不是也有一个时间的入口，不是黑色而是红色的，就在她的火塘内，只要跳进去，就可以逃开所有苦恼到达另外一个世界，但梨安不想在这深幽的山野间听到瘆人的火烧活人的尖叫声。

天亮之后，他们终于回到青岛公司，将详情如实说了，田鸡去翻留底单，竟然说那笔运费果然已经付过了，不知是谁涂改的。没出错就好，梨安没心思调查是谁动了手脚，害得他们险些命丧黄泉，他急着找钱经理签字，把餐费报销了。

8

有一次，梨安被安排带着七辆由广州开来的大货车赶往一个叫"铺集镇"的地方，说那里有个工厂需要七台大型机器，机器在车上，车的运费和货物运费皆未付。钱经理给了梨安一大包现金，每车一万，共七万元整，悄悄地塞进梨安平时随身的小包里，让梨安装作若无其事。他竟然也放心交给梨安如此艰巨的任务，梨安也只好装作若无其事，但心里抖得厉害，硬着头皮出发了。

也不知走了多久的路，离开青岛，车子便在一条山路上行驶。梨安坐在头车里，后面跟着一大队，浩浩荡荡，车过潍坊，天已暗下来，他们吃了饭。司机们围着梨安，生怕他逃掉一样，而他紧紧抱着包，生怕被他们抢劫。

再次上路，车子行驶在崎岖的山间小道，打亮前灯，能见度有限，因是盘山道，前路未知，可能稍不小心便会跌入深崖，所有人绷紧了神经，眼也不眨地盯着前方。

梨安想起数个坐夜车的经历，小时回老家看外婆都是连夜赶路，急的什么一样，生怕车子丢下他们不管。那年，梨安从广州被派往东莞工作，也是夜间出发，一个被派到东莞做会计的男孩甄哥跟梨安坐在一起，他们临时成为朋友，相互依偎着打盹。

他又想起初来青岛时的那个夜晚。从火车下来已是深夜，空气冷得彻骨，冻得人浑身发抖，他没有穿厚的衣服，寒冷让他突然清醒。昏暗的灯光是从兰村小站屋顶的一枚灯泡发出的，光线极弱，伴着光怪陆离。行人三三两两提着行李从出站口走出去，有人等在站外接站，亲人或朋友，接到了人热乎乎地抢去对方行李，边走边聊，嘴里喷出白色的雾气。站外没有等梨安的人，只有几个不停搓手，吆喝着上车的人。检票口的工作人员漫不经心，懒懒散散拿过他的票，看也没看又塞还给他。刚走出站，便有几个人围上来，有的问住店，有的问赶车，他们热情的声音感染了孤独的他，虽然他们只为能从他口袋中赚钱。

车子开了一夜，梨安的眼睛从未合上过。他们凌晨时分才走出盘环的山脉，下到平地，又走了两个多小时，才渐渐看到人影，天也已亮起来。头车司机下车向街边小店打听，终于找到目的地，也是个萧索的荒镇，一家工厂孤零零地立在田野之中。

梨安满工厂地找人，司机们跟着梨安，终于找到负责人，姓王，是个矮小的广东人，他安排了吊车卸货。一辆货车上载着一台大机器，吊车从中午开始工作忙到天黑才卸完第七辆车，梨安一直在院中看着，有时喝水或者上厕所，那些司机们就派出人跟着他，生怕他逃掉，七辆车至少十四个人。梨安想，万一他们看出自己有逃跑的苗头，肯定会将他打死，然后埋在这田野当中。

所幸，他一直安然无恙。中饭和晚饭是在工厂里吃的，司机们坐在梨安旁边，假装保护他。从中午开始，每卸完一辆车，梨安会得到该工厂的一张支票，然后他叫了该车司机，坐在驾驶室里让他把合同签好字，证明已收了运费，再从他的包里小心翼翼翻出一叠红色人民币来给他。如此反复，至晚上，最后一辆车卸完，梨安的七万元分光了，而他得到了七张数额大得多的支票。

梨安问王先生，是否还有车子离开此地？答复是没有。可他真不想住在荒郊野岭，宁愿有个巴士，哪怕睡在车上也比这里安全。他正发愁的时候，王先生找到他，说刚巧有个农用车要去镇上，或许还会有最后一班去青岛的车。他突然见到一线曙光，兴奋得跳起来。

农用车上铺了干稻草，梨安坐在上面，冷得发抖，车子"突突突"地出发了，喷着黑色的烟。这已是梨安离开青岛的第二天晚间，很有可能第三或第四天才能回去。他的那个手机没有带着，怕丢，那时他还并不觉得手机是最方便的通信工具，出远门便将它留在公司里，此时青岛公司的人都无法联系到他，他知道只有美姨会发自内心地惦记着他。

天已经浓黑得伸手不见五指，深夜了，车子才刚刚开到镇上。他一看就傻眼了，镇上的车站早已关门，黑漆漆的一片，他后悔跟来镇上，还不如请王先生在工厂安排张床给他住下。他很害怕，在车站门前走了几圈，里面都没人，他蹲在台阶上，心里委屈得几乎要哭了。

"喂！"有个人叫住他。

他抬头看，是个拿着手电筒的老头儿。

"是不是没车了？"老头儿人很瘦，弓着腰问，"你去哪儿？"

"青岛。"梨安站了起来，老头儿看起来人很朴实，梨安想他可能帮得上自己。

"青岛啊。"老头儿说，"一天就一班车，要早上才有，你找个地方睡一觉吧。"

"我没地方去。"

"那不好办啦。俺们这个地方没有旅店，以前这站前有一个，早就关门啦。"

"我不知道该怎么办。"梨安站在那里，包还在身上，支票也在里面，他很想老头儿能帮助他，但他说不出口，他尽力表现自己的惨状，企图让老头儿产生同情心。

"你多大啦？"

"马上19了。"

"还是个孩子。你去青岛干啥？"

梨安便将自己来此的目的说了，力求让他相信自己对他没有任何威胁。

"你跟我来吧。我是给车站打更的，我家就住这儿后面，你到我家住一晚吧。"

"那我给你五十块钱吧。"梨安脱口而出，这钱他是有的。

"啥五十块钱的，你就来吧。"老头儿说着，径直离去。梨安紧紧跟在他后面，生怕他突然不见。

老头儿带梨安走了蛮久的一段路，绕了整整一个车站，来到一幢有院落的平房。院里的狗开始叫，梨安戒备地说："你家有狗啊？"

老头儿说："没事，拴着呢。"他开了门进去，铁门发出生锈的"吱呀"的声音，狗见到他就不叫了，不停地哼哼叽叽。梨安跟在后面也进去，随手关了大门。

平房里亮着灯，房檐低矮，梨安需低半个头才能进入，刚一进屋突然看不清楚，满是蒸汽弥散在空中。适应了之后，梨安发现有一个戴着绿色头巾的老太婆在磨着豆子，豆子发出腥味，一个风轮"呜呜"地响着，灶里燃着火。老头儿用本地土话和老伴交流着，老伴看了梨安一眼，梨安跟着老头儿进了里屋，见到一铺土炕。

"就这儿睡吧。"老头儿说，"把鞋脱了。"

炕不大，有点高，梨安需踮脚才能上去，真不知老头儿和老伴每天是怎么爬上去的。梨安坐在炕沿上慢慢脱鞋，身后的被子里钻出一只狸花大猫，"扑通"一声跳到地上，吓了梨安一跳。他刚上了炕，老头儿又进来了，端了两个蒸得裂了口的白面大馒头，递给梨安。

那馒头真是大，像个盆，他说不饿，老头儿说尝尝吧，然后放在炕上就出去了。他用手扯了一块吃了，很甜又有弹性，实在好吃，忍不住又吃了一块。

他见炕上有个枕头，就靠在边上和衣而卧，炕很热，他蜷着身子。老太婆进来喊他，他已经睡着了，老太婆拿了一条被子给他盖着，又出去了。

等他醒来时，天已经微微亮了，老头儿叫醒他，说得去车站了。醒来时，梨安见老太婆推着一辆自行车，后座放着一盘白嫩嫩的豆腐，正往外走，依然戴着她绿色的头巾,穿着臃肿的布袄,想来她是卖豆腐的。梨安也没洗脸刷牙,下地穿完鞋就要往外走,他突然觉得自己像方会计一样不讲卫生了,但能够尽快回青岛已经变成他的信念,其他都可忽略不计了。

老头儿拿了个塑料袋,装了两个大馒头递给梨安,梨安说不要,老头儿抢了他的包硬塞了进去,梨安担心那几张支票会折坏。他谢了老头儿,跟着老头儿去车站。

梨安买到回青岛的票,不一会儿就上了车,坐在位置上的时候,太阳才完全从云层里钻出来。他向老头儿挥手,老儿头也没什么反应,平平淡淡的,转身回了车站,白天他大概也在这里巡逻。老头儿很朴实,不讲话不笑,人淡得如一汪静水,并且生了绿色的浒苔,不像那些嘴甜如蜜的人,但却让梨安心里很踏实。

9

梨安回到青岛已是下午,见他从大门外蓬头垢面地走进来,办公室里的人全都走出来相迎,田鸡、花小姐、方会计、郁仓管、美姨,连钱经理都出来了。

"你这一走就是三天啊。"钱经理说,"也没个电话,真让我们担心坏了。"

花小姐说:"钱经理打了电话给那几个司机,才知道你已经办好了事,这才放心下来。"

梨安便将这三天的经历说了一遍,把七张支票交给花小姐,钱经理一直笑眯眯地说:"不错不错。"又让美姨今晚加菜,他们都冲着梨安微笑,梨安第一次感受到了大家庭的温暖。

吃过饭,梨安留在厨房陪美姨。她在洗碗,边洗边说:"这几天你不在啊,我都没有跳舞,身上的肉又长了两斤呢。"

梨安笑她哪有这么夸张,美姨叹了口气说,平时每天在一起还不觉得,这一分开吧,还挺惦记,尤其你带着那么多钱和七辆车去送货,真是担心,钱经理也真是的,这么重大的事怎么安排给一个孩子啊。

"我不去谁去呢？想来想去也没合适的人。"他倒懂得自我安慰。

"幸亏你没遇到什么坏人。这年头人心险恶，还是要多加小心。"

"什么时候人心都险恶，坐在你身边的人说不定随时都可能狠狠咬你一口，我早就明白啦。"

梨安像突然想起什么似的，跟美姨说："对了，上次我见到田鸡带着小春，牛司机带着那小姐，四个人在泰山酒家吃饭，看起来很亲热的。"

"别提了，那小春就是个傻丫头，一心惦记着田鸡，田鸡怎么会看上她？玩玩还差不多。不过说起来这姑娘也是可怜，有些话我又不能说。她现在呀，一心扑在田鸡身上，别人说什么也没用，不撞南墙不回头。"

"说不定田鸡真的会和她好好在一起。"

"得了吧。你可不知道，我听说田鸡找的那个小姐最近遇到什么不顺的事，田鸡愤愤不平，还要找人替她出气呢。"

"真的啊？他们不要闹出事情哦。"

"谁知道？田鸡和牛司机总是一起来吃饭，他们的话我都听着，田鸡没事就讲他和那小姐在一起的事，有些简直听不下去。说有一次那小姐睡到半夜把他推醒，搂着他哭个不停，说怕他抛弃她，她这辈子是跟定他了。"

"说不定他们还真能修成正果。"

"修个屁。那女的在老家结了婚，有个老公是瘫子，儿子都七八岁啦。"

"你听谁说的？"

"还能有谁？田鸡最好的哥们，了解他所有事的人。"

"牛司机啊。"梨安惊得目瞪口呆。

又过了一阵子的一个晚间，梨安看到田鸡约了牛司机，还有郁仓管、大军等若干人去门口小饭店吃饭。那时他正准备和花小姐、美姨到山东路立交桥那里买被子。冬天到了，天冷得厉害，美姨的女儿要来了，美姨为她另外支了一张床。

梨安看到他们在里面热火朝天地吃着，小春乐得什么样，跑前跑后忙碌，说不定这一单她还要请老板从她的工资里面扣呢。

小饭店里一共两个服务员，一个是小春，另一个叫莉儿，河南人。莉儿长得不美，龅牙，眼睛还有点歪斜，她曾经向美姨打听过梨安的事，梨安就绕着她走，生怕她突然哪天心血来潮向梨安表达爱意。说来也巧，他们刚一转弯，就看到莉儿站在小饭店门口嗑瓜子，瓜子壳丢了一地，斜着眼似笑非笑。

"美姨，花姨，你们三个要出去啊！"莉儿龇着牙，瘦成一根竹竿，唯独不叫梨安的名字。

美姨说："是啊，去买被子，我女儿放假了，快来了。"

"你女儿一定和你一样漂亮。"莉儿倒是十分会说话，美姨笑笑，他们即将走过去，莉儿还是叫住了梨安："宋梨安，你不进来喝点酒吗？你们公司的男的都在里面喝酒呢。"

"不了，我们还忙着呢。"梨安一边说着一边跟美姨、花小姐往前走了。

"他们今晚有重大的事，你不参加吗？"莉儿追着他们的背影问，一把瓜子撒了一地。美姨第一个站住了，她的雷达天线瞬间拉长。

"莉儿，你过来。"美姨焦急地叫莉儿来，莉儿走了过来，美姨把她拉到一边问："什么重大的事？快说来听听。"

"好像说要去找什么人寻仇。"

"寻什么仇？"花小姐也来了兴致，听起来很严重的样子。

"所以才要秘密集会啊。"美姨说，"花小姐啊，亏你一直冰雪聪明，这点事也要问。"

"还是'妇女主任'最了解我。"花小姐美美地说，"我倒想知道是怎么回事呢。"

梨安拉着她们两个说:"走啦,走啦,回来我告诉你们。"

"你知道?"美姨问。

"当然。"梨安胸有成竹地说,"郁仓管不是也在吗?他知道就等于我知道。"

回来的时候,梨安和美姨手里提着厚厚的棉被,花小姐提着一兜水果。美姨心疼女儿,尽管女儿只住一个多月,也买了最厚实最贵的被子,花了一大笔钱。那家店梨安去过,初来时就曾进去询问过价格,但被吓跑了,这次店老板依然不冷不热,等美姨掏出了钱,她才露出久违的笑容。

小饭店里已没有人了,他们回了公司,田鸡和牛司机等人在办公室里说着悄悄话,郁仓管也在那儿傻呵呵地听着。梨安三人径直回了女士宿舍,放下被子。

梨安让一个工人去叫郁仓管过来,说有急事,不一会儿郁仓管跑来厨房找梨安。

"说吧。"梨安叠着双臂冷冷地看他,"你们到底有什么重大的事?"

"不让我说的。"郁仓管挠着头,"说了就完啦。"

"说不说?"梨安凶他,"不说你现在就完啦!"

"唔,那你不能告诉别人。"

"肯定要告诉美姨她们的,你快点!"

"今晚,田鸡让我们去帮他打一个人。"

"谁啊?"

"是一个嫖客,田鸡不是跟一个小姐同居嘛,那嫖客上次没给小姐钱,还打了她两个耳光。田鸡已经找了好几天了,知道那人今晚去夜场,让我们去打他一顿,往死里打。"

"你个二百五,这是你该去的吗?"

"可是,人家都去啦。"郁仓管又挠头,"我要是不去的话,那怎么行?"

"怎么不行?你就找个理由不去。"

"田鸡都开口了,刚才在酒桌上我都说去了。"他辩解。

"什么时候去？"

"十点之后吧。"

"这会儿你背着我去中医馆吧。"

"去那儿干吗？"

"我脚扭了,不能走了,要去按摩,谁让你把轮椅退回去的,你得负责把我背过去。"

"这倒是个好主意。"郁仓管乐了。

为了配合演戏,梨安请美姨、花小姐和方会计客串了路人甲乙丙,田鸡和牛司机知道梨安派了一个工人把郁仓管叫走,不一会儿又见郁仓管背着梨安往大门外去,美姨、花小姐、方会计也跟着。美姨到办公室跟田鸡打了个招呼,说梨安脚扭了要去中医馆,他也就深信不疑了,反正他叫了六七个人去,不差郁仓管一个人。梨安是担心郁仓管没脑子,真的把人往死里打,出了事他也逃不掉。

他们直接坐车去了五四广场看海,风还是有点大的,晚上的海除了风浪也没什么特别之处,冷得不行。后来,梨安说有点饿了,五个人便去云南路美食街吃火锅,梨安要埋单,郁仓管抢着付了钱。美姨说："小郁确实要感谢梨安,要不是想出这个办法,过了今晚你就有罪受了。"

他们回去的时候已经很晚了,原本应该亮着灯的办公室却漆黑一片,想必他们寻仇还没回来。梨安和方会计回了宿舍,牛司机果然不在,床铺空着,另外一个业务也不在。郁仓管过了一会儿来说,他们宿舍也几乎空了,梨安的心一直悬着,不晓得会发生什么事,一种不祥的预感围绕在他的脑子里。

第六章

一切有如梦幻复制

亲爱的S：

有一件高兴的事要告诉你，我的一篇作文拿了全国"桃林杯"征文大赛的第二名，还被登在了书上。学校开大会的时候，校长拿着话筒特别念了我的名字，说我为学校争了光。

我真是非常高兴。我上台领了奖品，学校买的铅笔盒，还是塑料的，可洋气了。我那只掉了漆的破铁盒就被我放在家里了，我开始用新的铅笔盒了，我可真是了不起啊。

不过，同学们都不知道的事，我要告诉你，你不能说给别人听啊。

其实，全国有几百个"第二名"，第一名都有五十个呢。可是，我的同学们不知道啊，哈哈，这是我们之间的秘密，不许说给别人听。

好了，有人要问我如何写作文了，我可要好好地给他们讲一讲啦，终于感觉被人重视了呢，很开心的。

祝好，一切好。

你的S
1993年8月15日

1

梨安被一阵吵闹声惊醒。好像有人在逃跑，有人在死命地追，嘴里骂着脏话，停车场扬起沙尘，追的人手拿着大刀往那逃的人头上砍去，没中，再丢掷过去，登时，一股鲜血喷溅出来，射得老高，有如割开一道即将崩堤的洪口，停车场的黄沙地瞬间染成了红色。这时候，有个人冷静地站立在院中，只能看到他的背影。他说："快来，时间的入口已经开启了，听那风声。"然后真的有了风声呼呼吼叫着从四面八方涌来。

梨安知道他一定就是神秘人米修。神秘人米修继续说："快从入口穿过，你们就可逃开所有罪责，因为那已属于另外一个时空。"那只猫也一并跳着欢快的舞蹈，然后空空的黄沙地中央出现一个黑黝黝的洞穴，熟悉得已让梨安不再惧怕，那一伙打架的人集体跳了进去，然后洞穴消失，神秘人也跟着消失，一切变得有如什么事都未曾发生过。

梨安醒了。有人推门而入，急匆匆的，是牛司机，他飞快地拿了点什么东西，"扑通"一下摔了，爬起来后跌跌撞撞跑出去。

"怎么了这是？"隔壁美姨的声音，"吓我一跳。"

"是牛司机，不知怎么又跑出去了。"梨安大声说。

"我起来了。"美姨说。

于是，梨安也爬起来，穿好衣服，拍醒方会计。方会计对此不感兴趣，他睡意正浓，翻了个身不再理人，一股屁味从他的被窝里涌上来。

梨安出门的时候，美姨也出来了。他看到院子里站着几个人，是工人们，郁仓管也站在那里，他们走了过去。

"田鸡和牛司机跑了。"郁仓管说。

"去哪里了？"

"刚才他们给黑经理打电话了，连夜跑去烟台了，还嘱咐我们万一有人来问起他俩，都说不知道。"郁仓管说。

梨安问大军："你们把人打成什么样了？"

"没死也剩半条命了。"大军得意扬扬地说，"俺们就只踢了几脚，田鸡和牛司机打得厉害，那人都倒在地上了，田鸡还拿了一块那么大的石头砸在他的腰上了，估计得残废。"大军用手比了一下石头的大小。

"天啊，太可怕了。"美姨说，"这些孩子啊，这是闯了天大的祸啦！"

大军说："他俩刚才打了辆车去烟台了，万一有警察来问呢，让俺们装作不知道这事。"

"钱经理知道吗？"梨安问。

"刚知道，田鸡临走时打电话给他说了，跟他请假了。"大军说。

工人们渐渐散去，怕聚拢时间太久引来麻烦。美姨和梨安也各自回了宿舍，美姨边走边叹气："这可怎么办？"

天亮后，钱经理回来一直不停地摇头说着"胡闹"，办公室里只剩下梨安、花小姐和方会计，送货由新司机去。梨安坐在办公室里接电话，负责处理田鸡遗留下来的烂摊子。

钱经理一直坐在里面的办公室里打电话，应该是打给烟台黑尔热，嘱咐什么事情，铁青着脸。半个多月之后，田鸡和牛司机才回来，没事人一样，自然有谄媚的工人请他们吃饭，算是压惊。梨安不许郁仓管去，他就没去。

钱经理没再提这事，也没有任何责罚，这事就像一阵急雨，很快过去天就晴了。

这期间，有个女人鬼头鬼脑地出现在停车场几次，大军说是田鸡的那个小姐，后来没再见。田鸡回来后，这女人也换了工作地点，住得远了些，田鸡依然每晚回去每早迟到，钱经理不再过问了。

美姨的女儿来的那天，青岛公司像过年一样。

那些寂寞单身汉们早早就盛装打扮起来，连方会计都难得洗了脸，换了身干净的衣服。钱经理给足美姨面子，说派车去火车站接人，美姨不好意思，拉着梨安坐公交车去了。

他们早早到了火车站，先去海边转了一圈。从火车站出来向右边不过二百米，便是汪洋的大海，边走边聊，一个多小时后，她女儿的火车才到站。车站有点古老，外墙是蓝色的镜面，泛着灰灰脏脏乌秃秃的光。

他们站在出站口，人群中出现一个白白嫩嫩的瓷器样的女孩，美姨冲她挥手，叫她名字："茗茗！茗茗！"

茗茗姐长得瘦弱，皮肤白得几近透明，像美姨，眼睛大大的，直发。梨安上前帮她提行李，美姨介绍他们认识，她跟梨安握了手。回程的路上，梨安说叫辆车子，美姨不肯，还是乘了公交车。母女二人在车上说了一路，美姨眼里充满无尽的慈爱，这一刻她不再是花小姐随时开玩笑的"妇女主任"了，而是回归了"母亲"角色。

回到公司，美姨带茗茗去办公室同大家见面，花小姐拉着茗茗夸她漂亮；田鸡眼里放着饥饿难耐的绿光，笑得一脸淫邪；洗了脸的方会计，将头发三七开，穿了件皱巴巴的前后长短不一的西装，俨然一个乡镇企业家的模样，羞赧地咧着嘴笑，牙齿竟然也刷过了。

钱经理走出来说："我们青岛就缺女孩子啊，你在这里上班吧，就是怕大材小用啊。"茗茗笑而不答，美姨说："钱经理说笑了。"

那天，大军烧的饭，钱经理放了美姨一天假，她们母女二人要出去逛街，美姨请花小姐、梨安相陪。花小姐说累，宁愿躺在宿舍里静养，不过她说会请茗茗吃饭；梨安说还有工作，要晚点，她们便出发了，说会提前给梨安电话，梨安到某某地与她们汇合。

临出发之前，茗茗到办公室找方会计问电脑方面的问题，她礼貌地说："这几天你有空了，我向你请教些问题，好吗？"

方会计羞得脖子都红了，不过跟污垢相融，也看不出来几分，他支支吾吾地说"好"，仿佛变了一个人，精神状态也好起来了。

梨安当茗茗是姐姐，没有一点不好意思，跑前跑后围着她们转，其他人也当梨安是"半个妇女"，总之梨安和花小姐都归美姨领导，也从不八卦梨安的事。梨安从无绯闻困扰。

梨安写了一条路线给美姨，包括如何乘车。哪里换车，让她们先坐车去中山路，走到栈桥，再换旅游巴士沿中山公园、鲁迅公园、天后宫、八大关、湛山寺再到五四广场，从旧城走到新城，穿过时光隧道，时间也就差不多了。天黑之后，梨安就去找她们，相约在云南路见，吃晚饭。

梨安忙着处理一些回执单的事，打了几个电话给各个公司，打到天津时，是小美接的电话，她对梨安客气多了，不像刚从青岛回去的时候，但凡听到青岛电话都腻烦得不行。她帮梨安回答了几个问题之后，突然问："青岛冷吗？"

"还好吧，比不上天津冷。"梨安说，"你们那里下雪了吗？"

"下过几场了。"她在那边笑起来，声音很清脆，"有空来天津玩吧。"梨安知道她的伤好了。

下午忙好了事情，梨安接到美姨的电话，预备出发去云南路，时间还早，可带她们去商场转转。梨安回房间换衣服，方会计跟了进来。

"梨安。"方会计小声地说，"我也想去。"

"你也去？"梨安不解风情地问，"你去干吗？"

"我……在办公室也没什么意思。你们不缺保镖吗？"

梨安的眼珠差点吓得弹出来。

2

他们四个人安静地坐在一个鲁味菜馆的包厢里,吹着热乎乎的空调,有如暖暖的春风,十分舒服。他们点了六道具有本地特色的菜肴,油爆双脆和九转大肠是这店里的特色,也代表了鲁菜师傅的最高水准,油爆双脆鸡胗要脆牛肚要嫩,火候很重要。梨安其实并不喜欢吃动物内脏,也吃得欢天喜地。茗茗一直在济南,虽也是山东,但同他们一样住在宿舍,又一个人,难得外出吃点好的。美姨心疼女儿,专点好吃的,饭毕美姨抢去埋单。

"梨安在写作吗?"茗茗问。

"是啊,美姨讲给你的吧。"梨安说。

"嗯,我平时也喜欢写的,你的作品方便给我欣赏欣赏吗?"

"当然方便。随时。"

"他有一些文章在我的电脑里。"方会计突然插了一句话进来,显得十分突兀。

"方会计难得说句话啊。"美姨说,"一直在笑。"

又吃了一会儿,美姨说还是点一扎啤酒吧,没啤酒不下饭,茗茗也笑了,叫服务员送进一扎啤酒,酒很凉。梨安让茗茗也喝,她不胜酒力,只喝了半杯,美姨不管她。

吃过饭,他们又随处逛了会儿就回去了,一晚无话。

梨安给茗茗看了他的一部长篇小说的开头,写他如何从老家抵达青岛,在火车上偶遇了一个神秘的刮着风的黑黝黝的洞穴,那里面阴森森的,但或许就是某个时间的入口之类的,茗茗竟然说她很喜欢看,让他继续写。她问:"我可以出现在这个故事里吗?"

方会计也常跑过来听他们聊天,他不讲话,盯着茗茗发呆,一直保持着男版蒙娜丽莎的神秘微笑,他的个人卫生搞得空前干净,人也热情得变了一个人,从没见过这样的他。

春节的时候，花小姐去上海和家人团聚；美姨的老公从北京来青岛，他们一家三口住在美姨宿舍里；钱经理、牛司机和山东本地的工人回各自的老家了，那小姐和牛司机一起走的，小姐是吉林人，其余的人都未离开。梨安和方会计去邮局寄了钱给家里，父亲说外婆已经回了"稻田地"，舅舅来接人，说明年或许再来住一段时间。

父亲说，过了年就去之前和他说过的天津那家饭店看看。

梨安是很担心的，父亲年纪大了，一次次的挫败会加重他的衰老，会让他觉得处处不如人。梨安时常鼓励父亲，没什么大不了的，这个家还有我呢。

春节时候的青岛，节日气氛还算浓厚，比大连好得多，岛城处处张灯结彩，鞭炮声此起彼伏。AU公司也贴了春联和"福"字，是梨安和美姨上街买的，什么"财源多"，什么"福满门"。青岛是古城，民风淳朴，气息祥和，很多民俗得以传承和保留，他们几个人去看年画展，逛山东特色大集市。集市上有很多乡下来的百姓，头上还系着头巾，穿花花绿绿的臃肿的棉衣，蹲在地上卖山货，大花生、大枣、大葱、大馒头……全部大得离谱，人也拥挤不堪，有时迎面来个五大三粗的山东大汉从身边擦肩而过，会被撞得头昏眼花。

山东话说得急，声调也高，叽叽喳喳，朴实的农民热情地邀请你品尝他们手里捧的花生、大枣，如果不尝一颗都觉得不好意思。那几天，青岛各个老城区都热闹异常，冷是冷，热情却不减。梨安他们天天在街上闲逛，茗茗喜欢读书，梨安带她去书城，他和茗茗提过有一套书很好看，但因为太贵，他时常跑来蹭书看。那天茗茗竟掏钱买下来送给梨安作为新年礼物，让他非常惊喜。

除夕那晚，他们一起包饺子，围在狭促的厨房内，外面有人放着鞭炮，炸得满院子金光。方会计也要伸手包，美姨十分好心地请他歇着，他就真的搬了一张凳子坐在边上看他们包，尤其只盯着茗茗，不讲话，只是不住地微笑，带着乡镇企业家的憨态可掬。郁仓管带着大军等人伙同其他几家货运公司的人一起放鞭炮，院子里很是热闹。田鸡则光明正大地回到住处和那小姐过两人世界了，几天不见踪影。

新年钟声敲过十二下之后，梨安就十九岁了。

3

春节一过，日子飞也似的快起来，仿佛加了齿轮和润滑剂，一天撵着一天。业务也一单连着一单的开始了，春节前用米浆贴了封条的仓库门再次被打开，浓重的刺鼻的霉味混合着无法辨别的化学药水的味道扑散出来。

郁仓管提着一串钥匙，趿着他的一双破鞋"噌噌噌"地来来回回，脚跟冻得通红也浑然不觉。有时叼着烟，撞见田鸡会被骂一通，梨安见到总会不声不响地走过来，一把拽掉他的烟，郁仓管会无奈地摇头，拿梨安没办法。

生活让他们越来越亲近，越来越信任彼此，因为在这里的朝夕相处之中，无法将个人从集体中剥离。但田鸡和牛司机可以，他们踏出停车场之后变幻成其他角色，混迹于各种场所，游走于新奇的人和事物之间，尝试体验多种多样的人生，他们是自得其乐的，并且活得潇洒自在。有钱经理为他们撑着后腰，也不必存钱，花光才算赚了。牛司机的儿女有很长一阵子没找爸爸要学费，或许他良心发现，汇了一些过去，或者牛妻彻底绝望再不问他讨要，总之春节的牛司机是提了大包小裹踏上返乡的列车了，希望此次归去可以化解他家里家外的各种危机。美姨和梨安总希望看到好的结局。

没多久，茗茗也要回济南工作去了。那天美姨起了个大早，买了鲜肉和虾仁为茗茗包了饺子，梨安跟着一起。美姨始终惆怅着一张脸，眼睛微微泛着红，虽然她故意表现出无所谓，企图掩盖内心的不舍，但梨安看得出来那份牵挂和无奈，茗茗假装整理衣物躲着他们，实际上也在调整心绪。

梨安为了逗笑美姨，故意将水饺包得不成样子。美姨不笑，拿了他包的露了馅儿的方枕头样的东西重新修补，不讲话，却比平日里认真得多，这让梨安心里产生些许不安,不该捉弄她。

早饭气氛凝重,梨安跟着混了一盘水饺,美姨不吃,看着他们吃。

茗茗终于走出停车场,穿了一件白色的大毛衣,梨安和郁仓管帮忙拉着行李箱,美姨拉着她的手一直不停地嘱咐着,美姨老公已于前一晚回了北京。很多同事站在办公室门外以目光相送,唯不见方会计的身影。

这时,只见方会计从大门外小跑进来,正面迎向茗茗和美姨,满头热汗,手里捧着一大束火红的玫瑰花——他赶早去花店买了花送给茗茗!

他将鲜花一把塞进茗茗的怀里,然后傻兮兮地笑着,额头上黑色的汗水流淌下来。

"谢谢你,小方。"茗茗微笑着说。

美姨赶快回头叫梨安:"方会计买的花真好看,你们快来拍张相片吧。"

茗茗捧着花,梨安靠着茗茗,他们就站在背景是AU的大门外拍了一张相片。阳光很好,他们都有青春无敌的脸,笑得睁不开眼睛。方会计说也想加入拍照,茗茗说"等下我们俩单独拍",他就笑眯眯站在边上耐心等着,不急不躁,心平气和。

茗茗上了路边的一辆去往济南的白色依维柯车。有售票的人从车窗探出半个身子死命地吆喝,眼见一大群人站在路边等车,结果只上来一个,那人有点失望,笑得很尴尬。

茗茗挥挥手同大家告别,美姨抹了抹眼泪。梨安回头一看,连方会计都憋红了双眼,神情十分落寞。

茗茗冲着梨安说:"记得发邮件给我,有新写的小说也一定要发给我啊!"

车子便闪着红色黄色的尾灯载着茗茗绝尘而去,慢慢地消失在大路上。

回到厨房的美姨顿时面上有了憔悴的戚容,三魂丢了七魄,再无兴致和任何人说话,坐在小木凳上静静地低头摘菜,她还要准备全公司人的晚饭,梨安同她聊天,逗她开心。与美姨同样难过的还有方会计,他一直端坐在办公室里打电脑,也没和人说话,晚饭也没吃。

茗茗走后的第二天开始，方会计就变回了从前的他，拒绝洗脸刷牙，还原本我，任性得不留一点余地，没事便浑身臭味地坐在办公室里发呆，顶着风干牛屎般的硬头发，看着电脑屏幕，仿佛从电脑上可以看到茗茗。

父亲大年初五收拾行装，踏上南下的列车到达天津，临行前给梨安打了一个电话梨安嘱咐他注意安全，说有困难就跟他说。父亲说，只是先去看看，人家要不要还不清楚，自己能否适应新环境也不知道。梨安问他手里的钱够不够用，他说够的。

父亲说，梨雯的服装店因为经营不善，很快倒闭了，她已经搬回家里来了，和母亲一起经营着小饭店。母亲跟父亲学过几手菜，也能对付一些零散食客，而小饭店已经是濒临倒闭，食客稀少。平日里，母亲一个人在店里摆扑克牌等客人，梨雯不在，她有她的朋友圈子，母亲有事自会打电话找她回来。

父亲说，有一天外婆从老家打电话过来，说她做了一个梦，梦见梨安会有一段姻缘，但无结果，让父亲提醒梨安注意一些。梨安笑起来，说自己才十九岁，不要什么鬼姻缘。

父亲说，有些缘分是你想躲也躲不开的，这就是命，不管好的不好的都要经历的，外婆说她在梦里看清楚那女孩子的脸，不好看，还是个南方人，个子很矮。梨安笑着说，外婆的眼神一直不好，不可能看得这么清楚。

父亲又问起山东路立交桥边上的一家小饭店，父亲说："记得我在青岛时曾经一个人去喝过羊肉汤，上面撒点香菜，味道真是不错。如果把这汤引进萝城来，兴许会有生意呢。"

"算了吧，萝城那地方你又不是不了解，就算再美味，那些打白条红了眼的人也会把饭店吃垮的，快别打萝城的主意了，也饶了那羊肉汤吧。"

"我是不想离开家啊。去天津还不知道是什么情况，你关叔叔瞒了我的岁数，人家就说先过去看看手艺，他们给出路费，可我这心里也是放不下，万一不好，回来也丢人不是？"

"买到卧铺了吗?"

"人家只给报销硬座。"

梨安一面担心着父亲,一面想着在大连共患难的好友双喜。过了一阵子,他主动打了电话给梨安,聊了几句话后,终于说打算到青岛来闯闯了。

"你爸回家了吧?"双喜问,"他决定来青岛了吗?"

"不来。"

"那我去青岛找你,好吗?"

未等梨安回话,他抢着说:"我绝对不会给你添麻烦的,你放心吧。"

他在电话里十分诚恳,声音带着半点哀求的尾腔,像是一个想吃糖的孩子小心翼翼又满怀希望地征询大人的意见,完全不像梨安记忆中的双喜。记忆中他总是那么自满骄傲,谁都不会放在眼里,他吩咐别人事情仿佛理所应当,也必然如此。如果他理直气壮地告诉梨安要来青岛,只需做好接待工作的话,梨安可能更习惯,而他电话里试探着层层递进所表现出的柔弱的语气,让梨安顿时感到一阵悲伤,好像他们之间生分了很多。

"你来就行了。"梨安说。

梨安想起院子角落里住的那个秃头,有些时候没见到他了,他想请美姨帮忙问问秃头的夜场是不是需要服务生,这样就可解决双喜的工作问题,对美姨和秃头来说都不算什么难事,只要对方肯帮忙。

"那你打算什么时候来青岛呢?"

"你听我说。我寄点钱给你,你先帮我租间房子,越小越好,最好有人合租,千万不要你出钱,我寄钱给你。"

双喜料定梨安会帮他。

"你说哪儿的话。你人还没来,能不能在青岛住得久还不知道,这么急着租房子?"

"那有便宜的小旅馆吗?"

"我知道一家旅馆60元一晚,条件不是太好,我爸来时住的。如果你能委屈一下,就跟我睡一张床也可以的。"

"安安,我想起了第一次见到你的时候。"双喜叫着梨安的名字,声音些微湿润地说,"来酒吧的第一个晚上,你就睡在我的床上,现在我反倒要你帮忙了。"

听他的声音,梨安觉得此刻他一定软得像条毛毛虫,尖利的触角全部被时间削平。

"是啊。就因为当年你帮了我,所以我才帮你,不然就你那臭脾气,我才不会管你。"

双喜在电话那边笑了,又变回丁零当啷的他。

"我一买到车票就告诉你,一定提前跟你说。"

挂了双喜电话,梨安去宿舍找美姨。梨安说明来意,美姨答应帮忙问问秃头,秃头也刚从老家回来不久,因为天冷不喝啤酒了,所以很少见到他。美姨放下手里正洗的碗盘到秃头那里,二十分钟后满脸通红地回来说秃头同意跟夜场老板说说,又说是小事一桩,说也巧,他正和另外一个人吃着酱猪蹄喝着老白干,硬拉着美姨喝了两盅。

"别看那秃头长得个流氓样,人挺好的。"美姨说,"他刚从老家回来那天,还特地给我送了一块咸肉。"

"咸肉呢?"

"都给你们吃啦。我留着往哪里放啊,也给大家伙尝尝嘛。"

"怪不得前几天菜里总有一种臭烘烘的味道。"

4

正月十五一过,月圆了又缺之后,钱经理、牛司机等人就都回来了,花小姐却还在上海总公司享着清福,说过一阵子再回来。青岛公司已经开始正常运作,一辆接着一辆的货车陆续抵达青岛,又陆续从这里出发到下一站。停车场门口的小饭店也已正式营业，郁仓管来找梨安："我请你吃饭。"

"你怎么总要请我吃饭？"梨安故意问他。

"有人请客还不好。你什么时候请我吃饭？"

"我干吗要请你？先说个理由。"

"哪有什么理由，大家乐一乐呗，有空就吃个饭。我不要你请客，我请你，你只要出席就行。"

"不用花钱吗？没理由不吃饭。"

郁仓管不停地抓着头皮，傻傻地翻着眼皮，然后说出了一个梨安无法拒绝并主动要求埋单的理由。

"明天是我生日。"他不好意思地笑了。

果然，他的生日够大，正月里出生的，占尽便宜，梨安去找美姨、方会计，合计着给他过生日的事。他自己没脑子，明知道梨安讨厌田鸡和牛司机，还是屁颠屁颠地通知了所有人他要过生日的事，好像准备普天同庆一样，他当他是皇帝啦。

他逢人就说梨安明天要请他吃饭，就在门口饭店，欢迎大家都来，人越多越好，热闹。这下闹大了，那些占便宜红了眼的人赚了个白吃白喝，岂有不来的道理，纷纷响应他的邀请，全公司的人都说要来祝贺他的生日。郁仓管觉得特别有面子，乐得眼睛眯成了一道缝，连走路都是昂起头的。他从没这么得意过，农奴翻身，终于抬头做人，更多时候他是自卑且低调的。梨安听说之后，虽恼于郁仓管的愚蠢，不过想想既然这样也就罢了，索性让他高兴一回，把钱经理也叫了过来，在小饭店里热闹且痛快地搞了两桌。

小饭店接了春节开业后的第一单生意，很是重视，老板娘亲自过来跟梨安确认菜品，又派小春和莉儿一趟一趟地往AU跑，很兴奋的样子，为了找梨安核对具体菜单。梨安和美姨坐在厨房里指点江山，小春和莉儿四根小短腿忙得跑来跑去，停车场上飞奔的都是她们的身影。小春乐得开心，可每次都往办公室里看看田鸡。莉儿自不必说，之前她就问美姨打听梨安的事，何方人士，是否婚配，事无巨细都想一一知晓，梨安因此躲着她。

忙了一整个下午算是敲定了菜单，第二天他们照常工作，该送货送货，该清款清款，直到下午四点钟一过，所有人一窝蜂地涌进了门口小饭店，将一个小屋子挤成难民营。老板娘脸笑成了一朵烂葵花，忙着拍拍这个肩，摸摸那个脸，一副很熟悉的样子，其实不然，从前梨安他们每天都从门口经过，她笑也不会笑一下。

三张桌上摆着鸡鸭鱼肉以及各色海鲜，还有啤酒白酒葡萄酒，看得梨安直心疼。郁仓管没心没肺的，他这玩笑是开大了，不过在小厨房的时候，美姨就说了，她和方会计与梨安平摊这次的餐费，这样帮他减轻一些负担，梨安嘴上说着不用不用，心里感激着美姨。

大家入席，菜分两桌，办公室的人、美姨、郁仓管、大军、牛司机一桌，其他人一桌。郁仓管兴奋过头，与大军频频举杯，一口一杯，喝得让人害怕。钱经理和田鸡也开始起哄，郁仓管站起敬酒，梨安和美姨、方会计不得不一杯接一杯地喝。不过一会儿工夫，个个涨红了猪肝脸。

郁仓管贪热闹，不讲什么规矩，想把小春和莉儿还有老板娘也叫上桌来一起喝。老板娘摇头不来，她怕喝多了算错账就亏了，让两个服务员陪他们喝，而且要多喝，陪好，老板娘只管兴高采烈地记录着酒水数量。

扎啤又喝掉两大桶，白酒又加了两瓶，直喝到人快傻了的地步，总算有人讨饶了。方会计已经不行了，他的脸本来是黑的，衬了红色竟然好看些，那一双黑乎乎的手抓过鸡腿之后，留在盘子里一块污渍，像凭空掉进来一块牛粪，梨安和美姨都没心情吃。

小春也喝了很多，她一定要坐在田鸡边上，紧紧靠着他，田鸡装出一脸厌恶的表情，仿佛在撇清。

"干吗？你不喜欢我坐在这儿吗？"小春抬着迷离的醉眼，咄咄逼人地问他。

"你喝多了。"田鸡说。

"我哪里喝多了?我记得我们上次喝酒比这次还多,你还说过我漂亮的,我都记得。"

田鸡有点坐立难安,美姨赶快在下面踢梨安的脚。

"以前你对我多好,夏天的时候还给我买过冰棍。"小春说,"有没有烟?谁他妈能给我一支?"

郁仓管递了一支烟给她,又帮她点了火。她吸一口吐一个烟圈,活像个肥胖的老鸨子。

"小春还是喝得太少了。"牛司机说,"我们再来喝。"他原是想化解尴尬,小春却不理他。小春自顾自地端了一杯酒递给田鸡。

"是个爷们儿的话,就干了这一杯。"小春说,"别就在床上那点本事。"说完先喝下去了。

田鸡尴尬地坐着不动,空气很僵,时间凝固,梨安的脚被美姨踢得快肿了。钱经理说:"田鸡,你应该喝了,人家女孩子都喝了。"

田鸡便无奈地笑笑,举杯干了。

"梨安,咱们也喝一杯吧。"莉儿斜着一只眼看梨安,满是爱慕之色,另一只眼不知飘向哪里。

"好的,谢谢。"梨安二话不说先干为敬,他没什么心虚和要躲藏的,不像田鸡。

有时候坦然面对比躲闪要好得多,主动权在自己手上,没做亏心事又怕什么鬼敲门。

喝过之后,气氛骤然尴尬起来,没人再说话,都在看他们,等谁说话,偏没人说,又有人去看钱经理,那只老狐狸只是抿嘴笑,故意等谁出丑。

田鸡突然打破沉默说:"小春喝醉了,莉儿你送她回去吧。"

"我哪也不去!"小春挣脱着说,"我就坐在这里。"莉儿当然也一动不动,眨着眼睛四处看。

田鸡有些不快,站起来拉住小春一只肥藕般的手臂,一边拉一边说:"你还是回去早点睡觉吧,看你醉成什么样子。"

他半是商量半是责怪,低压着声音和愤怒,忍耐却已到极限,生怕别人看笑话,想尽早结束这羞耻的局面。但他越是这样,小春越不配合,她是铁了心要跟他耗下去,看谁丢人。

"我没醉。"小春一边挣扎着推开田鸡,一边高声喊着,"我怀孕了,你知道吗?!"

顿时,整个饭店结冰了,时间静止,空气不动,窗外的寒风和路过的行人全部定格在这冬日的幕影里,慢慢沉下去了,晕在时间的缝隙里。酒桌上也安静了,连呼吸都听不见了,所有本该明天早上清醒过来的酒鬼瞬间消散不见,一切就像是结束了,又像是开始。美姨一激动,一脚踩痛了梨安,梨安不由地"哎哟"一声叫出来,一瞬间便划破了尴尬。

"你在胡说些什么呢?"田鸡恼羞成怒,火气冲了上来,拎着小春的一只手也加重了力气,小春七扭八扭地皱着眉。

"有本事做,怎么没本事承认?"小春不依不饶地说,"你都忘了在我耳边说的话了,是不是?提上裤子就不认人了,是不是?"

"赵姐!"钱经理觉得该就此结束了,喊着美姨,"你和梨安把小春带回她们住的地方,她喝太多了,开始胡言乱语了,莉儿也回去吧。"莉儿听说梨安也去,乐得高兴,一边拉着小春一边喊梨安和美姨。莉儿也喝了很多,站不稳,被小春一带,几乎要跌倒,后面有个瘦瘦的男孩子扶住了她。男孩是小饭店的厨师,人很老实,长得干干净净。然后,男孩子带着小春和莉儿、梨安一瘸一拐地和美姨回了她们的宿舍去。

宿舍不远,在南京路上,泰山酒家拐个弯就到了。小春和莉儿摇摇晃晃地满街横着走,一边走一边嘴里说着听不懂的怪话,美姨扶住小春,莉儿却借着酒兴扑向梨安怀里,梨安只搭着她的手臂,那男孩子始终扶着莉儿的双肩。

到了宿舍,小春"咚"的一声栽到床上再无声音,莉儿尚算清醒,不停地跟梨安说话:"梨安,其实你不了解我,你根本不了解我是咋样一个人。"

梨安说:"你喝多了,赶快睡觉吧。"梨安急于脱身,不想听她说话,美姨拉着梨安往外走。那男孩子没走,回头说:"我来照顾她们,美姨你们先回去吧。"

后来,莉儿和那男孩子在一起了。

梨安突然想起父亲说的外婆那古怪的梦,果然是一段姻缘,果然无果。

5

小春果然怀孕了,不是捏造。

她说孩子的父亲是田鸡,但田鸡拒绝承认,他在办公室里自言自语地说:"往老子头上扣屎盆子,孩子说不定是谁的!"他的眼睛里冒出的是火,梨安坐在距田鸡不远的侧面,却看到一个不完整的人形。

后来,梨安去小饭店算那天的菜钱,老板娘说郁仓管当天晚上就把饭钱付清了。梨安去找郁仓管,郁仓管说:"你那么够意思要帮我过生日,我怎么好意思觍着脸让你花钱呢,生日是我的嘛,就由我来请大家吃饭喽。"

说得梨安倒真是无地自容,那天还在为自己一时冲昏头脑答应给他过生日而后悔,现在已羞得到处找地缝了。

梨安去找美姨,美姨自是为小春和田鸡的事长吁短叹,仿佛她早就料到了一般,可是她也是局外人,不了解小春和田鸡之间的事,谁是谁非,谁对谁错,她也理不清。如果他们果真是爱情,在爱情里没有对错,但那分明又不是爱情,虽然在小春看来是,在田鸡看来一定不是。

梨安和美姨商量了之后,合资在山东路立交桥下那家针织店里买了一套像样的被褥给郁仓管,权当是生日礼物。他那被子薄如蝉翼,还是断了翅的蝉,薄得可透见天光,仅剩两层薄布,而且奇脏无比,索性丢了也好。

郁仓管兴奋地铺着新被褥,一脸喜气。梨安说:"就知道寄钱给别人,也不知道对自己好一点。"

此话一出,郁仓管先是愣了,梨安也愣了,但他们都没有再说下去,郁仓管装没听清,梨安匆匆走出了宿舍。

又过了几天,花小姐从上海回来了,梨安将春节期间所有账目向她一一说明,皆有票据在,交接了一个上午才把手上的钱和票据全部交还给她。她不停地说:"梨安可不能走啊,没有你姐姐我可怎么活啊?"这话她也对美姨说过。这次她从上海回来带了两条围巾给梨安和美姨,纯羊绒的上等货,价格不菲,梨安和美姨拿了她的好处,毕竟手短嘴软,好久都没有说起过她的八卦。

"阿红说赵姐一直照顾着我,真是难得,特地让我带瓶涂脸的面霜给你。"花小姐取出老板娘红姐的礼物给美姨,法国兰蔻,美姨更是乐得找不到北了。

"以后咱们跳舞一定要带上花小姐。"美姨说,"她不是总说累吗,是身子虚,多跳跳就好了。"

"哼,一瓶面霜就把你给收买了。"梨安说,"你也太没原则了。"

"不是啊。总觉得不好意思嘛。"梨安故意逗她,乐得前仰后合。

秃头那边也有了消息,说春节后,夜场的几个服务生都没来报到,一时缺人,便想到了美姨推荐的人,可以尽快来青岛上班。美姨将这消息通知梨安。梨安很快打了电话给双喜,双喜也很高兴,说立刻买票动身,春运高峰已过,车票应该不难买到。

"我们终于又可以在一起啦。"双喜兴奋地说。

春节一过便是三月桃花天,天气晴好起来,雪渐消融,空气也不再凛冽,青岛落雪本就不大,此时已无雪迹。三面环海一面背山的岛城的冬天并没有特别寒冷,只因着临海的关系，湿气很重，所以，整个冬天都要睡在电热毯上。

小春是二月底离开青岛的，她下了很大决心，放弃了田鸡以及对田鸡的爱，也放弃了他们的孩子。她在这里举目无亲，也没知心的朋友。梨安和美姨陪她去妇幼保健医院堕胎，是钱经理让去的，还给了五百块钱的营养费，说会从田鸡工资里扣。而田鸡从始至终没有提过一句话，他们也不方便去问。总之，得了钱经理的命令，美姨在宿舍里感叹着小春悲惨的命运，还掉过几滴眼泪。

花小姐说："女孩子也不知道自重，田鸡是有责任，但毕竟是年轻人，小春的问题也很大。"

美姨说："不管怎么说，碰到这种事情，女孩子总是倒霉的，还要去医院挨刀子，男人倒可以拍拍屁股不认账，这世界真不公平。"

花小姐说："我的赵姐，哪有这么多公平的事啊，说不定当时小春还是挺愿意的，也说不定她故意要怀孕，为了留住田鸡。"

美姨说："唉，算了，不说了。"

他们俩陪着小春去辽阳路上的妇幼保健医院，人很多，外地来的人格外多，挤得人像沙丁鱼罐头。一路上小春始终不讲话，一直紧紧抓着美姨的手，直到梨安帮她挂完号坐下来时，她才对美姨说："美姨，我到底要不要这孩子？"

"傻丫头。"美姨一把搂住了她，"你要这孩子怎么办？回贵州生吗？那你这辈子就完啦，你还是尽早打掉这孩子，重新开始，找个好人家嫁了吧，说不定你家里也能借点光，你想想姨说得对不对？"

小春一边点头一边呜呜地哭了，她真的很爱田鸡。

堕完胎后的小春非常虚弱，小饭店的老板娘嫌晦气，不许她住在宿舍里，她就住到了莉儿的一个老乡那里，也在南京路上。梨安和美姨常常晚上坐公交车去看小春，买水果给她。她蜷缩在床上，盖着厚厚的被子，人已经瘦了很多，她本来长得并不丑，只是很胖，现在倒现出一个美人样来。

小春让他们坐，下地准备倒水，他们让她别客气。她就坐回床上跟他们说话，她说身体恢复了就回贵州去。

美姨问她还回来吗？她说不回来了，青岛是她的伤心地。美姨说："小春你要振作起来，不要被这点小事打垮，这根本不算什么了不起的事，人生还长着呢。"小春说她知道的。

二月底，小春回贵州了，临行前一晚，莉儿老乡的男朋友来了，小春不方便住又无处可去，天黑之后，悄悄来了停车场，在美姨房间睡了一晚。她也怕被人看见会很尴尬，以为她仍然留恋着田鸡，可事实上她确实还没法这么快忘记他。

幸好没其他人看见，花小姐也不理小春，自顾自睡了。美姨让小春先躺下，合上门之后喊梨安出来，他们去24小时超市给小春买了些吃的。

"我看她包里什么也没有。这孩子真是可怜，也不知道身上有没有钱。"说完，美姨擦了擦眼睛，"我也是有女儿的人，如果我女儿被人这样欺侮，我的心都会被撕碎了。"

第二天一早，天还没亮，小春就跟美姨告辞了。美姨给她塞了满满一背包吃的，又塞了一百块钱给她，她拉着美姨的手哭个不停。美姨说："你身体刚好，也算在月子里，不能哭的。"小春怕被人看见，匆匆地踏着晨露走了。美姨久久地站在那里，一直目送她远去。

日复一日，时间交叠，太阳东升西沉，月亮时缺时圆，每天都是一样地过着，可天底下就是有那么多狗血和妙不可言的故事，再无法想象到的事情也发生了。

小春走后的第二年下半年，人们几乎已经将她遗忘，可她竟然又出现在青岛，出现在停车场，而且这次是带着老公开着一辆崭新的大货车来的。他们一直把车开到美姨的厨房门前才停下，美姨在厨房忙着，看到窗外的异样才迎出来。小春下了车一把抱住了美姨，哭得满脸是泪。

车上下来一个五官端正的粗壮的男人，扶着小春进了美姨的厨房，小春稳稳地坐下，同美姨讲起了她离开后的事情。

她说，她回了贵州之后没多久又回了青岛，没和任何人联系，她在郊区的一个小饭店里打工，平时不到市里来。有一天，一个东北人和朋友在饭店吃饭，东北人接了一个电话，是老家的母亲打来的，问他有没有找女朋友，东北人情急之下把电话给了小春，让她随便说点什么。小春嘴甜声音好听，对老太太嘘寒问暖，哄得老太太在电话那头激动得哭了。

第二天，老太太和老头儿坐着飞机就来青岛看儿媳妇了。东北人没办法又找到小春帮忙，小春善良便帮了这个忙，跟二老朝夕相处了两个月。就是这两个月的时间，东北人被感动了，非要娶了小春不可。小春便将自己所有的事通通向他讲了一遍，问他还想娶她吗？他说当然，这辈子认定她了。

结果他们就结了婚，东北人家境不错，在青岛有自己的车队，还有一栋楼，这些都是小春不曾想到过的。而且东北人对她又特别好，已经不让她在饭店打工了，让她在车队帮忙记账。现在的小春人又丰满起来，金项链粗得像麻绳，金戒指几乎戴了满手，完全是个阔太太模样。她说她怀孕已有三个多月了，是男孩。东北人是独子，二老一听消息就锁了家门，跑来青岛照顾他们的生活了，什么也不让小春做，一心保胎，她说她现在特别幸福。

"真好。"美姨听完又擦眼睛，匆忙叫梨安过去。东北人说一定要请美姨和梨安吃饭，不允许他们拒绝。

后来，他们在一家海鲜饭店吃的，东北人摇头说档次不够，凭美姨对小春的好，就值得吃个华侨国际饭店，说要不是美姨，小春真不知道会怎么样，他们也就不会相识，小春在旁边不住地点头。

美姨说："吃什么不重要，小春现在这么好，我特别高兴。"吃好饭，东北人开着大货车送他们回到停车场，车停在院子里。

他们几个人回到美姨宿舍。东北人说："我是一个大老粗，也不懂那些个礼节，美姨你放心，小春跟着我这辈子不会亏了她的。这是我们的一点小小心意，美姨你一定要收下，不收不行，不收就是不祝福我和小春，还有我们的孩子。"他从怀里掏出一个锦盒，里面是一只很粗很厚重泛着金光的镯子，少说也要五六千，在2000年时，这是个天文数字。

美姨自然不肯收，推了又推。小春抱着美姨就哭了，说那时候别人都看不起她，唯有美姨疼她，美姨待她如亲女儿，她也把美姨当亲妈，这点东西本来都是上不了台面的俗物，只能略表下她的心意。美姨不收，她长跪不起，让孩子一起受罪，美姨最后还是含泪收了。小春和东北人上车走了，将停车场的黄沙扬得天高，把整个办公室还有里面坐着的人全部笼罩了起来。

自不必说，办公室早就炸开了锅。从小春的货车开进来那一刻起，有人长吁短叹，有人恨不得躲进地缝，有人乐得看笑话。梨安和美姨心知肚明，小春和东北人明说是为了探望美姨，毋宁说是为了表演给别人看。田鸡当然看得到，他铁青着脸一言不发，谁也不知他心里想的是什么。

梨安说美姨倒是捡了个大便宜，那个镯子可是实打实的黄金。

这些故事都是后话。

6

三八妇女节那天，美姨和花小姐打扮得美美的，因为钱经理说晚上要请她们去济南大厦吃海鲜，这是个旷古空前的好消息。凭着对钱经理的了解，这种好事一年也不定有一次，一生也不定有几次。

一早起来，她们便去南京路口的理发店做了发型，梳了高高的发髻，喷了红颜色，脸上也精心涂抹过。花小姐的化妆品几箱也装不完，每样涂一遍，擦额的、擦鼻子、擦嘴的、擦脖子的、擦胸的、擦肚子的、擦屁股的，无一遗漏。

花小姐穿了一条淡蓝色的毛裙，美姨披了一件米黄色的披风，二人均走贵妇路线，走路时不必刻意昂首，也自然能流露出一种高贵气质，凡夫俗子只可望其项背而自惭形秽。

不到中午，一个送快递的小哥将一大捧火红的玫瑰花送到AU公司，卡片上写着"花苏红小姐收，祝永远美丽"，打印的字，并未留下落款。大家纷纷猜测是谁送来的，花小姐说是上海老公送的，真是有心。唯有梨安心细，签收单是梨安签的，他仔细看了鲜花公司地址，上面清楚写着"烟台订单"，梨安甚至没有让这个重大发现在他身体里留下一分钟，就急匆匆地告诉了美姨，美姨像吃了兴奋剂一样把嘴撇得老远。

"真是没法比。"美姨说，"我老公一个电话也没来。"

"花小姐老公也没来电话啊。"梨安说，"你们算扯平啦。"然后二人哈哈笑起来。

到了下午四点多，钱经理才从外面急匆匆地赶回来。他来到美姨宿舍叫她们准备出发去吃饭，嫌人太少，让梨安也去，一并拉上方会计。

"你们就当给妇女们凑个数吧。"田鸡不阴不阳地说。

妇女就妇女，好过在公司里，美姨今天被放了一天假，饭是由大军烧的。看大军那张梯田般的脸和干裂脱皮的嘴唇，梨安已没了食欲，更别提他也疑心大军曾在厨房的水桶里撒过尿的事。

方会计不知去向，美姨说应该还在宿舍，中午见他回了房间再没出来。

钱经理已经叫好了车子，两辆，等在停车场，美姨和花小姐美美地坐了进去。梨安去宿舍找方会计，一开门，他果然还躺在被窝里，房间里弥漫着屁味和长年累月不洗澡所凝结的窨井的气味。梨安喊他起来，他问干吗？梨安说去吃饭，钱经理等在外面呢。他一下掀开了被子，身上竟然还穿着一件厚的大风衣，已经皱得不行，使他看起来像只臃肿的狗熊，他的脸上还挂着眼屎和油脂，眼睛又脏又萌，鼻口还是黑的，头发也高高地竖着，像秋天不服输的枯草。他找到一双有豹纹和破洞的棉拖鞋，露着匆忙的大脚趾，就这样穿上出去了。

"你就这样出去啦？"梨安追在后面问，"我们去的可是济南大厦啊。"

"嗯，好的。"他仿佛没听清梨安的话。

他就这样穿着皱成咸菜的大风衣和破了洞的棉拖鞋，顶着一头枯草般的头发上了出租车，"嘭"的一声关了车门，他的半片风衣还夹在门外。

到了目的地，他们一行五人吸引了济南大厦里所有人的目光。美姨和花小姐是两朵艳丽的玫瑰，一对碧玉，芳香四溢，大厦里回响的钢琴曲更加衬出她们的高雅和端庄，如兰的气质；跟在她们后面是钱经理，也算仪表堂堂，西装革履，拿着高档手机，夹着鳄鱼皮手包，一看就是老板；再之后是梨安，穿了一身干净整洁的衣服，面容姣好，尚算青春阳光，最后那位……最后那位应该是从某个垃圾回收站里淘来的，带着满身臭味和腐朽的气息跟着进来了，远看就是块脏抹布，浑身上下升腾着令人窒息的咸带鱼的味道，整幢大厦都会被他熏倒。

此时任何词语都无法形容大厦里的人们的惊愕眼神，先是瞳孔放大，然后是鼻子自然紧闭，拒绝再呼吸。美姨、花小姐、钱经理急匆匆地走，生怕跟他扯上什么干系，恨不能直接把他塞进后厨的脏水桶里，再盖上盖子。

他们不得不选了个角落坐下来，服务员凑过来递上菜单，隔着半张桌子远，装成人多无法靠近的样子。美姨和花小姐始终高兴不起来，突然像鲜花脱了水即将变成标本，一个个垂头丧气，新做好的发型也在一瞬间萎缩了，富士山倒塌般压在头上，半个额头都藏了进去。

后来美姨说，她刚要吃一个新鲜螃蟹，臭味就一汩汩地涌过来，逃也逃不开，连那螃蟹也跟着臭起来。梨安说："我的美姨呀，你就知足吧，我每天睡在他上铺才叫煎熬，连做梦都是掉进粪坑里。"

·第六章·一切有如梦幻复制·

钱经理自从上年说过几次方会计换衣服的事，见他无心改变，依然保持着另类的风格，也就不再管了。方会计靠出人形的那片墙也就一直放在那里，挂个框就是一幅水墨画，又带着几分抽象，大家习以为常，已经不觉得奇怪和无法接受了，他完成了他给所有人的华丽丽的洗脑。

人有很多种，如方会计这样始终顾我的的确非常令人敬佩：任风雨来袭，我自岿然不动；任你东西南北风，我自横卧笑谈中。

双喜三月份来了青岛，桃花开满天的时节，梨安不方便请假去车站接他，他竟自己摸到了停车场里。

"安安！"他一进办公室就喊着梨安。梨安还在低头核对一个单据，说好十二点去路口等他，时间尚早，他竟提前下车，自己横冲直撞地来了。

办公室里的人丈二金刚摸不着头脑。

"双喜。"梨安兴奋地奔过去拉住他的手，"你来啦，你好像瘦了嘛。"

"有吗？你好像又长高了啊。"

信息量太大，办公室里的人一时无法接受，全部愣神在那里。

他们有一年多未见面，自从梨安离开大连回了萝城就没再见，一直都是电话交流。但他们毕竟已身处两个世界，大连的欢腾已是梨安无法亲自体验的，加之两人作息时间不同，联系便越来越少。直至梨安抵达青岛之后，方又与双喜通了电话，而双喜也已经离开大连，回到老家陪伴他的母亲了。

此刻，双喜就站在梨安的面前，双喜依然还是当年那个桀骜不驯的他，梨安仿佛又回到了大连，还有"雕刻时光酒吧"，以及想起那里的人，太子、乔伊、小兵……很多人和很多事，以及不堪回首的屈辱。

梨安带双喜回了宿舍，放下行李，问他要不要先睡一会儿，双喜环顾了四周说："你这里条件还不如大连好呢。"

"凑合吧，住习惯了一样的。"梨安说，"你先住几天，晚上去夜场看看，如果被录用了，再租个房子吧。你不用担心，我可以跟你合租，也不会贵到哪里去。"

"安安。"双喜小动物一样抱住梨安，"你一直对我那么好，真是好感动。"

梨安笑着推他："有这么夸张吗？"

"让我再抱一会儿。好久好久没见了，我好想你。"

他们各自都有感慨，虽然一年多没见，可丝毫没有距离感，梨安还是那个小心翼翼的他，双喜也还是那个斤斤计较的孩子，只是他们都不觉得对方古怪。

这时候牛司机推门进来，吓了一跳，随即一个暧昧的微笑后关上了门离开。梨安不管他，想怎么笑就怎么笑，他那点花花事自己都不觉得丢人，哪还有资格笑话别人。梨安和双喜的友情是建立在战场上的，他们互相帮衬和扶持才一步一步走到今天，旁人又怎会理解得了？

旁人是谁？管他旁人！

"会不会给你带来麻烦？"双喜说，"你知道我最不喜欢给人添麻烦。"

"不会的，你把心放进肚子里去。我又不是别人。"

双喜立刻开心起来。

当天晚上，梨安就陪双喜去秃头的夜场。夜场在香港中路上，名叫"在路上"，门口一个蜘蛛洞的造型，挂着麻绳拧成的巨大的网，黑漆漆的，阴森森有点古怪，双喜倒不怕，径直走进去，不过是一道吓唬人的门而已。他们很快找到秃头，音乐太吵，秃头亲切地拍着梨安的肩膀算是打招呼，然后让人倒了一杯柠檬水给他，带着双喜去了后面的办公室里面试。

梨安就坐在门口等，看那些醉生梦死的人摇头晃脑地从他面前走过，有些人夸张地又蹦又叫、张牙舞爪，梨安不禁笑出来，觉得他们生不如死。

夜场的音乐吵得人头疼，要炸裂了一样，梨安已不习惯来这种地方了，总觉得格格不入，先前在大连的事像噩梦一样缠了他很久。潜意识里他排斥着回忆，不去多想，他无法忘记被人从酒店光着脚带离,扭送到派出所时的情景。他是被吓坏了,一种对死亡的恐惧瞬间占据了他的大脑皮层,他觉得会被人丢进海底喂鱼,他想喊想逃但双臂被架着,一动不能动。

双喜的到来,让他不时回想到过去,记忆也重新回来,大连的日子虽贫穷但有双喜陪着他,虽然结局有点令人失望——他被迫离开,与双喜在泪水中分别,但那也是无法选择的事。而今双喜活生生地站他面前,他对大连有过的美好又一点一点像溪水样流进来,带着半点山谷好听的回声。他想起海杰,想起兰州男孩,也想起了小兵,还有李先生。他不由地嘴角挂着微笑,"都过去了,都过去了,活着真好。"他在心里说。

浮生若梦的男女们仗着荧光灯的掩护,肆无忌惮地狂乱地扭着虎背熊腰或丰乳肥臀,挤挤挨挨地相互摩擦,企图擦出某样激烈的火花。有个DJ在舞台上不停地问:"要不要?要不要?要不要?"也不知他问要什么,下面的人一齐高喊:"要!要!要!"

有个男孩子从梨安对面走过来,好像小兵,可是一闪就不见了。他想大概是眼花,小兵不会出现在这里是一定的。他还记得他要离开大连时,小兵站在他面前拍着他的肩膀,一脸善意的微笑,他第一次见小兵卸掉冰山一般的面具,笑得如此好看。

双喜面试好之后,他们便从夜场走出来,秃头送到门口与他们作别。走在夜色的岛城中,清冷无比,梨安闻到不知何时浸染在身上的烟草味,浓重的呛人的气味让他的肺叶有片刻的紧缩。双喜拉着他,他们边走边聊,决定走到疲累才叫出租车。

"他们问你什么了?"梨安问双喜。

"很简单的。"双喜得意地说,"问了一些酒水的名字和工作的流程,喜爷我好歹在酒吧里混过这么多年,简直是小菜一碟。"

梨安笑着拍他的头,他搂过梨安的手臂,一摇一晃地往前走,天气虽冷,心底却是热的,梨安总算不再孤独了。

7

他们两个很快搬出了AU公司，租了一间房子。在田鸡和牛司机看来，怪得离谱，把他们也等同于自己和立交桥下的小姐们一样看待，因又想到很多离经叛道的邪恶的事来。

梨安和双喜搬到了南京路口的一处民居居住，莉儿曾经住过的地方。他们租了一间小小的房所，小到仅有一张床，月租两百元，每人一百元，已算相当便宜。房间四壁空荡荡，只有一张单人床，但基本上都是一个人睡在上面，两人多数上班时间不同，一个白天一个晚上，而双喜上夜班的时候，梨安就住回公司里来。那一百元是他故意要帮双喜分摊掉，那住处他也并不多去，只是偶尔陪陪双喜。他深知双喜独来异乡，带着如履薄冰的挑剔和嫌弃，还有思乡之情。他是双喜全部的精神支柱，所以他必须要多同他交流，多陪他，免得他想家。

梨安休息的时候，就跑来和双喜挤在一起睡，两人蜷成冬日里的猫状，头钻进对方的身体里，相依为命的感觉。他生怕双喜孤单，熬不下去，那种在陌生城市的无所事事的孤寂感和内心荒芜的百无聊赖，梨安曾不止一次品尝过。一个人躺在陌生的床上，闻到古旧的前人的气息，会莫名产生失落感，一种被全世界抛弃的失落。

"你去看过你爸吗？"梨安问他，他们并排躺在小床上，肩挤着肩，看着天花板上的各种雨渍图案。

"没去过。我已经不想再见他了，比起我妈，他根本不算什么，没有他又怎么样，我还不是长了这么大。"

"这样想就对了，没有谁都无所谓的，日子一样每天过着。"

"嗯，可我现在不能没有你啊，你是我最好最好的朋友。"双喜笑得像个孩子。

这天晚上他是拉着梨安的一只手臂睡的，半蜷起身子，将头弯向梨安的胸口方向，亦如他们在大连的时候，只不过那时他是梨安的全部依靠，而现在梨安是他的依靠。"可怜的孩子，总是那么让人心疼。"梨安心想。

"如果有一个时间的入口，你会想回到过去吗？"梨安问他。

"想啊，想回到我出生前的时候，看看我爸妈是怎么认识的。"

双喜白天得空会到AU公司里来玩，找梨安。如果梨安忙或者外出，他便去厨房帮美姨摘菜，一来二去美姨也渐渐有点喜欢这个浑身是刺的男孩。当然他们在一起聊得比较多的还是梨安当年的那些事，这是他们彼此感兴趣的部分，好像唯有梨安的八卦才可以将他们联系在一起。

有一天，美姨突然对梨安说："真是不知道你从前经历过那么多事情，双喜说了我还不信呢，你怎么从来都不说。"梨安笑着没回答。

这的确没什么可说的。有些故事只可藏在自己的心里，不便与人分享，好像一旦说出口，那些明明过于辛苦的过去反而变成某种虚假的表演，表演给别人看，以此来博取某种同情。梨安不想玷污了自己的过去，在他看来那是屈辱的也是神圣的，那些切肤之痛，说给别人听，总觉得像小说故事。

梨安和双喜的离谱八卦由田鸡和牛司机发酵并传播着，当成乐事和饭后的小谈资，热度还没过去，牛司机就出事了。

前阵子美姨说起牛司机和那小姐的事，去年他儿子写了一封感人至深的信问他讨要学费的事，他那时将工资大半都给了那小姐，不得不问花小姐借钱渡难关，年底也是两手空空回家过春节。新年复工不久，他又一分不剩了，据说拿了钱给那小姐做了隆胸手术。

美姨说："当然他自己也是受益者之一，就怪不得别人了。"

"一个男人不管外面如何，家里总要先顾及好，你看看钱经理就做得挑不出什么破绽。"美姨说,"当然,这种事情也不值得推崇,最好不要。"

但她又不得不感慨:"唉,夫妻两地分居,时间一长总要出问题,尤其他们这种年纪。"

话没说过一个月,牛司机的老婆带着一双儿女便奔赴青岛而来,千里来寻夫了。

太阳一天高过一天,天气已渐渐回暖,树上冒出新黄的嫩芽,鸟儿成群结队地站在枝头唱起山歌,到了脱羽绒服的时节了。

一天,母子三人踏进了大漠戈壁般的停车场。三人手拉手,黄沙细碎在脚下流动着,像一幅敦煌壁画,办公室里的人觉得神奇,纷纷向外面望去,眼见着他们朝办公室走来。

拉开办公室的门,那个目光呆滞的中年妇女操着东北话开口便问:"牛一群在不在?"

此时的牛司机还在外面送货,完全不知情。

"是嫂子吧?"田鸡赶快迎上来,双手接过了牛妻的大大小小行李包,堆到墙角去,花小姐也收束了一脸惊愕站起来笑脸相迎,梨安和方会计拉了三把椅子请他们坐下,准备聆听她的控诉。他们已料到牛妻会讲些什么出来,关于牛司机无耻的抛妻弃子的罪行,以及她屈辱的不堪回首的前半生。

果然,牛妻一坐下,眼泪便如决堤的洪水喷发而出,两个孩子跟着哭了。作为女人的花小姐赶快过来塞了几张纸巾给她,她正准备握住花小姐的手再抹上些眼泪的时候,花小姐已迅速将手抽回。她擦了眼泪擤了鼻涕的纸又抹在了一双儿女的脸上,然后她稳定了下情绪,抽噎着断断续续诉说起来。

原来,牛司机从去年结识了那小姐之后,就不再寄钱回家了。家里的一应开销还有两个孩子的学费全部是牛妻从娘家借来的,牛妻不明所以,知道他在外面很难,也不好总是打电话过来。又过了两三个月,看他不但没有钱寄回来,连电话也不打了,她给他打过一个,他态度冷冷的,她觉得有些不对劲了,但没有其他办法,生活也是实在熬不下去了,才让儿子写了信给他,他这才又寄点钱回家。但毕竟杯水车薪,之后他又一度查无音信了,像失踪了一样。牛妻很绝望,也明白了他的一些事,但日子总要过,孩子们也等着饭吃,她只能趁着孩子上学的间隙,找个临时工做做,中午和晚上还要准时给孩子们烧饭,过得很累也很辛苦。春节时候,牛司机倒是回来了,只带了五百块钱,说公司不景气,欠了薪水不发,牛妻也没说什么。她理解丈夫,想他不管在外面怎样,回家总是她的男人。

"可大年三十他接了一个女人的电话,躲起来聊了一个多小时,大年初一一早就走了,连同家里仅剩的几百块钱也偷偷带走了,再也不知去向。"牛妻哭泣道。

办公室里的人都明白过来,牛司机大年初一就去了吉林那小姐家里,足足待到正月十五之后才回到青岛,他一共在家里的时间不超过一周,大半时间都和那小姐缠绵在一起。

梨安倒了水给他们母子三人。牛妻头发已然有些灰白,扎着蓬松的凌乱的马尾,像经历过巨大磨难一样,两眼无神,面容憔悴,衣服脏旧。两个孩子看起来也脏兮兮的,加上一路上的周章折腾,看起来同街乞无异,完全与牛司机素日里的油光水滑的形象不搭,再也想象不到他们竟然是一家人,此时的牛司机就是一个现实版的陈世美。

牛妻哭过之后,两眼更加红肿,嘴唇干裂,梨安倒的水她没喝,捧在手里,手指粗壮皱皮。女儿大概十几岁,个子高高的,长了一副酷似牛司机的脸,但眉宇间带着几分倔强和愤怒。儿子十岁左右,紧紧贴着母亲。他们坐了两天火车硬座,已经疲累得不成样子,牛妻强忍着悲痛,加之身体上的不支,几次要昏倒过去,让人心生怜悯。

心地善良的美姨安排母子三人去她的宿舍休息,茗茗走后床还没有撤掉,加上美姨的床,母子三人凑合睡了。花小姐的床生人勿近,任她是谁。

母子三人躺下,女儿和母亲一张床,将脸转向了里边。美姨拉闭了窗帘,轻轻关上门,找了梨安陪她在小厨房里聊天。双喜也在,帮美姨摘新鲜的韭菜,一根一根摘得格外认真。美姨不禁唉声叹气，然后不住地摇头："女人啊，守着孩子和老人，一心巴望着男人给她一个美好的未来，可男人把所有好的都给了其他女人，她还痴痴地等着。"

双喜说："女人啊，说好听点是傻，傻女人，说难听点就是贱。"

梨安拍了他一下："小声点，别让他们听到。"

厨房和两间宿舍均是由从前的一个库房改建而成，中间隔了挡板，不隔音。牛妻本就已凄惨，她自己也明白一些道理，只是不肯承认，若是听到大家这样议论，说不定一气之下就去投海了。

"不能这么说，双喜。"美姨说，"你这想法是不对的，两个人在一起，总需要有一方忍让，不然怎么办，还有孩子，还有老人。当然，牛司机是太过分了而已，不管哪种结局，最后被伤害的都是女人。"

双喜低头不作声了，他因想起了母亲，知道说错话了。

话题又转了回来，双喜说在夜场见到了田鸡和牛司机，也见到了传说中的小姐们，长得几乎一样，满脸的白腻腻的脂粉，浑身散发着熏人的奶香，看起来年纪都不小了。

"作孽啊。"美姨就说了这句话。

钱经理回来的时候，自然知道了这件事的来龙去脉，气得说不出话来。

"一个男人，顶天立地的，不管在外面如何，家总是要顾的，老婆是你的，孩子也是你的，怎么能这样子！"钱经理在办公室里说，田鸡一边点头一边坏笑，不知安的什么心，牛司机的笑话他也要看？他们不是亲密无间的好兄弟吗？

钱经理外面固然有一二面彩旗，但家里那面红旗永远鲜艳如新，永远迎风招展。他一直尊敬她，无论何事都与她商量，她不同意，他绝不去做。美姨说："或许他外面的彩旗也是经由她同意的。"

花小姐一边低着头写凭证，一边摇头笑着；方会计继续打他的电脑，与他无关的他不关心，硬如板刷的头发随着身体有节奏地摆动着。

下午,远远的一辆喷着AU字样的小货车缓缓驶入院子里,牛司机回来了。钱经理已经跟牛妻见过面了,吩咐了美姨做点吃的给母子三人,此时他们正在小厨房用餐,美姨陪在边上,聊着家长里短。

牛司机将车稳稳地停在了仓库门口,郁仓管安排装卸货,牛司机一边搔着头皮一边进了办公室。田鸡提早发了短信给他,他已做好心理准备,但还是有点紧张,他脸色一直不太好,嗜酒抽烟,脸色早已由蜡黄变成熟猪肝红,现在更是黑得几乎辨不出表情。

他刚一进办公室便被钱经理叫去了里面,两人说了半个多小时,听不清楚,钱经理的手不停地叩在桌子上,或者指着他。他不停地点头,一脸尴尬地笑着夹杂着些许无奈。

过了一会儿,田鸡也走过去了,跟着一起坐着。他本是想听听他们的对话,岂料也被钱经理抓住,说了一大通,想逃已经来不及了。

"有什么用?"花小姐一边低头写着东西,一边自言自语。

梨安也想说:"有什么用呢?"

后来,牛司机去厨房找他们,母子三人还在吃着饭。牛司机就坐在边上陪着,装出来的慈父模样,不停地抚摸着儿子的头。儿子不抬头,女儿也不看父亲,牛妻更是不理睬他,他仍然保持着僵硬的微笑,笑给旁边的美姨看。

吃好饭,牛司机说想带他们去附近的便宜旅馆,问美姨是否知道。美姨说梨安父亲来时就住在上面不远处的一家小旅馆,不贵,让他们去。

"喏,听说就在那个山坡上。"美姨用手一指,牛司机跑出去一圈没找到。美姨说真的有,他又去找,依然没有找到,他还当是美姨故意戏弄他。

"我都问过了,人家说那山坡上从来就没有一家旅馆,更不可能叫什么'斑马旅馆'。"他红着一张脸说。

"那就奇了怪了。"美姨喃喃自语。

结果,牛司机带着母子三人拎着大小行李箱去了山东路立交桥那边的旅馆。他本来不想带去那个方向的，可能心里觉得有点背叛与那小姐的甜蜜誓约，但没办法，当晚他便陪在旅馆里。

办公室里的人见他们一家四口的背景渐渐消失在大门口，都没有说话。等他们拐弯走出停车场时，钱经理突然说："牛一群长得还没有他老婆高啊！"众人喷笑。

第二天一早，牛司机回公司找花小姐借钱，花小姐数落了他几句，但也借给了他。他头低着，频频点头，像犯了不可饶恕的重罪。本以为他会带着妻儿在青岛转转，结果却说他们今天就要回老家去。美姨问为什么这么急，牛司机说孩子要上学，美姨说不是放假了吗？牛司机说有补习班。下午，牛妻来辞行，脸上悲恸的表情丝毫没有缓解，而且一边脸红红的。美姨疑心她挨了打，又不方便过问。

"大姐，我真舍不得你，没跟你聊够，你是一个好人。"牛妻说着拉住美姨的手，看来她并不想这么快就回去。牛司机催促着说："再不走来不及了，快点！"她又向办公室里的人辞行，才依依不舍地拉着两个孩子走了，牛司机跟在后面提行李。

他们一家四口又一次消失在停车场大门口，钱经理感叹地说："男人啊，一定要对得起跟你同甘共苦的女人。"

第七章

还没结束已重新开始

永远亲爱的S：

有点想你。

如果现在你在多好，我就不会这么难过了，我真的好难过。

我以为，一切都是我以为，我以为，得了奖之后，同学们会另眼相看我了。本来就应该这样的，全学校乃至全城都没有人得奖，我得了，虽然是第二名，虽然全国有几百个第二名，可是，我依然是全城唯一一个得奖的，他们应该另眼看我才是的。

可是，我又难过了。

我又一次听到他们在背后议论我了，他们一边笑一边说："他这次得奖，也不知道有没有奖金，够不够他家里还债的。"然后是他们夸张地哈哈大笑的声音，那声音太瘆人了，好多天之后还一直在我耳边回响。

我躲起来了，又躲开了人群，没办法。然后我委屈地哭了，我也不想哭的，但我真的哭了。

晚上回到家，我爸一看我就问我是不是哭过了，我愣了一下，没点头也没摇头。我爸就骂我了，说我怎么像个女人，还哭了，真是没有一点儿男人的气魄。

S，我想问你，我为什么一定要有"男人的气魄"，谁规定我必须要有呢？我不想变得跟街上的那些人一样。可是，现实让我必须跟他们一样，我不想啊。

男孩子是不是应该每天都在泥巴上面打滚，浑身脏兮兮的，男孩子不应该穿干净的衣服，不应该擦淡淡的护脸霜，不应该画一道深黑色的眼线，是吗？

你来救救我吧。

你的可怜无助的朋友S
1993年8月23日

1

在青岛,梨安一如既往地去外地送货,像平时一样,每次都躲不过去,即使因事行程改动,送货也会被安排延后,田鸡一定力荐梨安去,说梨安去便万无一失了。

梨安最怕的就是拉着整整一车货,送到山东最偏远的乡镇,深山老林,荒无人烟,绕整夜山路,方可见一座冒着浓烟的工厂,遍地寻不见人,叫天不应叫地不灵。他时常在车上过夜,随着山路崎岖的颠簸,为节约成本,有时睡在停车场提供的又脏又臭的大通铺上。

冬天,冷得出奇,大风的冬夜,梨安瑟瑟发抖地缩在仅有一床潮湿且散发臭味的被子里,等着挨到天亮。但他也常想起母亲的话,不要跟人比,只比自己的过去,比起十六岁时广州的经历,午夜都要哭醒的不堪回首的过去,现在已经很幸福。所以,他没有太多的贪念,是一个很容易满足的人。

在章丘出差那天,因为客户拖拉,梨安没能赶上最后一班回青岛的车,只得夜宿章丘。

章丘是千年古县,八千年前便有人迹,历史可追溯到商代,如今城市古朴陈旧,犹如久远的墓穴,冷冷清清的。天黑之后,梨安寻到一家小的旅馆,如座破庙,夜里有只乌鸦飞到房顶上"呜哇"乱叫,他一个人趴在被窝里捧着一本书读。

章丘是南宋女词人李清照的故乡,在她还未饱尝国破家亡、颠沛流离的痛苦时,在章丘过着无忧无虑的日子,与乱世隔绝。这里处处旧景,山明水秀,眼前尽是些"露浓花瘦"和"藕花深处"的画面。

天没黑时,梨安想寻找"西亭日暮",随处乱走,刚巧附近一条河,河边有塔,河上飘着浮萍。他猛然惊觉，塔便是亭，浮萍便是藕花，原来词人的童年就在他的身边，只是他浑然未觉。

梨安想起小时候的事，每次回外婆家，他都喜欢和表哥表姐跑到田野里面去玩，直到太阳落山，母亲才会出来寻人。母亲走一步喊一声梨安的名字，而他躲在高草丛里不肯出来，不想回去。可是这个异乡的黄昏里，没有母亲的呼唤声，他却无论如何也回不去。

一个人往回走，路过一座小公园，园门未锁，斑驳的铁栏杆生着铁锈，半扇竟然开着。于是他走进去，园内没人，踏上青石台阶，前面出现一座圆形孤坟，碑上刻着"周良之墓"，字已模糊，几乎无法辨认。他站在墓前良久，后来竟稳稳地坐下来，四周静得出奇，只有微风吹来的沙沙声。

回到小旅馆，他趴在被子里读书，一只乌鸦在头顶叫着，好像认识他一样。

去过章丘几次，却只住过一次，还有一回明明已经没有返青岛的车子，梨安已做好投店的准备，突然路边一个修鞋的老头跑到马路上帮他拦到一辆回青岛的大货车，梨安捧着两个白瓜上了车。车上仅有一名司机，留着浓密的胡子，看起来很吓人，他只问梨安住在青岛哪条路，便不再多话，直到深夜他们方抵达青岛。司机将梨安送到停车场门外，梨安感激地将两个白瓜留给他，他不肯收，第一次冲梨安笑笑。

梨安去淄川也是夜里，下了高速，路边全是蒲松龄《聊斋》里的人物画像，高高的两面墙上全部画满鬼狐，个个青面獠牙。高速两侧是果园，园里布满坟丘，车灯闪过，坟上用砖头压着叠叠纸钱，随风飞扬。梨安疑心会有一个白衣女子拦路搭车，当然没有。

在潍坊，陌生人敲梨安的房门，他说这旅馆里只有他们两个，可以谈谈心吗？梨安说"好"，他便坐下来。他戴着一副眼镜，斯斯文文，即墨人，某机械厂厂长，他不停地讲自己的事，牙齿不太整齐，偶尔有口水喷出来。后来他回他的房间，钥匙竟然找不到，服务台也已寻不到人，他便又折回梨安房间，在另外一张床上睡了一夜。早上他留了名片给梨安，说想开车送梨安去火车站。梨安谢了他，自己走了，临出门时把名片丢进了垃圾筒。

　　第二次去潍坊，梨安又住进了那家旅馆。仿佛一种习惯，每一次去相同的城市，他都喜欢住在同一个地方。那天他很惨，没有车子，他一个人从青岛坐依维柯到达潍坊，已是深夜，司机将八个巨大的箱子连同他丢在路上就开走了。他到处拦车也拦不到，天已黑了，起了风，他冻得不行，幸好他还记得那家旅馆的路，他便将一件一件货物搬到最近的路口，再一件件往下一个路口搬，每次只到眼睛可以看见的地方，八件货搬了几百次，终于抵达旅馆。前台服务员见他满头是汗有些惊奇，他说明原因，她笑着说："你何不就近找家旅馆先住下？"他只说习惯了，他总是那么执拗倔强。

　　他在青岛三年，几乎走遍山东各个城市。

　　有一次，他被田鸡安排去莱芜市一个叫黄羊山的地方送货，那可真是一次惊魂的旅程，现在想想依然毛骨悚然。

2

　　梨安病了，大概又出现幻觉，看到很多星光飞舞，浑身烧得如一块刚出锅的排骨，可能因为去海边玩了一整夜的关系，染了风寒，两腮发胀，眼睛干涩，鼻子塞住，只能靠嘴呼吸。他蜷在宿舍的被子里，全无力气。

　　郁仓管进来找他，说公司安排他去莱芜送货，两百箱高档红酒，而且卸车时已经有破碎，钱经理的吩咐，要把酒安全送到并将六千元运费一分不少收回来。

　　郁仓管说："真想替你去，你好像病得很厉害。"但他不是业务员，规定不可以。

　　车子是在晚上出发的，梨安坐在副驾上，副驾驶员睡在铺上。司机不停地和梨安聊天，而他实在没有力气和心情回答，盖件厚衣服靠在黏糊糊的座位上打盹。

还没出青岛的时候，大概在城阳区，车子突然熄火，原因不明。那是一个寒冷的冬夜，没有电就没有温度，空调再也打不开，天气越发冷。梨安被惊醒，司机已经去找人了，幸好不远处有家修车的大店还亮着灯，司机回来对他说："先去修车店里歇会儿吧，要修很久时间。"

时值深冬，夜里的气温已经零下，刚打开车门，一股寒气袭上来打进衣服里，梨安不禁打了冷战。修车师傅看了他一眼说："这孩子太单薄。"

坐在修车店里梨安已经不能支撑，整个人要厥倒，他的身子好像在飞升，产生了幻觉。修车师傅叫他的小徒弟："把这孩子带到后屋吧。"

梨安随着小徒弟到了后屋，屋里有一个老头，问他："你是哪里人啊？"

"黑龙江人。"

"噢，那你们那里有火炕吧。"

"有的。"

老头笑着说："孩子，我这里也有火炕，你进里屋吧，暖和暖和。"

他进了里屋，果然有一铺火炕，炕上坐着一个瞎眼的老头在听收音机。老头腾出一块地方，让他脱了鞋趴在炕上，他照做，瞎眼老头又扯了一条棉被子让他睡会儿。地上老头倒来一杯开水让他把药服下，安静地躺下来。

一觉醒来仍是黑天，地上老头说梨安睡了才一个小时，而梨安却发了一身汗。小徒弟进来说，车修好了司机叫梨安上车，他便谢过了两个老头就走了。临走时地上老头塞给他一枚苹果，说："孩子以后有时间常来这儿坐坐啊。"

车子离开青岛，梨安的精神好多了，烧也退了，开始和司机聊天，无非是他谈他的家乡，梨安谈梨安的家乡，过高速的时候车开得快起来。

到达目的地已是费了九牛二虎之力，因为司机是江西人，只能走一路问一路，而时值深夜，路上看不到人。这时候天空开始下雪，竟也有鹅毛般大，在青岛那么久也没看到如此大的雪。也许只有这种偏僻的深山乡野才有如此景致，天空在此时是深蓝色的，然而雪却是银白的，簌簌而落，不一会儿地面就全白了。他们想把车子停在小镇上的一户人家门口挨着等天亮，就在车子拐一个小弯的时候，车灯一闪，突然间，梨安就看到了她。

那是一棵很矮的小树，叶子全部落光，孤零零地站在那里，而车灯闪过的一刹那，他突然看到树下站着一个小姑娘，大概六七岁的样子。她梳着两个羊角小辫，身上穿一件唐装似的花棉袄，外加一条红色的裤子，手上提一盏小灯笼，呆呆地站在那里望着他们。车灯过后一片漆黑，等梨安适应了黑暗再去看那棵树时，根本没有人影。他惊奇自己的眼睛，不过一闪的间隙，他竟能把她看得如此清晰，甚至还能回忆起她通红的面颊和眉心一颗红色的小圆点，一定是疼爱她的妈妈给她点上去的。

有点不太真实，在这样一个寒冷的飘着鹅毛大雪的深夜，一个小姑娘孤单地站在树下，这是一件多么不可思议的事。梨安赶忙问司机有没有看到，司机说没有，另一位司机还睡在铺上。

雪已经停了下来，四周安静极了。

梨安也并没想太多，车子停在一户人家门口，司机关了灯熄了火蜷在座位上等天亮，他眯着眼却睡不着觉，还呆呆地看着那棵小树。天渐渐微亮，他突然间觉得肚子不舒服，打开车门下来上厕所。

这个房屋有点古朴味道，房子飞檐翘角，有一道很高的围墙将房子圈成四合院，大门又高又宽，看不清黑漆的还是朱红色的大门上有两个门环。肚子的不适无法让他再看下去，他赶快寻个角落蹲下来，可是不过一会儿，他的眼前突然出现一个黑色的东西，确切来说是一个穿着黑色衣服的人。梨安确信他是人。

他站在离梨安大概三米的地方一动不动，穿一件黑色长袍，头也包着，只露出半张脸,另一边隐在黑布里。看不出来他的性别和年龄,但梨安能感觉到他犀利的目光杀人一般盯着自己。

梨安咽了口唾沫,头皮开始发麻。他一直盯着梨安,他的身子就像插进土里一样挺拔,一动不动。

梨安宁愿从来没有来过这个邪门的地方——这个古老小镇,深山里的偏僻乡村。他宁愿看到的都是假象。当他再睁开眼睛的时候,那件黑色的长袍不见了,眼前仍然是一片雪白,好像一切都没发生过,只是他的幻觉,他差一点瘫坐在地上。

"轰隆隆"的声音响在耳边,没完没了,梨安努力睁开眼,看到一个老太婆正拿着喂猪用的大勺子用力砸他们的车玻璃。天已大亮,原来她嫌车子挡在门口,她一边敲一边用山东土话骂着。他们在车里听不清,但能感受到她怒气冲天。

他们按当地人所指,找到目的地,里面有位戴眼镜的大叔接待他们,然后找人卸货、谈判(因为酒瓶碎了)、拿运费,最后竟然真的一分钱没扣。山东大叔说:"你们在这里等了一晚上了,俺们也不是不讲道理的人,碎就碎了吧,能值几个钱?人没冻坏已经不错了。"

梨安不经意间和大叔聊天,说到昨晚上的怪事,有个提着灯笼的小女孩,还有一个穿黑色袍子的人。那大叔突然像被电击了一下,从椅子上跳了起来,瞪着眼睛看梨安,好像梨安是鬼。

梨安问他怎么回事,他愣了一会儿说:"那只是传说而已,虽然也曾有人见过,但都是老一辈的传说,年轻人都不相信的。"

梨安说请讲来听听,大叔说:"大概是六十多年前的事。镇西有户姓郭的人家,一家三口幸福快乐地生活着,后来男人出了事死在外地,女的拉扯着一个孩子不容易就改嫁了,孩子送回奶奶家。女的后嫁的男人家里不太平,听说早些年家里打死过人,冤魂不安生,那男人做事情样样不顺。不知怎么的,家里就生了矛盾,婆媳不和、夫妻不和、邻里不睦。时间一长，那女的就生了怨气，不知哪里生出病，后来就死了。婆家怕镇上的人议论长短，把尸体偷偷丢进井里。那孩子出来找妈妈，也没有再回去。从那以后，晚上就有人看到一个女的带个孩子出现在镇上，然后这消息就传开了，女的婆家很快搬走。可听人说，那女的和孩子都没走，很多人都在夜里看到过她们。"

梨安越听越害怕，整个人寒毛倒竖。

下午时分，天气越发冷起来，在工人们的帮忙下，那些酒基本整理妥当。梨安正准备同司机离开，就瞧见一个女人鬼头鬼脑地站在廊檐转角处的柱子后面，向他招着手。

他同司机打个招呼便下车，女人又迅速缩到柱子后面去。

他踩着深浅不一的雪到柱子那边，那女人这次倒是露出了正脸。

"别听老郭东扯西扯。"女人的山东腔很重，"就是骗你的，让你信。"

"老郭？"梨安表示不解。

"就是跟你讲故事的人啊，他逢人就讲一遍。"女人撇着嘴说，"别信他的。"

"怎么回事？"

"就是他们老郭家的传说，多少年啦，老一辈的人都死光了。他呢，也不知道哪天又想起来了，到处找人讲，说得跟真的似的。上回来了一个记者他就和人讲了，人家登在什么小报上了，还给了他钱呢。我们这地方一下子就火了，很多人都来打听。老郭得意极了，找了个女人和小孩，只要我们这儿来了陌生人，他们夜里准出现，老郭就等着有人来问。我看他是想钱想疯了。"

"原来是这样，那请问您是谁？"梨安问。

"我啊，我也是本地人，土生土长的。"女人神神秘秘地说，"你可要听我的，我家呈确实有真的故事，那才传奇呢，我说给你听呀……"

3

　　一年又飞快过去，时光忽地一下就不见了，天气由冷变为暖，又从暖变回了冷。梨安记忆中的青岛，多数是冷的，但也不至冰寒入骨，而是从热的暖棚出来不经意触到早春二月的露水的冷。夏天只是短短的几个日子，数得出的盛夏里，知了拉长了声带持续嘶鸣，让人心焦气躁。秋日，时光更浓，喜鹊沙沙地由一棵树飞到另一棵上，欢快得响叫着。

　　海滨的游人始终络绎不绝，无论什么时候，栈桥都是满满的人，挤得好像水煮饺子。深冬好一些，但人们多数瑟缩在家里，不会去海边顶着寒风欣赏风景，雪中的大海美轮美奂，便是很多人无法看到的。

　　他们的停车场还是那个样子，车来车去，人来人走，周而复始，并没多少变化，时光从来不缺见证者，却在这个院子里放慢了脚步。

　　那个瓦蓝色的厕所依然是整个院子最负盛名的景观。东南角的那棵无花果树叶子长长落落，果子由绿变红，然后跌落，同事们晚上去偷摘，被海通老板的嫂子逮到几次，一把鼻涕一把泪地告到钱经理处。门口那个小饭店依然开着，老板娘笑眯眯地敛财，只是小春和莉儿都不在了，换了另外两个整天拉长着脸的姑娘，估计也很难嫁出去。听说小饭店的老板已经降服了两个女孩，负责了她们的下半身。她们更加恃宠而骄，根本不把老板娘放在眼里，每天跟她对骂，涂油腻的桂花香，专等老板踏香而来。

　　秃头公司生意很差，濒临倒闭，可他并不担心，他另有一份夜场的工作，做得风生水起，已经升作主管。双喜也在那里工作几个月了，起初每月的工资仅够开销，渐渐有了积累。他已和梨安很多同事认识，白天都在厨房里和美姨探讨人生和蔬菜炒法，很会哄美姨开心。

美姨的女儿茗茗暑假没来，她和几个同学旅行去了，写了很多游记寄给梨安，也常打电话过来，有时梨安接，她先跟梨安聊几句再请他喊美姨过来。据说她谈了一个男朋友，家世不错，长得也好，美姨还是比较满意的。

花小姐依然做着自己的贵妇梦，而她当年在砖厂烧锅炉的过去也尘封在历史的长河当中，无人再提，别人眼中的她富贵端庄无人能及，只是她和黑尔热的桃色新闻时常被人在饭桌上提起，再佐酒喝下去。

暑假，钱经理的太太带着女儿来青岛玩。他太太人很清瘦，梳着短发，竟然是广州苏经理的亲姐姐，怪不得钱经理一直对梨安尚算客气，原来苏经理特别交代过，要他照顾梨安些，这是很久之后梨安才知道的。钱经理的女儿叫钱桃桃，十三岁，是个天真活泼的女孩，梨安只大她六岁，她开心地叫梨安"叔叔"。跟梨安混熟后，她说："你才比我大几岁啊，就占我便宜。"梨安说："是你自己叫的，又不关我的事。"

有一天，梨安和花小姐带着钱桃桃去海边玩。钱桃桃穿了一件白色的棉布裙，梨安穿白衣白裤，两个人赤脚在沙滩上追逐，很多游客给他们拍相片，觉得有趣。后来，钱桃桃跟爸妈去济南玩，小市场上非要买个绿色青蛙的胸针，悄悄带给梨安，让梨安保密。夏天一过，钱桃桃就回东北上学了，回去后写过一封短短的信给梨安，梨安再没见过她。

田鸡和那小姐还是生活在一起，时间一长，梨安从美姨那里得知了更多关于那小姐的事。她本姓张，叫张淑香，福州人，家中有个瘫痪在床多年的老公，还有一个读小学的儿子，她出来做小姐也是不得已为之。田鸡来青岛点的第一个台就是她的，从那之后再没点过别的小姐，她也觉得田鸡有情有义，便和他同居，一并将自己的故事讲给他听。田鸡倒不介意，只说两个人在一起开心就好，其他都不重要。她现在的名字改叫"刘静"，非常普通，她一直希望能做个普通人，但始终未能如愿。

牛司机在八月底的时候，回过一次家，同结发妻子离了婚，一儿一女全部丢给了前妻，所有财物、老家的房子和小货车也都留给前妻。他净身出户，跑到青岛来，每月寄生活费给孩子们。他和那隆过胸的小姐在一起了，没有登记，不过请了公司所有人到他们的出租屋吃了一顿饭，那小姐烧的，忙了整整一天。不好意思空手去，梨安、美姨、花小姐、方会计合伙买了几箱水果，其他人不管。

那小姐系着围裙跟他们打招呼，烫了一个大波浪的头发，年纪是有点大了，脸上也有些紫褐色的斑，但胸着实不小。她的热情让他们自惭形秽，因为他们一直以来都是"那小姐""那小姐"地叫她。她说她姓王，牛司机说："你们小孩就叫她嫂子吧。"他们齐声叫她。好一句"嫂子"，叫得她满眼泪花。

郁仓管的妹妹中专毕业了，他请花小姐给红姐打电话，问能否去上海公司做个电脑员，妹妹是电脑会计毕业，花小姐热情帮忙问，红姐同意了。红姐说现在公司大了，要广招贤能人才。郁仓管很高兴，买了一件廉价的衣服给花小姐，花小姐丢在床底下了。

郁仓管还是常请梨安吃饭，由梨安挑选，梨安是不好意思的，他钱拿得少又常送礼物给梨安。梨安不要他请吃饭，他说妹妹工作了，已经不用他支付学费了，他经济宽绰，每月有余。梨安说："你把钱存起来，将来还要娶媳妇。"他听了这话一直摇头叹气，梨安问怎么，他说："不说了不说了，说多了全是泪。"

最后，来谈谈方会计，那个不爱讲卫生的单纯男孩，竟然辞职了。

4

一天，方会计接到一通电话，说是家里打来的，他母亲生了病，也不晓得到底重不重，他很少讲这些事。他跟钱经理请长假，钱经理说："你也知道公司情况，请长假似乎不太现实。"

方会计干脆地说:"那我辞职吧。"他做事从没如此痛快过,而钱经理更痛快,立刻就批了。

得知这个消息的时候,梨安正在和双喜逛街,双喜要给母亲买生日礼物。他们选了一个阳光明媚的天气,梨安请了假陪他,两个人先去利群商场吃了过桥米线。双喜还同一个抢座位的老太婆吵了起来,老太婆吵不过他,主动让了位子,他冲老太婆翻白眼,一脸得意。

梨安说:"你别这样嘛,人家那么大年纪。"双喜才不管,点了海鲜米线,自顾自坐去,梨安负责端过来。梨安的手机在这时候响了,很少人知道他的号码,他赶快将碗放到桌上。

"梨安,我辞职了。"方会计有些失落的声音。

"怎么回事?出了什么事?"梨安惊讶地问。

方会计将来龙去脉向梨安复述了一遍,辞职也是出于无奈,他本意不想,他的工作虽称不上轻松,也算不得忙碌,况且一直有梨安帮衬,工资待遇也不差。红姐重视贤才的引进,出了高的价码才招来这批电脑会计。虽然方会计从不与人说起工资的事,但起码可拿梨安的双倍。

"有时间你跟茗茗说我要走了的事。"方会计说,他至今还忘不了茗茗。

梨安不知茗茗是否对方会计的离开感兴趣,可他还是答应他了。

梨安说:"等我回去再说吧。"

双喜最终买到一双黑色的纯羊皮靴子,喜欢得不得了。他们当即去邮局,将皮靴寄给他母亲,然后他陪梨安回AU公司。梨安进办公室,双喜直接去找美姨,他几乎不来办公室,怕给梨安添麻烦,他乖巧得令人心疼。

方会计坐在电脑前整理文件。花小姐对梨安说:"你的方领导要走了。"梨安说:"我

·第七章·还没结束已重新开始·

知道。"田鸡坐在那里面露喜色，发于中而形于外。他一直看方会计不顺眼，不止一次当别人说过早晚要把他弄走的话。他讨厌方会计的陋习，当然他也讨厌梨安，只是梨安尚无把柄被他抓住，否则他定会狠狠地落井下石一番。

田鸡在青岛的地位与日俱增。钱经理不在的时候，他俨然一家之主，所有人都要同他商量。就算烟台黑尔热也常打电话问田鸡请教工作，但凡烟台忙不过来，都要问青岛借车或借人，钱经理不管这些闲事，一并交给田鸡处理，所以黑尔热同田鸡说话也是当心又客气。

方会计见梨安进来冲他笑了笑，拉他回宿舍。他有台电脑一直闲置在宿舍里，是他自己的，从未装机使用，虽是旧的但也还不赖，问梨安要不要，可以便宜卖他，他说他急用钱。

梨安摇摇头说："不用便宜给我，多少钱我都要了。"

结果梨安以比方会计预想的多了几百块的价格买了他的电脑，梨安有他的道理，钱不多，他只是希望可以帮到方会计，毕竟同事一场，他当然也舍不得他。另外，方会计一直教梨安电脑，也教他做会计的工作，梨安一直心存感激。双喜在后面一直掐梨安，方会计离开后，双喜大骂他是傻瓜。

"你少给他一点嘛，他一定肯卖，哪有像你这样傻的人。"双喜不住摇头。

钱经理当天便打了电话给上海红姐，让她尽快派人过来，红姐说刚好有一批新会计正在受训，不日便可上岗。钱经理说，最好派个女孩来，青岛太缺女孩了，要给员工们些动力。田鸡听得心花怒放，布满红疙瘩的脸微微抽搐着。

同事们轮流请方会计吃饭，田鸡和牛司机没有那份心意，也没什么大不了，不请便不请。花小姐请方会计在泰山酒家吃饭，说这一年多方会计也一直照顾着她，以后大家见不到了要常常联系。花小姐只是客气，大家心下都明白，以方会计的性格，走了便是走了。

美姨和梨安都有点舍不得,他们是性情中人,不会客套,一杯接一杯地与方会计对饮。

喝多了后的方会计话出奇的多,他一手搭在梨安的肩膀上说:"梨安,你对我最好,我永远忘不了你。"

梨安也端起一杯酒说:"我感谢你为我做过的一切,希望将来有缘分我们还能再遇见。"不知为何,梨安竟突然有了生离死别的感觉,果然方会计离开青岛后,再没与梨安联系过。

双喜也坐在梨安边上,他有时将头靠在梨安肩膀上,并且拉着梨安的一只手,方会计搭在梨安肩膀上的手,时时被双喜打掉。郁仓管也在,他一直看不惯双喜的作为,不停地摇头。

花小姐是一只老谋深算的狐狸,一直抿着嘴笑而不语,美姨早已习惯这场面,见怪不怪了。

梨安和双喜的亲密是自然而然的,像春天必然有风,夏天必然有雨,秋天必然有雾,冬天必然有雪一样自然,无须刻意表现,也无须刻意隐瞒。当年在大连他们就是如此亲密,从未有过风言风语,也从未觉得有何不妥。所以今天也一样,梨安一直是那个他,真实的,不加任何添加剂,完全不需戴上假面。梨安的性格中有少量倔强叛逆的因子,但却时时有躁动的隐患,几年前它曾发作过一次,致使他做出轰动半个萝城的举动——离家出走,带走他所有相片,要与这个世界为敌。而今它也随时可能躁动起来——梨安看不惯别人异样的眼光,时时像鞭子一样抽打着他,或许,他会变本加厉地让他们看到。

双喜是梨安最好的朋友。他当年善待梨安,使他免于流落街头,在梨安即将冰冻时给他温暖,这是大恩情,梨安没齿难忘,如今他有求于梨安,梨安当然是赴汤蹈火义不容辞。双喜一直像个单纯的孩子样涉世未深,梨安决定要真心实意地帮他。

新会计到位一周后,方会计就走了。

那一天是没有征兆的。方会计早上吃完早饭，突然拎着行李就走了，所有人都未来得及反应。他直接出了停车场大门，随手拦了一辆大巴士，也不知是去哪里，就跳上了车，就此消失，没有留下任何信息，好像他从未出现过，像贾宝玉最后跟了一僧一道悄然而去一样。人生在世，既然选择离开，大概真的不需要多余的告别。

梨安还傻愣愣地在办公室里往外瞧，不知他要干吗，可不过一会儿，人就不见了，跟着大巴士消失了，真是"相濡以沫，不如相忘于江湖"。梨安跑去找美姨，美姨也很惊讶，梨安说他心情很差，还为此掉了几滴眼泪。从那以后，每次看到办公室里那半片墙上的黑印，梨安就想起方会计，不知他是死还是活。

新会计果然是个女孩子，个子不高，皮肤很白，性格有点孤傲，不太爱搭理人。她接了方会计的工作之后，在青岛待了半年时间，这半年搞得青岛乌烟瘴气，她几乎同每一个男人搞暧昧，使得众人皆为她神魂颠倒。尤其是田鸡，据说同她发生过关系，后来他们彼此又开始不说话，持续冷战。再后来，女孩子闹得实在不成样子，工人们为她争风吃醋，大打出手。钱经理告到红姐那里，红姐电话里对女孩子破口大骂，女孩子受不了，主动辞职。美姨对梨安说："钱经理不是一直觉得青岛的员工死气沉沉的嘛，需要来个女孩子给他们刺激，这下刺激过头，都动起手了。"

5

父亲在天津的经历并不顺利，梨安是后来才知道的。

春节一过，父亲便踏上南下的列车，他将家里仅有的钱带走做路资，想着此行应该是万无一失。那位好心的朋友一直给父亲打包票，说他已搞定了一切事务，只要来人就行。父亲就这样满怀信心地抵达了天津港，到了那家饭店报到。

饭店不大，也不在港区，只是深巷里一家不起眼的小门市。父亲略有些失望，但老板说好的工资还是令父亲欣慰，便安心住下来。电话里他同梨安讲起，说条件还算不错，有单独房间之类。其实不然，父亲同三四个离家背井的中年男人合住在潮湿的地下室里，仅有一个天窗还被封了起来，白天房间也需开灯。父亲住在上铺，他年纪大人又胖，每次要费半天劲才能爬上去，夜里上厕所，父亲在上铺挪腾半天才下来。有一次不小心踩翻了地上的盆，引起其他人的不满，父亲赶快含着笑脸道歉。

　　饭店人手不多，父亲一人身兼数职，服务员也故意让他出丑，没人告诉父亲，活的海蜇是不能用手摸的。在东北没有活海蜇，父亲虽做过数年厨师，也并不知情，结果他被狠狠地蜇了，手指肿起来好多天无法消肿，服务员们乐得前仰后合。老板给父亲假去医院，见父亲几天不能干重活，也心怀不满。

　　到月底发工资的时候，老板只开了不到一半，说饭店生意不好，余下先欠着，父亲也只好拿着。他将钱寄回家里，身上仅留一点，他给梨安打电话，说天津如何好，待遇如何好，说他常常去港口走走，全部是宽慰梨安的话。

　　几个月后，父亲再次催问工资时，老板发火了，说："老宋，你知不知道我留下你有多为难，你年纪大干活也慢，工资倒要得勤快，雇你的钱我可以雇两个年轻人。"

　　父亲赔着笑脸说："我都知道的，您也对我不薄，不过还是希望您能按当时说好的把剩下的工资给我，家里确实急等着钱用呢。"

　　老板说："要钱是没有的，不然你就在饭店里多吃点海鲜，抵工资了。"

　　"您这是什么话？这不是明显不讲道理嘛？"

　　"我已经算客气了，你想讲道理是吧？那就卷着行李滚蛋吧！"

　　父亲再说挽回的话也无济于事，老板还是把他炒掉了。父亲问那剩下的工资总要结算给他吧，老板便将父亲这几个月来所浪费的材料，哪天请假出去打电话之类的事写了整整一张纸，丢到父亲手里。父亲一看，二话没说，拿起行李就走了。

　　他一个人沿着马路走，这时天气已经暖了，但他觉得还是冷，冷得彻骨。他想给梨安打电话，又怕梨安难过，他几次犹豫，还是把那个掏出来又收回去的破手机塞进了包里。

结果，他到了火车站买到一张硬座，是第二天早上五点钟发往佳木斯的火车，时间尚早但他无处可去，如当年的梨安在大连时一样，他坐在候车室里等着天黑，再等着天亮。

晚上，他实在无聊，终于打了电话给梨安。

"我要回家了。这边也不太适应，身体不舒服。"

"怎么了？哪里不舒服？"

"就是，常常觉得累。我辞职回家了。"

"哦，那倒是，如果累就回家吧。你身上有钱吗？"

"有的，你不用管我。"

"你现在在哪里？"

"火车站。"

"几点的火车？"梨安警觉起来。

"明天早上五点的。"

"为什么不在饭店里等？"

他支支吾吾地说："怕睡过头，火车站有点远的。"

梨安又问："为什么不在附近找个店住？"

他又说不出所以然来，梨安已经知道大概，他手里没有钱。

"是不是没有钱？"梨安说，"你实话告诉我吧。"

"嗯。"父亲终于应了一声。

那时候不如现在便利，人人都有一张卡，那时只有存折，而即时汇款也不可能即时到账，梨安再焦急也没法帮到父亲。他们之间隔着500多公里，而他的惦念无法化成一张温暖的床，供父亲休息。父亲除了坐在候车室里，无处可去。

梨安突然想到一个人。

"爸,你等我一下,过会儿打电话给你。"梨安说完急急挂断电话。

梨安拨通了天津分公司电话,找到小美。

"宋梨安,有事吗?"她问。

"请帮我一个忙,无论如何。"梨安心急地说。

后来,小美请同事开着车子赶到火车站,给梨安父亲送了五百块钱。收到钱后父亲打了梨安的电话,他声音哽咽地翔实说了自己的遭遇。他说,手里的钱仅够一张硬座票,没有多余,他甚至没吃饭,梨安听得心疼。梨安说:"你去找间旅店住吧。"他说:"没事,熬到天亮就好了,现在手里有钱总是不心慌的。"他甚至在电话那头"呵呵"笑了两声。梨安让他去吃点东西,他说会去吃。

第三天,父亲回到了萝城。

6

母亲终于给梨安打来了电话,她在电话那端声音很轻,问梨安过得好不好。梨安说很好,母亲说:"不要舍不得花钱,钱是永远赚不完的。"

"你还给了你爸钱。你也不容易的。"

"没事的。"

母亲临挂电话时竟然支支吾吾地说了声"谢谢",他突然觉得好生分,不过很快,他就理解了母亲,因为他们的性格最像,他懂得她想要表达的是什么意思。

母亲是个知足常乐的人,她总是那么云淡风轻,好像从没有烦恼,在她的世界里,无论什么困难都可以克服,所以她也很少求人,更说不出"谢谢"和"对不起"的话。梨安也如此,他的性格特别像母亲,温柔中带着倔强。

父亲回到萝城,安心地待在小饭店里,望着街面发呆,时而见见老友。多数时间小饭店没生意,他和母亲每天开门关门,去菜场买菜的时候也少了。梨雯又去打工了,这次是给她的小学同学兼好友卖服装,似乎运气还不错,不过她也将工资的大部分交给母亲,以供家里开销。

小饭店无人盘兑,终于没能撑下去。父亲回到萝城两个月后,小饭店彻底关门,他们欠了上任店主盘店钱,父亲打了一张欠条给对方,然后他和母亲收拾了家当,搬到城北的一幢红砖灰瓦的平房里面,月租金一百元。

他们的那些亲戚,曾经受过父亲接济的乡党,也再没出现过。"富在深山有远亲,穷在闹市无近邻",他们家便将这句格言展现得通透,发挥得淋漓尽致。

梨安在他的书中描述过亲戚的忘恩负义,后来别人指责他不对,不该把人家的家事写出来,他只是给对方用了一个化名,故事却是真实的,他多想把这些年遭受到的来自亲戚的白眼和侮辱都写出来,一一陈列在纸上。他们受过父亲的恩惠,却以怎样的残酷现实来对待他们,他多想指着他们的鼻子狠狠地骂一句脏话。但他不能,父亲要面子,父亲还要继续在亲戚当中走动,父亲也最认亲,时常觉得别人对他的误解和侮辱是情有可原的。

那些亲戚,有多少人曾经敲过他们家门,有求于父亲,拜托各种疑难杂事,父亲一一允诺,当成自己的事办;又有多少人的子女曾住过梨安家,就近读书或者生活,或在城市里找工作。梨安父母又是怎样掏心掏肺对待他们,而回报呢?有些不理不睬也就罢了,更甚者制造谣言中伤他们一家,编撰一些子虚乌有、莫名其妙的故事出来。那时的梨安已经不能用文字来形容他心中的愤怒。所以,至今梨安不太与他们走动,别人眼里,像是他骄傲自满,其实是不屑。他深深记得所有带给他们一家伤害的一张张面孔,那镌刻在记忆深处的遭遇是不能抹去的印记。他无法面对着伤害过他们的人强颜欢笑,时间一久当成没事发生,他无论如何做不到。不过,时过境迁,他也不必对谁口诛笔伐,公道自在人心。

如果有时间入口，梨安会先将他们丢进去，然后埋上结实的泥土，再压上巨石。

他的那些奇葩亲戚们将势利、小气、谄媚，也诠释得非常到位和精准，让他时常想来都会笑出声，就像一个蹩脚的编剧看到一群业余演员在舞台上表演他喝醉之后写下的情节，动作浮夸又装作极其认真的模样，总让人有点忍俊不禁。

其实，所谓亲戚，虽然流着同样的血脉，但到底各自成家，各谋生路，离得远了，久而久之也就不再往来。某个时候提起彼此，还记得同族同宗，再过两代三代，姓甚名谁也不定记得清楚了。人生在世，不过那么一回事，太认真了，反而要受委屈。

那时，祖父母从乡下老家到萝城来探亲，坐了一整天的车，身心俱疲，来接站的人只有梨安的母亲与姑姑，等他们离开萝城时，送行的人中多了一个表婶，仅此而已。可是，另外一位亲戚不过从隔壁城市过来，两个小时车程，梨安的那些亲戚们，大姨奶弟弟妹妹的子女们浩浩荡荡几乎半个城的人都出动了，走的时候加派了豪车相送，一路洒泪，整座城都快被淹了，只因那亲戚在城市里做着芝麻小官，而梨安祖父母一生为农，与天和土地打交道，不与人争。他们眼中的穷人，且如蝼蚁，能活下去已是万幸。

梨安小时最讨厌的事，便是参加长辈的生日宴，齐齐整整几大家族的人汇集一起，吃喝一顿，孩子们也坐在同一张桌上，各自教养分明。母亲不停地嘱咐梨安和梨雯不要让人笑，可还是有些表哥表姐们脸朝天将鼻孔对着他们。

小时的梨安和梨雯都入选县文工团唱歌，声音洪亮动听。长辈生日宴便有人提议唱歌助兴，每次梨安和梨雯必然要唱一首朝鲜民歌《祝妈妈花甲大寿》，所以，每次唱的时候不过换个称谓。但他们不懂花甲之意，唱给谁都是"花甲大寿"，别人便笑他们，那些表哥姐们也直说，听得麻，起了一身鸡皮疙瘩。

还有那个前面说起过的慧表姐，三姨奶的外孙女，可笑极了。前一天还一起吃饭，有说有笑的，第二天在学校碰面，当着其他同学的面儿，便不认识梨安了。那时的梨安穿得破破烂烂，慧表姐不认识他也是情理之中，她生怕同学以为他们有何瓜葛，恨不能像甩掉一只苍蝇一样甩掉梨安。

后来，听说她过得并不好，梨安也长吁短叹了一阵子。

母亲不许梨安有怨恨，她说这世上人无完人，恨别人其实是在惩罚自己，让别人的错在自己体内产生毒气，不是划不来吗？

梨安的亲戚们把那句"穷在闹市无近邻，富在深山有远亲"演绎得通通透透，活灵活现，仿佛这句话就是专为他们而写就的。

7

宋梨雯上班的时候发生了一件事情，令她非常难过。

她所打工的服装店的老板正是她小学时候的同学，名叫圆萝，以前俩人好得像一对亲姐妹。圆萝因为早年学习不好，留级好几届，所以初中一毕业就嫁了人，生活也还殷实。据说男方家里养猪，有点小钱，婆家出资给圆萝开了这间服装店，就在萝城商场的三楼，不大。圆萝听说梨安姐姐的服装店关了，便邀她来为自己卖货。

梨雯当圆萝是自己人，有些关于店里的事也不藏掖，直抒己见，圆萝喜欢她的性格。

圆萝的妹妹小她一岁，叫尖翠，长得也尖嘴猴腮，三角眼、鞋垫脸，同样开了一家服装店，就在圆萝隔壁。她常常坐过来聊天，跟梨雯也熟识，但尖翠人比较强势，又因嫁了一个萝城的"破烂大王"——收废品起家的，尖翠突然觉得手里有了钱，从此高人一等。

一天中午，尖翠的老公喝多了酒，怕坐在自家店里影响生意，便跑到圆萝的店里，趴在柜台上睡觉，酒气熏天。圆萝不在，只有梨雯在，事后梨雯礼貌且真诚地对尖翠说："这毕竟是你姐姐家的店，你回头跟你老公说说，以后喝多了酒在家里睡觉，别来商场，会影响客人。"尖翠一脸不悦，从此忌恨在心。

这一回，也巧是中午，梨雯去买午饭，圆萝给了她十块钱说帮忙带一份。这时，尖翠也走了过来，说："帮我带一份粥吧。"梨雯说"好"，尖翠突然从口袋里掏出两个硬币，"啪嗒"一声丢在地上，梨雯愣住了。

"捡起来，然后去给我买一份粥。"尖翠拉着一张鞋垫脸咬牙切齿地说。圆萝拉着妹妹说："老二，你这是干啥？"尖翠也不讲话，梨雯先是愣了一下，随即捡起了钱出去了。

事后，圆萝跟梨雯道了歉，她笑了笑没说什么，但心里像堵着一块巨石，若不是看在圆萝的面子上，她怎肯咽下这口气。

没过几天，圆萝找梨雯谈话，说道："雯雯，你看呀，现在咱这儿生意也不行了，最忙的一季也过了，我妹妹说不如让你先回家吧，到了年底生意好起来了，我再叫你回来，你看怎么样？"梨雯笑了笑没说话，起身拿着背包回家了。

走出这扇门的那一刻，她觉得不管小时候圆萝跟她之间有多少情谊，从此之后两清了。

渐渐地，梨雯变得很迷茫，她开始怀疑自己的人生，于是打电话给梨安。

她声音悠悠地说："萝城太小了，小到我有时候喘不过气来，我该怎么办？我的未来难道也只能在这小城市里了吗？"

梨安感动她竟然终于意识到这一点，这一眼尽头的小镇根本无法装载他们的未来。十六岁时初离家的梨安不懂得何为梦想，只求有碗热汤有口热饭，只求能够活下去。但随着年岁一天天上去，眼界和心境自然也有所不同，他终于看清了自己的出路。无论哪一条路，绝对不在萝城，于是，他再次出走，跑到灯红酒绿的大千世界里去。那时的梨雯朋友众多，都在萝城，有旧同学也有旧同事，还有在社会上认识的各种各样的人，他们是她的精神支柱，她不会想去外面讨辛苦。

不知是不是因为圆萝和尖翠的事，梨雯终于清醒了。这是梨安一直梦祈的事，梨安多想能够帮她，可她同梨安一样，并没有他人引以为傲的学历和技能，光凭一腔热忱闯世界无疑是螳臂挡车。梨安已然是幸运的，遇到众多贵人相助，却不敢让她贸然来试。

梨安问："你有什么打算吗？"他在试探她的想法，他还需要她自己确确实实地认知，而不是别人的怂恿撺掇。

"没想过，我只是不想待在萝城了，我觉得我快变老了。这里没有一丝活气。"

"那你想出来工作吗？"

"我能做什么呢？"

"只要你想，就一定可以。我可以帮你到总公司问问看。"

"你那么有本事，我怕自己不行。"

梨安叹了一口气说："听我说。1998年的时候，我一个人跑出来，我觉得我什么都不行，但是同来的五个人，只有我留了下来；1999年的时候，我被迫去了大连，在大连身无分文的时候，我也觉得我快要完蛋了，我连回家的路费都没有，但是我竟然没走，也留了下来；2000年我到了青岛，是唯一的一个没有靠山和背景的人，人人都想把我挤走，人人都看不起我，但我没有看不起自己，我一边工作一边学习，拼命地帮同事工作，同时也在学习各种技术，现在多好，我可以稳稳地留在这里了。这难道是我1998年就想到过的事情吗？不要认为你自己不行，你没有走出来，没有见到这个世界是什么样子，怎么就轻易否定了自己呢？"

"我……"梨雯支支吾吾的。

"别怕，记住一句话，别人可以的，你一样可以！"梨安给她打气。

"你觉得我可以吗？"

"可以啊。我们很多分公司的业务员也是女孩子。"

挂了电话，梨安找花小姐，只有她能帮忙，跟她说明情况后，她打了电话给老板娘红姐。花姐很快回复他，说红姐让梨雯去广州公司报道。

好吧，广州也好，哪里都好，梨雯是女孩子，去广州做业务员，不必像梨安当年那么辛苦，要整日蹲在仓库里等着有车开进来，只是广州天气炎热，他担心梨雯受不了。

"嗯，我可以。"梨雯电话那头说，"我想试试。"

梨安说："你一定行的。"

又过了几天，梨雯起程南下，母亲给梨安打了一个电话，让他多照顾一下姐姐。梨安说："放心吧，接下去的事你们就不用管了。"

梨雯到了青岛后，梨安带她参观了公司宿舍和他与双喜的出租屋，她看到梨安的居住条件如此之差，不禁皱眉。她也见了双喜，把他从头到尾看了一遍，觉得他是个满腹心事的人，虽然表面上装出无所谓，其实心里有盘账。

"人人都比你精明得多。"梨雯说。

"傻人有傻福，姐，我不想活得那么累。"梨安从没有花心思在算计别人上面，与其每天精打细算，不如花时间充实自己。

公司里的同事还算比较客气，美姨和花小姐都请梨雯吃了饭。田鸡没那么客气，但他一直保持着微笑，见到梨雯那么漂亮，他眼睛里冒出绿色的幽光。

梨雯一共在青岛待了三天，梨安请假陪她沿着海岸线走了一圈后，又带她去了云南路的红帆船吃火锅，花光了那篇周老先生帮忙发表的文章的稿酬一百元：火锅八十元，打车二十元。她很喜欢吃辣。

吃过了饭，他们到附近的家乐福买了零食，坐在音乐广场的草坪上吃着鱼片看海，海上有一艘灯火通明的轮船。梨安跟她说，希望有一天可以成为船员，整日漂泊在大海上，多有意思，她笑梨安太幼稚。

"我很傻也很幼稚，所以我才很知足啊。"梨安笑着说。

音乐广场很幽静，坐在草坪上有海风拂面而过，音乐声沿着地下通道涌上来，身边有一群玩滑板的孩子。梨雯突然自言自语地说："我喜欢青岛，这里的感觉真舒服。"

后来在五四广场上，有一个长头发的文艺青年给他们画了一幅画像，把梨雯画得丑了，她不太开心，但他们照例付了钱，那幅画一直由梨安保管。

离开青岛，梨雯坐着火车南下广州。在广州，她度过了最苦闷的一段时期，但后来同周围的人慢慢熟悉，所幸公司里大部分都是佳木斯人。她长得漂亮，情商又高，没过多久便得到很多人的喜欢。她眉清目秀，长发披肩，性格外向，不拘小节。男孩子都喜欢她，她从不与人过密接触，友情只是点到为止，别人摸不清她的来历。据说，连红姐都到处打听梨雯的来头，想知道她从前是做什么的，竟然如此左右逢源。

那一年春节，梨安在青岛，梨雯在广州，母亲在萝城，而父亲正在赶赴沈阳的路程上，又是某位好心的朋友（果然是好心吗？）介绍父亲通过劳务输出，到韩国打工。父亲交纳了不菲的中介费，一趟又一趟去沈阳办理相关手续，最后当然又不了了之。不过没去也未必是坏事，有人说那边对华工也不怎么样，非打即骂。父亲从年轻到现在，壮志凌云、踌躇满志的火种从未熄灭过，他一心想为了这个家拼搏，却处处碰壁，怪只怪他运气不好又常常轻信他人。母亲去问神婆，神婆说父亲是老来福，老了有福气，年轻一样困苦，再努力都没用。

在广州城，梨雯和几个女同事去逛街。这是她第一次离开公司走在广州的街头，觉得很新奇，回程的路上，她坐在公交靠窗的位置上，天上一轮朦胧的月亮，她突然很想家，哭了起来。后来，她给梨安写了一封信细数那晚的事。

她写道："我突然觉得时间离我而去了，我站在一个荒无人烟的岛屿上，四面是海，海无边无际，无论如何呼喊都没有人，那种绝望将我压得喘不过气来，于是我哭了。从前，我没心没肺地在父母身边，和他们争吵，可现在是异地他乡了，没人认识我，没人管我的吃喝，我像个孤独的游魂，甚至没人多看一眼。"

没多久，梨雯便辞了职，离开广州。她一直觉得愧对梨安，但她也确实无法在那边待下去，她想回家。她打电话给梨安，得到了梨安的支持。梨安说："姐姐，永远不要亏待你自己。"梨安明知道叫别人不要亏待自己，他却一直都在亏待自己。

正月十五之后，梨雯从广州回了青岛，又从烟台转车回了佳木斯。田鸡表弟帮忙买了卧铺票,并且死活不肯收梨雯的钱,他说梨安的姐姐就是他的姐姐,而梨安的确没和他有过深的交情,他能帮忙买票梨安已是感激不尽。

回到萝城的梨雯找了一个好朋友,重新开了一家服装店,就在人来人往的步行街上,两人合股,梨雯人脉广,对方又懂得经营之道,生意尚算不错。她打电话给梨安总是乐呵呵地报告当日营业额,家里因有了梨雯的店,还算过得去,梨雯很孝顺,买菜都是按筐,买肉都是按块,买水果皆成箱,买鱼也是半池一买,全部请人送到家里。而梨安这时的工资也每月涨了二百,除留一点在身上之外,全数寄回家里去。

不久之后,梨安的两篇小说分别发表在两本很有名的杂志上。很快,消息不胫而走,全国的分公司都知道了宋梨安这个名字,纷纷打电话给钱经理恭喜他的手下爱将,也赞赏梨安有才华。

梨安将拿到的几百块稿酬,如数寄回家里,他希望父母可以感觉到靠写作他也能养活自己。

写作一直是梨安坚持做的一件事,起初是日记,后来是短文,他甚至写过童话,发表过几篇小文,拿过为数不多的稿酬。在萝城读书时,他便是当地电台的驻校通讯员,一篇稿子四块钱,拿稿酬拿到手软,写些好人好事,或者同学间的滑稽故事。

他的同学都不大与他往来,觉得他古怪,难于亲近,想法异于常人,又觉得他缺乏男子气概,小肚鸡肠,盯着人看的眼神直勾勾的,有点吓人,完全是个异类分子。没有朋友愿意亲近也是情理之中,梨安并不觉得难过,习惯的事都是自然,好像某些水鸟天性离群索居一样,梨安便是如水鸟样的人。

他从没有过很多钱,除了稳定的工资之外,没有拿到过太多意外收入,不论是在广州还是塘厦还是大连、青岛。大连时在酒吧,他是收入最少的服务生,天性怯弱害羞让他不像其他人那么善于与人交流,喜欢独处,唯一的朋友便是双喜——那个刚开始喜欢捉弄他的人。在双喜的帮忙下,梨安得到过几笔小费,解了些家里的燃眉之急,那都是别人强行塞过来的，他却从未对人要过，也不会表现出需要钱的意思，使人不好意思，不得不掏。他见过很多服务生每月都要过一次生日，小兵便是这样，所以他的客人们都送礼物和钱给他，他的收入颇丰。梨安本来不屑与小兵做朋友，觉得他太势利，可有次听人说起小兵家里的情况比梨安更艰难，父母皆是残疾人，还有一个弟弟一个妹妹在上学，他不使出浑身解数无法支撑那样困难的家。后来梨安理解了他，天底下的人都有自己不被人知的苦楚，仅凭外表断然看不出。

钱对梨安来说并不算什么，因为年轻，可以随时赚取，若对工作和生活不挑剔的话，更是容易，清粥佐小菜也可吃得饱。只要肯吃苦和不计较得失，就可以活得浑身有力气。

8

一年光阴总是飞快如梭，尤其是年轻人，睡一觉天就亮，时光匆匆，还没想过人生大事，时间已经悄悄溜走了，等到终于明白时光不等人这道理，人已经老了。从健步如飞到步履蹒跚，不过是一个穿越时光的距离，谁都能逃的便是命运捉弄。

时光如果真有一条隧道的话，它会在哪里出现？潜意识之间，话起话落一眨眼的工夫，一片乌云一道闪电，一朵花开一朵花落，一条溪流成河，一只鸟拍打着翅膀经过一片麦田……都是一次时光穿越，有时雷霆万钧，有时不费吹灰，它便不知不觉地开启了神秘大门，而你刚好经过，又刚好错过。

一年总是过得匆匆忙忙，梨安二十岁这一年给自己放了一个假，时间不长，但可让他有机会去另外一个城市走走。来青岛这么久，除了不得已的数次出差，连夜颠簸在山峦之间辗转难眠，他几乎没有去过另外一个城市。他三年青春都耗在青岛，每天有做不完的工作，见不完的客户。还好，如果晚间事情不多的话，他和美姨、花小姐等人便可去夜市逛逛，或去海边走走，吹吹海风。他早已熟悉这城市中的气味，树木和海洋的味道如此贴合，相辅相成，沁人心脾。

每个人都徜徉在这座碧绿的宝石样的岛城，在清香中沉醉、发酵，有时也迷茫在自我编织和酿造的爱情中。当然，那并不是真的爱情，只是幻觉。

美姨一进门就摔在桌子上一大束红色玫瑰花，花被摔得四散开来，梨安正呆呆地等着美姨跳健身舞，被她吓了一跳。

"哪儿来的花，好漂亮啊。"梨安感慨地摸着，玫瑰花血红，每一片花瓣上粘着人造露珠。

"秃头给的。"美姨拉长着一张脸说，"黄鼠狼没安好心。"

"送你花还没安好心，这是什么意思？"

"我倒想知道他什么意思？这花是随便就送的吗？"

"是你误会了吧？说不定他只是觉得花好看就送你了，没别的意思。"

"你才几岁，懂什么，他那一个眼神一个表情我都看得通通透透的。"

梨安知道美姨发怒了，不敢再说话，以免真的惹火了她。

"亏我还一直把他当成兄弟看待。我还真看走了眼了。"

"可是……别人爱慕也没什么错。"梨安小声说。

"他那哪是爱慕。他家里有老婆，我也有老公，孩子都那么大了……他这……他这扯的什么事啊？"

美姨气红了原本就粉白的一张脸，像个涂错了颜色的面具，呼吸也不匀称了。

"别气，别气。"梨安说，"你就当不知道这事算了，以后也别理他了。"

"那不行。这事总得解决，他虽然没说什么，但我心里清楚得很。"

"那你打算怎么办？"

"怎么办？"美姨说着站了起来，把花捧在了怀里说，"我要找他说道说道。"

"别啊。"梨安拉着她,"你别和人家吵起来。"

"怎么会。你就坐这里等着我,我去找他好好谈谈,让他彻底打消这个坏念头。"

说完,美姨大摇大摆地出去了。梨安悬着一颗心,不停地向停车场角落里张望,秃头就在那里,美姨提着一大束散败的花,径直朝那边走去。

过了个把小时,梨安坐不住了,走出进去好几趟,才见美姨乐呵呵地从秃头的公司出来。秃头送到门外,拉住美姨的手,不停地点头哈腰,一脸讨好地笑。

美姨一进门就打了一个酒嗝,红扑扑的小脸,笑得很妩媚。

"美姨呀,你这是喝高了吗?"梨安迎上前去,拉了张椅子给她。

"不过喝了几杯酒而已,美姨我是什么量啊?这点儿酒跟尿似的,算不了什么。"美姨大手一挥,"秃头让我摆平了。"

"怎么摆平的?"梨安很感兴趣。

"我一进门就直截了当地问秃头,是不是对我有坏念头,秃头连连说没有,我说那为什么送花给我?秃头说就因为这花好看,开得浓烈,像我的性格。然后他赶快给我倒酒,我就用手指头戳着他的额头说,'你小子最好给我老实点,姐姐我当年在东北也是有名有号的人,人称'佳木斯百货大楼一枝花',可别犯我手上。'我是半开玩笑半认真地说的,秃头不停地道歉,说我误会了,也说他自己太冒昧了,只觉得花好看,特别配我,没别的意思。我也就给了他台阶下,跟他喝了两杯,最后要走的时候,秃头拍着胸脯说,'我终于知道了姐姐的威力,以后姐姐就是我亲姐姐,有啥难事就直接找我,好使!'"美姨绘声绘色地说着,说完自己又加了一句,"好屁,好屁都让狗吃了。"

"威力?"梨安笑着问她,"你有啥威力啊?"

"不怕死!不要命!"美姨瞪起了眼睛,就像个不服输的小姑娘,梨安笑得跌到椅子下面。

"可是,'佳木斯百货大楼一枝花'是什么鬼?"

双喜回家探亲,没说回来的具体时间。他的工作比较轻松,时间也由自己把握,主要是秃头给了美姨面子,在夜场也一直帮衬着双喜,看来秃头真是被美姨的"威力"所折服。那件事也让梨安看到了美姨刚正不阿的一面,不向强权屈辱低头的倔强和正义,做人就该这样,要有坚定的信念和决心,他越来越佩服美姨。

梨安的闲暇时间突然多出来,不用陪双喜吃饭逛街,每日除了必要的工作和陪美姨跳健身舞之外,就时常自己发呆。方会计走了,双喜回家了,梨安也懒得再去出租屋住,随便睡在他的铺上面,铺上铺着被褥,又用一圈硬纸板围起来,形成一个密闭的囚室,阻隔了从来关不严的门缝里涌进来的邪风。

周老先生怎么样了?茗茗怎么样了?钟晓瑞怎么样了?他时常在想。

郁仓管还是常来找梨安,梨安不太理他。郁仓管是一根筋的人,也真心实意将梨安当作好朋友,但他是没有原则的人,这一点也是梨安非常介意的。郁仓管同很多人都保持着朋友关系,包括田鸡和牛司机,他不讨厌他们,虽然他们一直戏耍他,当他是猴子,也时常等着看他的笑话,但他觉得无所谓。这是梨安想要疏远他的重要原因。

第八章

终于是烟消云散天破晓

亲爱的S：

好久不见。

有很长一段时间没有给你写信了，因为我病了。为什么病了我也不知道，家里人说是我胡思乱想造成的，也有人说我是被猫吓的，我觉得并不是。

我的身体一向不太好，这些从没有告诉过你，我一直生病，大病小病不断，都不知道我能不能活到成年。前一阵子，有个会用扑克牌占卜的朋友给我算了一卦，说我会在十六岁经历一场磨难，还说磨难会持续十年，我能相信他的话吗？当然不能，但是他的话让我难过。

我本来就是一个不被人待见的人了，为什么还要让我经受磨难呢。不过，我又想了想，我的身体如此之差，能不能活到十六岁还不见得，现在担心有点过早了吧。

所以，我再次告诉你一个秘密，我还是决定要离家出走，去外面的世界。就算死，也要死在外面，不要回来，不要回来，永远不要再回来了。

S，我能去你的城市找你吗？S，你在哪里呢？如果有一天见到你，你也会跟其他人一样嘲笑我吗？

这可能是我写给你的最后一封信了，我不能再写了，因为我看不到未来了，我这样不停地写啊写，写到什么时候，写给谁，又寄到哪儿去呢？我为什么要不停地写呢？

机器猫有个任意门，我好希望我也有。这样，我就能立刻到达你的城市，立刻出现在你的身边了。

好了，亲爱的S，我要睡了，我会做个好梦的，你也会的。

你永远是我最好最好的朋友。

你永远的朋友S
1993年10月10日

1

美姨拉了一张椅子给梨安。

"你坐下,别急,听我讲一个故事。"

梨安望着空荡荡的沙尘密布的院子和清冷的办公室发呆,所有人不知去向。

美姨倒了一杯水放在桌上,然后娓娓道来了一个故事。

少年时代的郁冬冬还算是个阳光帅气的小伙子,没现在这么胖,也没这么脏,跟大多数农村男孩子一样,黝黑又健康。

他爱上了同村的一个长头发喜欢穿白裙子的女孩,女孩对他也颇有好感,觉得他为人踏实,也很正直,一来二去,两人私订了终身。

后来,因为家境的关系,郁冬冬早早辍学外出打工,白裙子继续读着书。他们偶尔通电话,因为条件所限,白裙子家没有电话,要到村上大队去打,十分不便,于是他们就写信,郁冬冬识字不多,一般都是他给她打电话,而她给他写信,两人一度甜腻得很。

他越走越远,她的书也越读越多。几年后,她终于如愿考入佳木斯市某个学校,全家人都觉得脸上有光,但她高兴不起来。她父亲是地道的老实巴交的农民,守着家里那一亩三分田地,母亲一身的病,走路摇摇晃晃干不了农活儿,所以她家境不富裕,一面因着考学而兴奋,一面又为着学费而发愁。

他在电话中觉察出她的不快,她支支吾吾,追问下去,她便说了。于是,他拍拍胸脯说:"以后你的学费和生活费都由我来负责了。"她在电话那头哭起来,他说:"别哭别哭,将来我们在一起,你要乖乖听话,就算是报答我了。"

起先的一段时间里,他们依然保持着甜腻的姿态,他干活儿之余会打电话到她的学校,她也会写长长的信给他,信的结尾都画着一颗颗爱心。但久而久之,现实便刺目起来,矛盾也逐渐突显,她因为学业和校园活动的繁忙而很少写信给他了,他打电话找她也常常找不到人。他很担心她的安危,却并没想过他们之间的差距已经越来越大。

他没有后悔过自己的决定,依然每月寄钱给她,即使她很长时间才与他联系一次。现在已渐渐变成他等待她的电话了,但每一次接到电话,他都兴奋得像孩子一样,不停地在里面说啊说的,她的声音听起来很疲倦,说不多久便匆匆挂断。

通过电话的第二天,他都会寄一笔钱给她,他知道她又没有钱用了。

他只有一次怀疑过他们的关系是否只因为钱而保持着,但他很快就否定了,并为自己这么龌龊的想法而感觉到惭愧和不安,他坚信她一定依然爱着他,是他自己多心了。

白裙子在佳木斯上学,也是孤零零一个人,因为生活拮据,很少外出游玩,周末也不回家,都待在宿舍里面温书。同宿舍的一个女生谈了社会上的男朋友,两人如漆似胶,舍友拉着白裙子一起去玩,起初她不去,经不住女生三劝两劝,便也跟着他们出去玩了。

某一次周末的夜晚,他们一群人去酒吧玩,这是白裙子第一次进酒吧。有个黄毛男孩子请她喝了一杯洋酒,甜甜苦苦,这是她第一次喝洋酒,黄毛还教她玩骰子,那一晚,黄毛亲了她的脸,她的心里有只小鹿怦怦乱撞。

从那之后,黄毛就常来学校找她,她也常常跟他出去。黄毛对她百依百顺,他们还在校外不远处的一家小旅馆里偷吃了禁果,她发觉他已经离不开黄毛了,他已慢慢成为她的一切。

她渐渐把那个憨厚老实的郁冬冬淡忘了,缺钱的时候才想起他来。她觉得比起黄毛,郁冬冬更像是自己的哥哥,可兄妹之间怎么能产生爱情呢?思来想去,她还是更爱黄毛多一点,她爱黄毛的放荡不羁,爱他一把将她搂在怀里时的"暴力",爱他男人味十足的痞气。

她不再与郁冬冬联系了,可郁冬冬依然每月按时给她寄钱来。黄毛有时没钱用了,她就把这钱给黄毛拿去。

久而久之,郁冬冬也察觉出她态度上的变化,但他是能撑船的宰相肚量,觉得自己本来就配不上白裙子,即使她怠慢一些也是应该的,只要将来他们能在一起,他会好好待她,补偿她的缺憾。

他抱着这种美好的祈愿,每日生活在自我编织的童话里,可是这种事情就像纸里包着的火种一样,不用多久就藏不住了。

过了几个月时间,郁冬冬回家探亲时特地去了佳木斯找白裙子,足足在校门外站了一天也没等到白裙子回来。他以为她出了事,急得团团转,而她却早已得知消息故意躲着他。

他不死心,在佳木斯住了一晚。第二天下了雨,校门仍然进不去,他就站在大雨里等她出现,倔脾气上来,死也要等下去。结果她终于不忍心看他这么可怜,自己走出来了,约他到附近的一个小店里面坐坐。

他们终于见面了,自从他离家之后,他们再没见过,眼前的白裙子出落得更加可人,但她眼睛红红的,他只当是因为见到他才哭的。

他很兴奋地把带给她的礼物一一摆在桌子上,而她一直用手摸着自己的胸口,感觉极其不舒服,他问她怎么了,是不是病了,她摸了摸自己的肚子说:"我怀孕了。"

白裙子怀了黄毛的孩子,黄毛并不想跟她结婚,也不想要这个孩子,劝她打掉,可他们都没有钱。白裙子的肚子一天天大起来,快遮不住了,再不打掉就要露馅了,她会被学校开除,她怕起来。这时候黄毛开始躲着她,她找不到他了。

她越说越伤心,然后一边哭一边摇着郁冬冬的手臂:"我只有求你了,你帮帮我,你帮帮我吧。"

·第八章·终于是烟消云散天破晓·

结果，郁冬冬什么都没说，从兜里掏出一千块钱轻轻放在她面前，转身就走了，这是他本打算给白裙子的生活费，现在拿给她去堕胎。

他走了，她坐在那里哭了好久，一千块钱被她紧紧地捏在手里。

从那之后，郁冬冬就不再跟白裙子联系了。他回到了从前的工地上，一心一意干活，不打电话给她，也不再跟工友谈论他有个读大学的女朋友了。他的心彻底被伤了，碎成了几十片，缝补不成了。好多年之后，他都是一个人，没有再谈恋爱。

据说，白裙子堕了胎之后又和黄毛鬼混在了一起。她是太爱他了，不能没有他。黄毛起先还觉得白裙子是出于报复，渐渐发现她是真心爱着他的，也就放松了警惕，很快他们就同居在一起了。

她读到大三就辍学了，没有继续学业，而是跟黄毛去了深圳打工，她在工厂做小妹，他做保安。但这种朝不保夕的日子无法维持他们的爱情和生活，他们开始频频吵架，还动过手，她又为他堕了两次胎，而他把她打得一只耳朵失聪。

再之后，白裙子回了佳木斯，黄毛去了上海，两人彻底分开。但白裙子仍然不能完全忘记黄毛，时时想起他来。最后，通过一番寻找，她还是与他取得了联系，而他早已对她厌倦，处处躲着她。

她说要来上海找他，跟他好好生活，不跟他吵架了，而他早已经怕了。如今的他混得好，工作也像样，身边年轻美女如云，以他的经验，想把谁弄到手都是容易的事，但白裙子再也不是当初的清纯少女了。岁月让白裙子很快变成了生活不如意的中年大妈，满身都是郁积的幽怨之气，时时觉得命运对她不公平。她偶尔也会想起郁冬冬来，但她只能叹一口气说一声："造化弄人。"

黄毛为了躲她，来了青岛，而白裙子又辗转知道了他在青岛的电话和住址，打过电话找他，他故意不接。

终于有一天，白裙子坐了两天两夜的火车来到青岛，没有通知任何人她就拎着行李来到那个停车场。她像只孤雏找到了温暖的巢穴一样，风尘仆仆又满怀欣喜地奔跑着进了黄毛的办公室，她看到黄毛端端正正地坐在办公室里跟别人在电话里调情，他的头发已经不再是黄色了。

看到她时，他一脸惊愕的模样让她心疼又难过，她丢下行李飞奔向他。

但她又同时看到门口站着另外一个同样惊愕的人——郁冬冬。

2

"事情就是这样子的。"美姨叹了一口气坐回椅子上，口干舌燥地四处寻找水杯。她给梨安讲述了一个漫长的故事，关于郁仓管、白裙子和田鸡的三角恋。

"郁仓管很生气，觉得被耍了，直接骂了起来。办公室里的人都在，田鸡当然受不了，抄起手边一个椅子掉下来的扶手就打在郁仓管的头上，扶手上有个小螺丝钉，直接钉到了郁仓管的头上，结果血就从头上流下来，流了满脸。花小姐吓得尖叫起来，那白裙子也傻了，郁仓管捂着头，眼睛也睁不开了，一头栽到地上去了。"美姨说得惊心动魄的，好像她亲眼所见。

"原来田鸡就是黄毛。"梨安说，"现在他们人呢？办公室里没有一个人。"

"都去医院了，有挺长时间了吧，应该快回来了。"美姨说。

梨安惊讶得几乎发抖，喃喃地说："天底下再也没有这么巧合的事了。"

"可不是吗？"美姨感慨地说，"果真是一句'造化弄人啊'。"

"郁仓管真不幸。"梨安说，"那白裙子女人呢？"

"跟着一起去医院了。"美姨不住地摇头。

梨安此时想起好多田鸡说过的话。黑尔热初次来青岛那晚，在酒桌上田鸡也提到过一个至今仍然缠着他的给过他钱花的女人，当时大家都不信，梨安也以为他吹牛，竟没想到是真的，更加没想到，故事的另外一个男主角竟然是郁仓管。可以想象平日里老实敦厚的郁仓管明白了一切之后是如何的愤怒，他离开白裙子之后一直没谈女朋友，对恋爱的话题也是避之不及，当然还是因为放不下白裙子，爱有多深痛就有多深，虽然他从来不讲。

"你整天念叨着'时光隧道'，如果有一个给郁仓管多好。"美姨自言自语地起身，要准备晚饭了，不管发生什么事，大家的饭还是要吃的。

梨安离开厨房慢慢回到办公室，地上仍然有些血迹没有擦干净，依然散发着血腥味。他有点害怕，不知郁仓管的伤势如何，如果他就此失血过多离开人世，那他的灵魂此刻就飘在这间办公室里。

梨安不敢坐在办公室，害怕，就站在门口望向停车场大门，有车有人匆匆走过，没人拐进院子里来。桌上电话响过几次，他也不敢去接，他觉得办公室里太冷，冷得让人打喷嚏。

一个多小时之后，他远远看见郁仓管和花小姐，还有大军从大门外走进来。郁仓管头上贴了纱布，罩了白色的网兜，像个战场上英勇的士兵，他有些胖的身体一摇一晃跟跟跄跄。

梨安冲了出去。

"你怎么样啊？"梨安问他。

他不讲话，也不搭理梨安，径直朝宿舍走去。

梨安拉住花小姐，她说郁仓管缝了针，医生建议他休息，不能出力，最好也不要气他。花小姐唉声叹气的，说不出什么，见梨安发着愣，她也走开了。

田鸡和白裙子直到天黑也没有再出现，看来是躲了出去。钱经理很快回到办公室询问具体情况，花小姐做着事件回顾报告。梨安听着，跟美姨说得差不多。大军也在办公室，他偶尔补充一两句，基本是花小姐在说，她也被吓坏了，声音变得极其温柔。

"太过分了。"钱经理说,"怎么可以动手呢?这是要负法律责任的。"

钱经理回到他的办公室打田鸡手机,田鸡接了,他们说了好一阵子话。梨安只看见钱经理翕动的嘴一张一合,说得很激动,唾沫喷得像花洒。花小姐说有点乏了疲了,早早回了宿舍去,大军也走了,他暂代仓管一职。办公室里只剩梨安一人,他仍然能够闻到血腥的味道。

钱经理亲自到郁仓管的宿舍慰问,一开门的气味差点把他熏了一个跟头,臭得令人抓狂。郁仓管平躺在床上闭目养神,死了一样,一句话不说。钱经理让所有人回避,他搬了张破凳子坐在郁仓管床边,亲切地与他对谈。郁仓管不得不睁开眼睛听着,毕竟是领导在训话,他们说了很久,至于谈话的内容,别人并不知道。

第二天一早,田鸡和白裙子女人就回来了。

梨安一进办公室就看到他们。这女人长发,大眼睛,五官还算端正,虽然已经不再是青春少女,眼周也集满了皱纹,但毕竟还是个美人,可以看出曾经动人的资质和妩媚的风情。她怯生生地坐在花小姐的椅子上,她当然并不知道是谁的椅子,不过是随便找了一张罢了,她身上披了一件田鸡的外套。梨安突然想起了天津的女业务员小美,她也披过田鸡的外套,当时的小美神采奕奕地坐在那里,相比起来,白裙子紧张得像只鸡雏。

谁都没有说话,田鸡没有,梨安也没有,白裙子抬头看到了梨安,想打招呼又不知道该说什么,又怕是坐了梨安的位置,战战兢兢地起了半个身子,一脸讨好又可怜的笑容。

梨安对她本就没有好感,此时更是加了几分厌恶,只当没看见。

"你坐下。"田鸡说她,她乖乖坐下。

梨安也不必同他们说什么,他们的愤怒或者歉意都不该跟梨安说,他也无心多问,爱谁谁。梨安去了会计的办公桌,找到一些今日需要清缴的欠款,打算出门去,他们的花花草草的杂事就由他们自行解决好了,他可不想掺和。

钱经理这时出现在办公室门口,他说:"梨安啊,你今天晚点出去,我要开个会。你先去找花小姐,你们先到厨房和赵姐坐一会儿,等会儿我再叫你们过来。你通知牛司机也别出去。"

梨安知道他有话要单独和田鸡谈,便知趣地走开,叫了花小姐一起去美姨的小厨房聊天。工人们有的还在吃早饭,见到他们进来,匆匆吃完跑到院子的墙角里晒太阳了。几个工人聚在一起小声议论,也是在说昨天发生的事。

"依你们看这事怎么解决?"美姨问梨安和花小姐。

"还能怎么解决,赔钱呗。"花小姐说,"这种事没法解决。"

"你觉得呢?"美姨问梨安。

"不知道,反正都难说。"梨安说,"钱经理应该会秉公处理这件事吧。"

"不秉公也不行。"花小姐说,"事情闹这么大,差点出人命了。"

"这事要向老板娘汇报吗?"美姨问她。

花小姐立刻变成了总公司的发言人,神情充满了诡异。她轻轻咳了一声说:"这要看钱经理如何处理,如果两方都不满意,势必又要闹起来,那我就得跟大红如实汇报了。万一又出了事,咱们谁也兜不了,钱经理也兜不了。"

正说着,大军过来叫他们三人去办公室,看来钱经理跟田鸡谈好了。

进了办公室,里面坐满了人。发现所有人都在,郁仓管也在,他无精打采地坐在会计的座位上。新来的女会计很傲慢,没有出席。白裙子坐到钱经理里面的办公室,低着头抠着手指,长发刚好遮住了脸,听不见这边的对话。花小姐的椅子腾了出来,牛司机坐在田鸡边上。所有的工人也来了。

"大家都来了。"钱经理清了清抽烟过多的嗓子说,"大家都知道,昨天咱们公司发生了非常严重的事故。冲突的起因大家也都知道,可能比我还要了解,反正就这么发生了。田鸡和小郁动了手,小郁受了伤去了医院包扎。所以,今天一早我没让梨安和牛司机出去,一起开个会,这是自青岛公司成立以来的第一次大会,竟然是为了这件事。"

没有人说话,都在等着看热闹。

钱经理接着说:"首先要批评的是田鸡,他先动的手,这就要批评。不管从前的事谁对谁错,或者谁说过什么骂人的话,动手就是不对的,说严重点这就是刑事案件,万一将小郁打死了或者残疾了,这个后果田鸡你能承担吗?你承担不了。"

他又吸了一口烟,弹了弹,继续说:"但事情毕竟过去了那么多年,而且这姑娘也吓得不清,都快成了审判她的大会了,也让人家有点难堪。人家好不容易来青岛一回,咱不能这样。所以,我分别找了两个当事人谈话,研究之后决定,田鸡当众向小郁赔礼道歉,赔偿小郁全部医药费,另外加营养费八百元。这事就算过去了,以后大家还是同事,还要在青岛公司继续工作,还要和睦相处。田鸡你觉得呢?"

田鸡先是沉默了一会儿,硬着头皮说:"我同意。"回头对郁仓管说:"小郁啊,对不起了,昨天我不应该动手,该赔偿的我会赔偿。"说得不情不愿,十分敷衍。

钱经理忙问郁仓管:"小郁,你呢?也得表个态。"

"我不同意。"郁仓管出奇地冷静,完全不像平日里的他,"我不接受他的道歉,也不接受赔偿。说白了,我那些年给他的钱都比赔偿多,我才不稀罕。"

他当然是指给白裙子的钱,白裙子拿给田鸡花,大家心照不宣,不敢笑出声来。

"昨晚咱们不是说好了吗?"钱经理说,"你怎么反悔了?"

"是你自己在说,我没回答。"郁仓管说。

"那你想怎么样?"钱经理说,"说来我听听。"

"不想怎么样。"郁仓管掷地有声地说,"有他没我,有我没他,就这么简单。"说完,他就在众目睽睽下径直回了宿舍。

空气瞬间凝固,郁仓管将自己置于了一个十分危险的境地,做了鱼死网破任选其一的决定。但他真的没有估量准确自己的位置和分量,无疑将自己送到了悬崖边上,任谁都知道钱经理会如何在他与田鸡当中抉择。不过，梨安想或许这正是郁仓管想要的吧，他第一次这么迫切地需要证明他的存在和捍卫他的尊严。

3

坐在小厨房里，美姨劝郁仓管不要赌气。

"我要辞职。"郁仓管说。

"什么？干吗要辞职？"梨安说，"你又没错。"

"你觉得以后还能好好相处吗？不用说别的，田鸡随便拿张运单，随便找个理由就能把我玩死，我受制在他手下能有什么好结果。"郁仓管分析得不无道理，"而且我也很久没回家了，也想看看我妹妹。"

"那你跟钱经理请个假吧。"梨安说，"他会同意的。"

"没意思，太没意思了。"他不接梨安的话，突然点了一支烟。梨安一把抢下来，他头上还有伤，医生不让抽。他也不回抢，傻傻地坐在那里，面无表情。

梨安一直希望花小姐能说句公道话，如果她将此事跟红姐汇报，田鸡一定会受处罚，说不定会调离青岛，这样对大家都有好处。但花小姐是精明人，多一事不如少一事，她只是表面义愤填膺地说说，其实睁一只眼闭一只眼，更不会去办公室。此时她躺在宿舍里，说浑身累，不参与任何评论，躲得清静。

最后，郁仓管还是跟钱经理提出了辞职。他说："钱经理，我也不为难你，我自己走得了。"

钱经理说："小郁你不要太意气用事，先放你个长假吧，想回来的话随时回来。"

郁仓管说："我只希望我想回来的时候，钱经理能把我调到别的分公司去，济南和烟台都行，只要不是青岛就行。"

钱经理终是批准了郁仓管的请求，如此轻快地决定了。

郁仓管回到宿舍收拾行李，他想尽快离开这里，不想多看任何人，其实他内心矛盾又尴尬，他无法面对任何人。

同事们纷纷请他吃饭，他概不拒绝，可能是给自己找台阶，不论谁请客，他都叫上梨安、美姨、花小姐作陪，新来的女会计因为跟大家并不熟，不出席。

他们问郁仓管回家干什么，他说："先待一阵子吧，这么多年在外面瞎混，好多朋友都没见，好多该做的事儿也没做呢，刚好回去都办办。"

梨安知道他没有什么"该做的事"要做，不过是托词罢了。

大军请吃饭，他们喝着酒，一杯接一杯，梨安一般陪在边上也不讲话。郁仓管会突然伸过手来，碰一碰梨安的杯子，他并没有太多的话跟梨安讲。梨安在某一瞬间觉得郁仓管变了，变得陌生极了。

梨安想起初来青岛时郁仓管处处刁难，又在他受伤后变成了他的朋友，一直到最后，郁仓管仿佛把他当成了可依赖的对象，天天缠着他不放，他时而觉得心烦，时而又觉得温暖。可是，现在连这"麻烦"都快离开了。他想起一个个离开青岛的人，方会计、郁仓管，继而又想起这些年来离开他的一个个朋友，心里蛮不是滋味，将杯里的酒一饮而尽。

他看到郁仓管看向他，眼里好像有很多话，但是没有说出口。

"时光隧道啊，你什么时候出现呢？"梨安望着天花板的一盏昏黄的吊灯，在心里说。

夜里，梨安躺在床上，睡不着觉，郁仓管是第二天的车票，他就要离开这里了。

有人轻轻敲了两下门。

"梨安，睡了吗？"是郁仓管的声音。

梨安赶快爬了起来，怕吵醒了其他人，尤其是隔壁的美姨和花小姐，他下了地开了门。

"有事吗？"梨安回身关了门，也站在室外。

"你饿了吗？"郁仓管突然笑嘻嘻地对他说。

那一刻，熟悉的郁仓管又回来了。梨安竟然感动得几乎落泪，他明明不饿，却也用力点头，他们两个人同时笑了。

就在大门外不远处的一家饭店里，郁仓管点了几道海鲜，叫了啤酒，只有他们两个人对饮。

"明天就走啦？"梨安问他。

"嗯，票都买好啦。"他说着，夹了一颗香螺，抽出里面的肉，蘸了蘸芥末递给了梨安。

"我自己会夹。"梨安说。

"这可是我夹的，以后再也没有了。"郁仓管平静地说。

梨安顿时伤感起来。

"我们是朋友吗？"郁仓管问。

"当然是，这还用问吗？"

"刚开始可不是啊。你一直不喜欢我。"

"说反了吧？是你一直不喜欢我，处处为难我。"

"有吗？"

"当然有。难道你自己不知道吗？"

"就算有吧。你看我现在多喜欢你啊，经常叫你出来吃东西。"

"嗯，都是我不饿，你自己饿的时候。"

郁仓管忍不住笑出声来："被你发现了。"

"不过呢，还是很感谢你的照顾啦。"梨安说，"下次见面还不知道哪一天呢。"

郁仓管苦笑了一下，端起了酒杯："总有那么一天的，是不是？"

"嗯。"梨安点点头。

两个人吃了很久，聊了很多，天快亮了，梨安没有说送他上车的话，他也没有提。

终于，郁仓管还是走了，收拾了一个很大的行李包，扛在肩上。梨安忙着去客户家结欠款，没去送，明明那笔钱并不着急，他却一定要去，故意避开了郁仓管，因为他怕分离。

他们在一起的时候，梨安并不觉得，有时候还嫌他烦，可一旦他真的要离开了，梨安竟然十二分地不舍。郁仓管傻傻地任他欺侮，从来不会跟他计较，而且处处都在照顾着他，有郁仓管在，他心安理得。郁仓管走了，又有谁会像他一样在乎梨安呢？

可郁仓管就是那么倔强，一定要走，怎么留都留不住。后来梨安理解了他留在青岛的尴尬，还是让他走吧。至于白裙子，也只在青岛待了两三天就回去了，田鸡并不想搭理她，碍于面子，毕竟她千里迢迢来找他，他若不管别人也会看不下去，况且又出了郁仓管这档子事。白裙子被公司所有人孤立，没人跟她多说一句话，背地里都骂她"婊子、不要脸"。只有牛司机请她吃了饭，其他人均视她为空气，她也不好意思再在青岛住下去。

梨安回来的时候，天黑了，郁仓管的铺已经空了，只剩一个脏被子堆在那里，像只癞皮狗。吃晚饭的时候，美姨当着很多人的面交给梨安一封信，说是郁仓管给他的。信封上歪歪扭扭写着梨安的名字，美姨说他坐在厨房写了一个中午，用饭粒把信封口粘牢，一遍又一遍确认。

大家不约而同纷纷看向梨安，企图从他的表情当中寻到些什么：难过、不舍甚至落泪……田鸡和牛司机的表情很复杂，笑里藏着刀，因为除了梨安和双喜的风言风语之外，他和郁仓管也有些不好听的传闻在公司流传。

"梨安，我走了，谢谢你在青岛照顾我。我一直把你当成这辈子最好的朋友，希望你也是，不要想念我。如果你天天想我，有一天我就会出现在你面前。郁冬冬。"

梨安明明想哭；明明想跑出去沿着马路追，让所有行人和车辆为他注目；明明知道追不到也想向着他离去的方向跑，从天黑跑到天亮，再找个无人的地方痛痛快快哭一场，表演给别人看。但他却没有，他的悲伤不想任何人看到，他表现出无所谓的样子，甚至面上带着几丝嘲笑，表演给众人看，随手把那封信丢进了垃圾筒里。

4

停车场那个看门的院主的嫂子踩着黄沙跟跟跄跄地往美姨的小厨房来，美姨正在摘葱，冷不丁见她开门龇着黄牙吓了一跳。

"赵姐，你这里有没有这个人儿？"她递上来一沓信。

美姨放下手里拿着的大葱，在围裙上抹了两下手，接过了那沓破破烂烂的信。看样子不是同时寄来的，有的还好，有的已破得露出里面的纸张，纸张也已泛黄，旧得像20世纪的遗物。

"这人儿呀也是奇怪，一直往这里寄信，寄了好多信，就堆在我那桌儿上，也不知道是谁收的。"看门嫂子伸出开裂的黑漆漆的手指说："你看，地址也不清不楚的，停车场倒是写了，还写了'S'收，我问了会英语的姑娘，她说这个念'S'，这'S'是谁？我也知不道呀。"（山东方言将"不知道"说成"知不道"）

"我瞧瞧。"美姨一封封地翻看着信，"这些信看起来有年头了。"

"没有多久，就最近开始，但信确实挺旧的。"看门嫂子说，"你们这儿有人叫'S'吗？"

"这也不是个人名儿，估计是个姓吧，我们这儿还真有人姓'S'的。"美姨说，"梨安姓宋啊，就是个'S'啊，他还最喜欢写文章投稿啥的，说不定是他的呢。"

"哦，那可能就是他，回来你问问他，没人要的话，你就随便处理了吧。"看门嫂子说完就走了。

"不坐会儿啦？"美姨追出去问。

"不啦，还有车进来呢，这一天天的，跟这些个狗娘养的大车司机们哦……"她说着人已远去。

梨安回来的时候已经很晚了，美姨把这一沓信交给了他。他看着信封上歪歪扭扭的字像个小孩写的，有点似曾相识的感觉，又想不起来。

"老家朋友写给你的吗？"美姨一边洗碗一边问，"看起来有年头了。"

"不知道，说不定是什么人无聊写着玩的。"梨安说，"我上学时好像也给外地的一个陌生人写过信，随便编了一个地址，写了好几封呢，也没人回复。"他翻着，并没有拆开任何一封。

"都写些啥？"美姨问。

"还能有啥，都是一些少年时候的烦恼事，也不值一提啦。"梨安笑着说。

"你呀，这辈子注定是个文艺青年。你看吧，别是什么非法组织的传单啊，你小心点，没啥用就扔了吧。"

"嗯。无聊的人还真多。"他想也没想就把那沓旧信丢进了垃圾筒，他突然觉得就像那天丢掉郁仓管留给他的那一封一样。

可是刚要走出厨房，梨安停下脚步，像是想到了些什么，有些发抖地蹲下，从垃圾筒里取出那些信，残破的信封挂满久远的痕迹，似乎还散发着年代的气息。

"亲爱的S：

你好

……"

梨安的眼泪已经流了出来，他在这封信中仿佛看到了那个当年写信的自己，那个当年写了无数封没有收信人的信件的自己……

梨安请了一周的长假，他打电话给钟晓瑞告诉他要去威海找他，钟晓瑞非常意外和惊讶，问梨安是不是来出差。

"不是，就想去看看你。可以收留我吗？"

"说哪儿的话，请也请不来。"他在电话那头咯咯地笑，"哪天来？"

"明天吧。"

第二天一早，梨安拿着个小背包就上了通往威海的大巴车，四个小时后抵达威海。一路上行驶在高架桥上，两侧是青山碧水以及遥不可及的蓝天。大巴车里放着盗版DVD，吵得耳朵痛，梨安不停翻看着手机与钟晓瑞发着信息。

"出发了吗？"

"到哪里了？"

"累不累？"

……

钟晓瑞关心梨安一路行程，令人感动。车子终于驶入长途汽车站，梨安收到他的一条信息："我在出口等你，直接走出来就能看到我。"

除了车站，梨安就看到钟晓瑞朝他招手。钟晓瑞穿了一件藏蓝色的西装外加一个白衬衫再配上他清爽的短发，整个人显得很得体。一见到他在，梨安便心安了。

"累吗？这一路四个多小时吧。"他笑着说，"咱们先回家休息一会儿。"他说"回家"而不是"回我家"，他当梨安是自己人，自然而然地将一只手搭在梨安肩上，抢去他的背包提着。梨安冲他笑笑，没有一句客气的话，只是觉得累，浑身疲倦，想赶快找张床睡下去，最好睡几天几夜。

钟晓瑞住在一面靠山的楼房里，三楼，门前有一条宽阔的河，水流湍急，泛着明黄色的浪花，他说这河通向黄海；楼前种着花草，开得五颜六色。

他们上了楼，进了家门，房间里很暖和，钟晓瑞将梨安的背包放在沙发上，打开卫生间热水，让梨安过会儿洗澡，然后睡一觉，他去楼下买几个橙子。

梨安一个人在这间房子里走来走去，左右看看：房子两室一厅，一间用来做书房，咖啡色的书架上摆了很多工业科目的书，与他从事的工作有关，还有几本古典名著，新的，似乎从未翻开过；主卧室端正地摆放着一张皮床，很大，铺了米白色床品，一朵同色的绣线的菊花在被子中央若隐若现，十分清雅。

梨安坐回客厅去，茶几上摆着一套喝茶的茶具，壶口和杯沿锈了茶绒。

不一会儿，钟晓瑞开门进来，手里提着很多水果。

"我给你榨果汁，你去洗澡吧，水应该热了。"他将水果放在厨房，去房间的衣柜里取了新的浴巾给梨安。梨安说好，拿了浴巾去卫生间。卫生间不大，白色的瓷砖泛着刺眼的阳光，洗手台上摆着几瓶男士护肤品，一瓶CK香水散发着钟晓瑞身上淡淡的味道。梳妆镜很大，梨安的脸色很差，眼圈很黑，映得镜子也失了真，怎么看都是茶色。他用力抹了一下脸，镜中人也跟着抹了一下脸。

关闭铝百叶窗，他脱掉衣服进了淋浴房，水温热，从他的头顶一直流到脚下，游走在每一寸肌肤之上，像一片巨大叶子的抚摸，轻轻划过他的皮肤，带着"沙沙"的声音。

梨安的记忆又出现了幻觉，通过流动的水瀑，画面一一再现。小时候洗澡是去江里游泳，他不会踩水，就坐在江滩，父亲是游泳高手，已经游过了江心，再游过去就是俄罗斯界。他就坐在滩上，看远远的父亲的一颗头，像岸边放着的一个西瓜大小，西瓜也可以同样浮在水面上。大一些时候，梨安便出走，在广州时，洗澡背着人，害羞得整张脸都是番茄色，生怕别人留意到他身体上的纤弱，怕别人闲来无事研究他的性别。在大连，他和双喜去洗澡，双喜惊讶于他皮肤的雪白，而双喜自己黑如一块煤炭。双喜说："你应该叫宋梨白，你比梨还白啊。"到了青岛之后，他只在海边坐一会儿，不曾下过水，而每次洗澡也都是去隔壁的公共澡堂，赶最早的时候，天刚刚亮，浴室的锅炉还没烧热，他就坐在冰冷的长椅上等。空旷的浴室里，只有他一个人快乐地哼着歌，回声很响彻，耳边是"哗啦啦"的水声，自地下水道涌上来的腐臭味扑鼻。他洗得慢，香皂打了一遍又一遍，洗好后坐在皮椅上休息，盖一条热乎乎的毛巾，是从浴室的一个封闭的桶里取出来的。

缘分真是个有趣的东西，它时不时会突然冒出来同你打招呼：1998年梨安在广州认识了钟晓瑞，1999年他们又在大连相遇，2000年钟晓瑞来青岛看梨安，2001年梨安到威海看钟晓瑞。他们每年只见一面，不长不短，选择不同的城市，可就算很少见面，两人之间也没有半点生疏之感。每次钟晓瑞都说梨安又长高了，梨安知他肯定又想起早夭的弟弟晓树，他一直把梨安当成另外一个存在的晓树，所以他对梨安很好。

而他早些年的辛苦，和梨安一样，小小年纪跑到广州去闯荡，没有人帮忙，只凭自己的力气和运气，结果尚算幸运，慢慢创下一番事业，娶了一个女子为妻，妻家帮衬不少。后来，夫妻不和，离婚，他的事业跌到谷底，险些遭遇牢狱之灾，他变得一贫如洗，然后又重新开始。如今他虽已好过些，仍然不如从前，所以梨安每见他一次，都觉得他有些老了，精神不如从前，眼神也不再清澈。梨安依稀记得初见他时他神采飞扬的脸，炯炯有神的大眼睛，还有他在阳光下泛着奇丽光泽的粉色衬衫，是他全部青春的颜色。

"梨安，你洗好了吗？"钟晓瑞在卫生间外轻轻敲门。

"好了。"

5

一杯新榨好的橙汁摆在桌上。

"喝完这杯去房间睡一觉，我新换了床单，等你醒来咱们去外面吃饭。我记得你喜欢吃海鲜。"

梨安笑着说:"在青岛一直吃的。"

"威海的更新鲜。"他走过来把橙汁端给,"既然到了这里,就把一切心事放开,尽情享受假期。"

"你怎么知道我有心事。"梨安不承认。

"看你的样子就知道,话变得少了,可不像我记忆中的你。"

"那你记忆中的我是什么样子?"

"就知道你会问。你善良、单纯、阳光,当然也很敏感,不论什么苦难都可以一个人消化,绝不给人添麻烦。你善于将最黑暗的部分隐藏起来,永远给人看到你明媚春风般的笑脸。"

"要不要这么煽情。"梨安笑了。

"看吧看吧,你终于笑了。"他一把抱住了梨安。

梨安睡了整整一下午,就如当年在广州"大洋别墅"钟晓瑞的家里:鹅绒被子轻柔又暖和;窗子开着,晓风拂着窗纱;树影婆娑,枝头迎来送往各种吟禽,叽叽喳喳唱着欢歌。他在大自然的怀抱里入睡,醒来时已是日暮。他看着窗外,竟然有一只黑猫蹲在窗台,隔着玻璃用明黄色的眼睛望着他。他一惊,黑猫跳了下去。钟晓瑞在隔壁书房写东西,手指敲打在键盘上。

"吵醒你了?"他回头看见梨安站在门口。

"没有,睡到自然醒。这是幸福的第一标准。"

"你在旁边睡着,我这样工作,感觉很和谐。我从没有这样心安过。"

"我也是。那你继续,我可以到处转转。"

"不要,一天也写不完,我在写一项技术指标的报告。你醒了,我也写不下去了。"

"那我继续装睡。"

"不是,我是没心思了。穿好衣服咱们去走走。"

"你养猫了?"梨安不经意地问。

"没有。"

他们下楼，夕阳照在小区的黄土地上，不冷不热，伴着微凉的风，空气中有青草的香味。因为住在山边，觉得云朵像随时可能掉下来，或者触手可摘，天空高深莫测，望眼欲穿也看不到尽头。

坐在威海某个大厦顶部的旋转餐厅里，钟晓瑞请梨安吃海鲜自助餐。他们边吃边说话，他讲很多有趣的笑话给梨安听。耳边有人弹奏丝竹乐曲，一位戴黑墨镜的老先生坐在那里慢悠悠地拉着《二泉映月》。钟晓瑞把一只肥大的螃蟹夹到梨安的盘子里。

而梨安正在吃着新鲜的三文鱼和北极贝，芥末沾得多了，辛辣气味从鼻腔涌入眼睛，泪水夺眶而出，钟晓瑞真像他的哥哥。

"你还感动得哭啦。要不要我帮你把蟹壳剥了？"

"你就自恋吧。如果你一定要剥，我也不介意。"

他一边摇头一边伸手拿走了蟹，剥起来，去年的某个夜晚，郁仓管带梨安去了家海鲜店，只点了一只蟹，他笨手笨脚地为梨安剥着，认真的样子让人忍俊不禁。而今年的此时，他已杳无踪迹。

"他们都老了吧，他们在哪里呀？我们就这样，各自奔天涯。"那些丝竹乐声结束后，店里飘着这首歌，朴树的《那些花儿》。

从旋转餐厅的窗子看出去，夜色阑珊，星星在天幕顶端如鱼般游动，月亮秋刀一叶凉凉弯弯，沾着夜露和黏稠的潮湿。这城市灯红酒绿，远处有山，山上有亭，一排排汽车亮着灯沿山边开过，形成一道光缆，一头通向已知，另一头通向未知，也或者通向过去，它的尽头或许是某个时光隧道的入口，与梨安有着千丝万缕牵扯不断的因缘。

回家的路上，人不多，他们散步往回去，钟晓瑞轻轻拉住梨安的手。

"明天带你去几个景点玩玩。好歹来了威海一回。"

"不去。你忙你的，别管我。"

"那你去哪儿？"

"我帮你做饭。"梨安哈哈笑起来。

晚上，他们睡在一张床上，有如从前一样，各自睡在床的两侧，远远的，中间隔着长长一道银河，萤火虫在天花板上飞舞，画着一个个圆圈，两只小精灵一样的绵羊在圈中跳来跳去，有人大声数着数字，一、二、三……然后一曲悠扬的笛声传来，是首催眠曲，梨安陷入深深的睡眠。

钟晓瑞醒来时，梨安的脸贴着他的手臂，而他怕惊醒了梨安，一动没动。而这时梨安抬头刚好看到钟晓瑞的一双眼睛，他们同时笑了。

"早安。"钟晓瑞说。

"早安。"梨安笑着揉了揉眼睛。

起床、洗漱，钟晓瑞的早餐已经好好地摆在桌上，让他心生温暖。

"你肯留在威海，我天天给你做早饭。"钟晓瑞笑着说，梨安看到他眼角疲惫的鱼尾纹。

"切。"他故意发出不屑的声音给他听。

一周时间很快就过了，梨安很少下楼，从日出待到日落，除了买菜。菜场的海鲜摊主已经认识了他，以为是外地来度假的学生，住在短租房里，他们拿刚出海不久尚还鲜活的海鲜伸到梨安的面前，乐呵呵地请他看看，又给合理价格，不买都不好意思。

"咱们去刘公岛好不？"钟晓瑞在梨安边上说。梨安正在清蒸两只深海蟹，摇着头说："不去不去。等我吃完了螃蟹再说。"

七天之后，钟晓瑞的报告写完又仔细修改了一遍，梨安帮他改了些错别字。钟晓瑞的电脑梨安用不来，他几乎是趴在屏幕上，逐字逐句核对，连一个标点也不肯轻易放过，认真得过分。

"处女座强迫症。"钟晓瑞说。

他送他到长途汽车站坐回青岛的大巴，买好票，他们坐在候车室里等待，不看彼此，也没什么多余的话要讲，怕说出口的都是不舍。

"希望你回去之后，心情能够好些。"钟晓瑞突然说。

"你到底是怎么知道我心情不好的？"梨安问他。

他笑而不答。

时间到了，广播里说"去青岛的旅客准备检票上车"，原本坐着的人群立刻骚动起来，并且迅速挤成一道长龙。

梨安慢悠悠地起身。

"走了？"他问。

"走了。"他答。

6

梨安再一次回到青岛，这时的青岛仿佛是另外一个世界，天地都不是以前的天地，不过几日，它就变得陌生了。梨安仿佛从桃花源里走出来，看到世间已过千年，时光匆匆从天顶流过，带着一个人的前世今生，一瞬间奔向了各自的未来。他深知不是青岛的事，是他自己，那些相处三年的朋友，一一离开，整座岛屿复又变回他初来时的冰冷和陌生，他实在无法开心起来，幸好还有美姨，还有双喜，给他慰藉。梨安提前下了大巴车，沿着重庆南路往停车场走，一路脚步沉重。

停车场上几乎没有车辆，黄沙依然沿着地表卷刮，一派萧索的荒凉模样。远远的AU办公室像一座风蚀千年的古墓，里面黑咕隆咚，透着远古的腐败的气息，办公室里田鸡、花小姐、新会计都在各忙各的。花小姐只说了一句，"梨安回来啦"，便无暇再顾他，其他人连头都没抬。田鸡永远打着电话，笑得一脸猥琐，他早已走出了烦心的阴影，电话那头一定又是他憧憬的又一处光明，否则他不必如此大献殷勤，嘴角扬到耳根。梨安答了花小姐一声之后便回宿舍放下背包，跟着去了厨房，美姨还在烧着最后一道菜。

"呀，你回来啦。"美姨说，"双喜来找过你几次。"

"他回来了？"梨安将背包放在椅子上，"他怎么没打我手机？"

"不知道，他一向奇奇怪怪的。威海好玩吗？有没有拍些相片给我看看。"

"没拍，我都没去海边。"

"不可能。去威海不看海，你干吗去了？"

"去见一个老朋友，我们就在他的住处一带活动，吃东西、散步。我烧了几天的海鲜给他吃呢。"

"什么朋友这么重要。是女朋友吗？"

"不是。"

"我就说不是，可从没听你说起过。"

"比女朋友还重要的人。"梨安笑着说。

"故弄玄虚。对了，前几天，烟台黑经理来了。"

"办事吗？"

"明着是办事，其实啊又是约某人来的。田鸡和黑经理喝完酒之后都没回来，估计是嫖娼去了，花小姐又急又气，不停地打电话发短信，晚上十一点多了，急匆匆就出去了。"

"她去哪儿了？"

"还能去哪儿，去捉奸呗，可是走到南京路口，就看见黑经理乐呵呵地回来了。她这个气呀，冲上去就给了黑经理一个耳光，还骂他是不要脸的畜生。"

"你这次又是怎么知道的？"

"大军都看到了。花小姐问黑经理是不是找女人去了，他不承认，花小姐就哭了，黑经理赶快搂着她，她说'不相信'，黑经理就说'怎么才能让你相信'，花小姐说'除非让我检查一下',黑经理说'好的',她就把他拉到一个黑的角落去了。"

"然后呢？"

"哪有然后。大军就回来啦。"

"那他都告诉谁了？除了你。"

"不知道,我警告了大军,千万别让钱经理知道这件事,否则就坏了。大军还在上面那个旅馆附近见过他们两个。"

"希望不要有什么难堪的事发生,青岛最近已经够乱了。"说着,梨安把买的几只海螺给美姨玩,又带了两包虾仁给她。

"买这个干吗？我又不回老家,还不是大家一起吃。"

"没事啊,改天咱们包点馄饨,就用这虾仁,这是威海特产,听说比青岛的要好。"

"行了,改天试试,你叫双喜也来吃。对了,你回去去看看双喜吧,他还急着找你呢。"

梨安回到出租屋时,双喜不在,但他的行李已经打包好了。房间里空荡荡的,被子散乱地堆着,形成一座小丘,枕头凹下去一大块,墙上贴着的一张明星海报也脱落了一只角,遮住了画中人的半片脸。梨安无聊地等在那里,时间一点点走远,他有点急,几次出门看,也没见双喜回来,直到天黑下来,他已打算回公司了,双喜才姗姗回来,一进门发现了梨安,猛地抱住了他。

"安安。"双喜说,"我要走了。"

"为什么？"梨安看到房间光景,已猜出八九分,"青岛不是挺好的吗？"

"嗯。好虽好,也没什么意思呢,我跟你说件事,是关于我爸的。"

"你爸怎么了？"梨安坐了下来。

双喜便将他回家探望母亲的事复述了一遍,原来他父亲找到了他母亲,要给他母亲一笔钱,母亲不要,父亲便答应在大连市安排一个好的工作给双喜。这次回家,他终于和父亲见面了，正式的，父亲说觉得他眼熟，他没将在大连一直跟踪父亲的事说出来，只是冲父亲微笑。父亲安排的工作在大连一家跨国公司里，他学历不高，父亲请了专人教他业务，还花钱让他学日语，他很高兴，急急地回青岛来跟梨安告别。

"也好，你们一家总算团圆。"梨安说。

"主要是我妈很高兴，我很少看到她这么高兴。"双喜说。

双喜靠过来又抱住了梨安："昨天以为你回来，美姨说没有，我就想你今天会回来的。真怕走之前见不到你。"

"怎么没打电话给我？"

"我知道你和很重要的朋友在一起，难得放轻松，怎么好打扰。"

"这哪是打扰，以后你要多多打电话给我，好吗？"梨安也抱住了他。

双喜就这样离开了青岛，短短几个月的时间，梨安虽有不舍，也知天下无不散之宴席的道理。不过，地球是圆的，他们总会再碰面，也不会断了联系。他们的性格都不同于方会计，方会计是土遁了还是飞仙了，再无人知晓。

送双喜上火车，又是一场离别，梨安最不想面对的就是分离。不管与谁，分离总是让人伤感的，尤其是双喜——他的亲密战友，他虽十分不舍，但也深知双喜不会久留青岛，他的根在大连，牵挂也在大连，他离不开大连。梨安明明做了各种准备，还是不由地长长地叹了一口气。

送走了双喜，梨安怅然若失地搬回公司来，迎来送往了多少人，他们都已各自奔天涯，而他还在原地盘旋，这种日子何时才是尽头。除了美姨之外，青岛已没有梨安的精神寄托，起初那种誓死闯荡的念头，也早已磨平在时间的缝隙里，而眼下的工作每日按部就班，已没有梨安需要的活力和兴致，变成了不得不去完成的任务。

回到公司，花小姐说郁仓管打来电话找梨安，她说梨安不在，郁仓管说过一会儿再打来。花小姐让他等在办公室里，梨安没听她的，依然进进出出忙自己的事情，但总是常到办公室里摸摸这碰碰那,偶尔斜着眼看看电话,它仍然静静地蹲在桌上,再没有响起过。他真的打电话来,他们又能说些什么呢,梨安本就不是一个善于表达的人,电话里只会一句问候,之后又没什么可说的了。他在心里怪罪郁仓管,他不想让他走,可是又无力挽留。

郁仓管没再打过来也是好事,梨安索性拉着美姨去逛夜市了。夜市边有一家名叫"红粉"的理发店,是一对佳木斯姐妹开的,梨安和美姨最先发现的,熟了之后,同事们都去理发,姐妹俩价格公道,又非常热情好客。这次去"红粉",美姨还特地从公司带了十个肉包子过来,姐妹二人欢天喜地地接过去,吃起来,不住地夸美姨手艺地道。

"这就是老家的味道啊。"红粉姐姐赞不绝口,伸出大拇指说,"美姨,你应该开个饭店呢,就在青岛开,我们都来捧场。"

美姨笑了起来说:"你别说,前几天,俺家你姨夫确实来了电话,说想和我一起去济南,跟我女儿一起生活。我们可以开家小饭店的,一家人在一起多好啊,就算赚不到太多的钱,也很幸福的。"

梨安摇着美姨的手说:"你不会真的也要走吧?那我怎么办呀。"

"我开玩笑的。"美姨拍着梨安的手说,"现在不走呢。"

"不要走啊。"梨安当真了,"如果连你都走了的话,我就完了。"

"怎么会完了?有更多的新朋友会认识。"美姨说。

梨安一把挽住她的手臂说:"我不要新朋友,我只要老朋友。"

美姨笑他还是个孩子,当然也很心疼他。

7

有一天,当梨安走进院子的时候,看到门口停着一辆黑色的奔驰轿车,怎么看都像是一口漆了黑色的大棺材,在太阳底下闪着刺目的光芒,车牌号看起来似乎眼熟又想不起来,"沪Ａ"是上海,等进了办公室才知道,原来是田老板和红姐来了。

大人物降临,办公室里的人无不屏息凝气,一脸风干僵死的笑容。梨安走进办公室,就看到了一个黑黑脸膛的家伙坐在那里。

原来是司机小姚,梨安在广州时就认识他,但他似乎并没有认出梨安,只呆呆地看着梨安,然后摸着后脑勺说:"我好像认识你,你姓什么来着,什么来着?"

梨安冲他笑笑不再理会他,径直出了办公室,迎面碰到身材健硕的红姐,多年不见,她还依然伟岸。她看到梨安先是愣了一下,然后叫出梨安的名字。

"没想到你长这么高了,几年没见啊。"红姐依然皮笑肉不笑,瞪着眼睛,嘴唇涂了猩红色。

"是啊,红姐还是那么漂亮。"梨安尽力抑制着自己的呕吐感。

"嗯,听说你在青岛非常努力也很出色,你们钱经理一直夸你,等有时间到上海来,见见你从前的老领导,苏经理也在上海,他最喜欢你了。"红姐说。

梨安点点头,他们擦肩而过,他去找美姨,却一直在想着红姐的话,她竟会邀他去上海,真是不可思议,想来也是客气下吧,他并没在意。

中午时候,他们一干人出去吃了顿饭,田老板、红姐邀请花小姐,钱经理、田鸡和新会计作陪,没叫梨安。他也确实不想去,他负责看着办公室,直到大军替换了他,他才去厨房吃饭。大军现在是新晋的仓管,每天都很神气。

美姨留了鸡腿给梨安,他们说了几句闲话。美姨从没见过红姐,直夸她气质好,又说红姐夸她烧饭好吃,上海总公司都传开了。梨安啐了一口说:"你有钱气质也好。"美姨头扬得很高地说:"我本来气质就好,这是毋庸置疑的事实。"

又提到花小姐有意躲着红姐,红姐拉她去宿舍坐坐,她也心不在焉,脸上始终没有笑容,好像跟谁生了气。

"你惹她了？"梨安问美姨。

"我可没有。我每天把她服侍得像个老佛爷，哪敢惹她。"

"那就奇怪了。"

"不奇怪。"美姨笑得有点诡异，"你不觉得最近一段时间黑经理都没来青岛吗？"

二人会意地笑出了声，梨安觉得自己很邪恶，美姨更邪恶。

他们吃过饭很快回来，花小姐面有不悦之色，比之前更难看，几乎黑了整张脸。梨安觉得奇怪，见到红姐，她该乐得合不拢嘴，该一直从开始笑到最后，直到面部抽搐才对，她在青岛是女皇，红姐则是她上海的靠山，她该每天为红姐祈祷，不该像今天这样。

他们进了办公室之后，红姐拉着花小姐要再去她的宿舍坐会儿聊聊家常，花小姐不太情愿又无可奈何地去了。

不一会儿，梨安回房间取东西，听到红姐和花小姐在争吵着什么。红姐声音高些，花小姐像个受气的小媳妇在争辩，话里夹杂着哽咽，却又声音细小如蚊虫，红姐越说越激动，直问花小姐"到底想干什么，还有什么不满意的地方，你都说出来好了。"梨安不能一直待在房间里，怕她们知道隔壁有人，赶快走了。

整个下午都很忙碌，花小姐始终没去办公室，梨安没空与美姨交流，他也很乖，默默帮花小姐收着钱。

吃晚饭的时候，花小姐也没有同红姐他们一起去，也没去厨房，一个人躲在房间里绝食。

晚上梨安和美姨到门口散步，美姨说花小姐可能遇到麻烦了，她说回房间看到花小姐躺在床上，没睡，眼睛红红的，可能哭过，问她话也不回答，很吓人，好像已经到弥留的状态了。

"你别吓唬人。"梨安说，"还弥留，怎么不说回光返照？"

"你那嘴也太损了,我可没那么坏的心。不过这次好像挺严重的,我隐约觉得跟黑经理有关系。"

"如何隐约?"

"女人的第六感。"

睡觉的时候,大家聊了几句就没有声息了,因为一天的工作使人疲倦,很快各自进入梦乡,有人还打起了鼾。梨安刚刚欲睡还醒当中,突然听到一个细小的哭声传来,他睁开双眼,有点害怕,以为孤魂女鬼坐在屋后,仔细一看才发觉是隔壁的声音。花小姐在哭,嘤嘤的像是谁在唱着一首残缺的童谣,美姨不停地劝她。

"别哭了,有什么想不开的呢?跟赵姐说说。"美姨的声音。

花小姐不说话,还在哭着。

美姨见劝不出结果,只好说:"别哭了,隔壁都听得见的。"

声音果然就小了,慢慢变成了抽噎,后面就完全没有了声音。

事情在三天后得到证实,三天后,烟台黑尔热经理被调到了武汉公司任副经理,即刻上任。

8

几个月后,梨安离开了青岛。他想起当时红姐走到他身边说过的话,不知是机缘巧合还是故意,反正一语成谶,他被调去上海总公司了。他从来没有觉得命运之神眷顾过他,哪怕是调去上海,他也是不情愿的,他舍不得青岛,可他并不知道,这一次,命运之神真的是在眷顾他。

事情是这样的,钱经理去上海总部开会,得知公司成立了集团总部,由股东共同管理公司所有事宜。上海总部成立了一个统管的集团公司,由一大批管理人员组成,而这些管理人员都是由田老板和红姐提拔上来的，屈指一算，不沾亲带故的实在如凤毛麟角，全部打断胳膊连着筋。整个集团总部人员也不必用职位相称，全部按辈分，三叔、二姑、大姨夫全部担任要职。

钱经理回来之后，严肃且认真地通知梨安，经过集团股东会议的商议，决定任命宋梨安为集团总部行政文书，调到上海公司任职，请他尽快赶往上海赴任。

这个消息一经传出，不单是梨安，所有人都吃了一惊。钱经理笑着说："是苏经理向田老板举荐的，他现在是集团公司的副总经理，田老板还是非常重视人才的，去了之后一定要好好干，将来有事情还要请你帮忙呢。"

原来，苏经理一直很关心梨安，问钱经理梨安的表现如何。钱经理便把梨安发表文章的事告诉了苏经理，还说了他在青岛的表现，很努力很认真，也学会了很多技能，自学了电脑，还懂会计。苏经理很高兴，刚好上海总公司成立了集团，缺一个文书，苏经理立刻想到了梨安。

钱经理接着说："看吧，努力总会有收获的，希望我们所有青岛的员工都能以宋梨安为榜样，好好努力工作。"

他一下子客气起来，倒让梨安有些受宠若惊。

花小姐和美姨陪梨安去逛街，买些东西带去上海，其实梨安也不缺什么，就想同她们逛逛街吃吃饭，花小姐买了点礼物，让梨安带去上海给红姐。

又要离开了，又是一次无休止的离别。他不知道人生一共要多少次离别，什么时候才能不再漂流，安定下来；什么时候才能安安心心地落脚，并且拥有属于自己的时间和空间以及自己的小世界、一座岛屿、一个待开发的荒山，不会再与他为敌的一切让他可栖身的居所，做一切想做的事情。这个小小的愿望对当时的他来说，简直是一种奢求，现实注定他就是受人摆布的棋子。

想想三年，不短的时间，青岛是梨安最重要的一段成长时光，虽然没有钱但却很快乐，这段时光让他快速地成长、成熟，学会了如何保护自己和在这个社会上生存。

"只要有恒心,只要坚持,你就一定可以成为自己想要成为的人。"梨安一直坚信。

梨安特地抽空去了一趟观象山,找周老先生辞行,可是院门紧锁。他踮起脚尖向里面看,院中那棵树依然挺立着,却丝毫不见活气,像是已经休眠,那扇他曾经推开过的房门静悄悄地关闭着,里面黝黑,不像有人的样子。

周老先生去了哪里,梨安想着,是不是进入了一个时间隧道,回到了过去?就是那个他和队友被暴风雪阻隔在佳木斯的岁月里,那时候的他年轻有力气,满脑子都是改变人类干一番大事业的新潮思想。可现实中的老先生,随着年龄和心态的变化已经不再愤青和执拗,只能寄希望于年轻一辈人,比如梨安,他无私地帮助了他。

梨安向旁边一家小店里的女人打听周老先生的事,那女人很惊讶地看着他,仿佛看见怪物,带着防备心。

"你是什么人?"她问。

"哦,我是……他女儿的朋友。"梨安扯谎。

"他女儿那么大年龄有你这样的朋友?是她的学生吧?"女人说。

"哦,是的,是以前的学生,很久没联系了。"梨安赶快说。

"我和你说呀,平时这个老先生就神神秘秘的,几乎没见他出来过,也从不和我们这些邻居来往,平时也就见他女儿给他送些吃的、穿的,我们都觉得他神神秘秘的。他家大门我们也没在意具体是什么时候锁上的,反正已经很长时间没有开着过了。"女人说。

梨安终究不能得知周老先生的下落,他有点失落,有点心痛,该早一点跟周老先生联系的。

老先生应该对我很失望吧。他这样想。

茗茗得知梨安要离开青岛,特地打了一个电话给他。

"我妈说你要去上海了。"

"是啊,唉,我也挺意外的。"

"上海多好,发展也好,不要悲观嘛。"

"上海虽然好,但总觉得跟我没关系,我真是不想去,舍不得离开青岛。"

"你要知道你就是一块金子,要在上海这种繁华都市里才会发光,一定要去的,青岛装不下你的光芒。"茗茗给他打气,"希望我有一天能够在书店买到你的书,我期待那一天。"

"谢谢你,茗茗姐。你还好吗?"

"很好啊,你听我的声音就知道了。我告诉你一个秘密,千万不要跟我妈说。"

"好啊,你说。"

"我谈恋爱了,是我们学校的一个外教老师,韩国人,长得特别像金城武。"她很兴奋。

梨安知道她和男朋友分手后,一度难以自拔,没想到这么快又恋爱了。

"真的啊,恭喜你。那他对你好吗?"

"特别好,人很细心。千万别跟我妈说,怕她担心,她肯定也不会同意的。她思想比较传统,不希望我找外国人,万一让她知道,肯定要来拆散我们的。"

"我不说,你们好好相处,幸福是自己的事,说到底美姨还是怕你不幸福,你就要幸福给她看,她就放心了。"

"对的,梨安,你也一定要幸福啊。不要忘记我们要保持联系,记得写Email给我,希望有一天我也会出现在你的书里。"

"嗯,一定会的。"梨安仿佛看到茗茗在电话那头阳光灿烂的笑脸。

梨安拿着电话听筒想了一会儿,拨通了钟晓瑞的电话。

"我要走了。"梨安说,"离开青岛。"

"你也是注定要奔波的一个人。下一站去哪里呢？"

"上海。"

"真是好地方。我是不是该恭喜你，你应该是升职了吧？"

梨安苦笑了一下没说话，一只手绕着电话线，卷卷曲曲又拆开，像他自己的小心思。两个人握着电话听筒都没有声息，过了一会儿，梨安突然问他："你……会去上海吗？"他小心翼翼的，怕吓到他似的。

"你希望我去吗？"钟晓瑞在那边咯咯地笑起来。

离开青岛的那天是花小姐和美姨送梨安上车的，行李已经于前一日由公司的货车带到上海，三个人、"两个半妇女"坐在贵宾候车室里等待检票，花小姐一直拉着梨安的左臂，而美姨则抓紧他的右手，她们都舍不得他走。

检票的时间到了，梨安站起身，花小姐还没说话，美姨已经抽泣起来，半哑着嗓子说："以后有时间常回青岛来看看，我们还在这儿呢。"梨安点点头进了检票口，并且没有再回头，泪水已经如断了线的珠子般簌簌而落，砸在他的脚前，啪嗒有声。他不想让她们看到他最后的悲伤，那样的话，她们会更难过，尤其是美姨，真的很舍不得她，上次他还怕美姨走，结果走的却是他自己，人生真有趣。他非常难过，他想时间可以停下来吧，他根本不想离开。

车子开动了，梨安离开了青岛这座翡翠岛屿。当天下午火车开出山东省境内。

他坐在车窗口思绪万千，两眼干涩，脑海中浮现出这三年的种种画面。他想很快就回青岛来，上海再好也不属于他，他不过是去看看就回来了。这样想着，他的伤感减轻了很多。

夜里梨安坐在开满冷气的车厢内，他想起三年前的那个初春的冬夜，他坐在火车上由佳木斯开往蓝村，那时候对未来充满恐惧，现在亦然。在他眼里，上海并非是个繁华富贵之地，那里也许有众多的狼样的人等着他，准备大干一场，将他"碎尸万段，吃得骨头渣都不剩"。那将是怎样一个案鱼俎肉的分崩离析的世界？他又要与上百个人接触，重新认识他们，那里也许处处都是机关和陷阱，应该会比青岛更甚。他虽然害怕却不得不走，刀山火海必须走这一遭，由不得他了。

9

梨安困了，双眼不由分说地合拢在一起，半睡半醒之间，他仿佛又听到一阵悠远的笛声，熟悉的旧音调，一股股随声浪传来。车厢里有点闷，空气不清新，他顾不得这么多，疲倦覆盖了他的眼，困顿包裹住了他。

他又重新赶赴在下一程的路上，依然带着未知和好奇匆匆上路，但岁月和磨砺让他少了惊惧，多了披荆斩棘、乘风破浪的骁勇和无畏，一切都在他的眼前，一切又都不放在他的眼里，该来的就会来。他知道又一波声势浩大的动荡在等待着他，也知道他一直走在路上，从未停歇。

这时，车子突然剧烈地晃动起来，仿佛脱轨，车子失重，直直地往一个悬崖掉下去，撞破了云层、飞鸟和树枝，接着车厢便暗了，断了电一样。没有人惊慌或者害怕，所有乘客像被灌了安眠药一样安静，而且稳稳当当地坐在原来的椅子上。

梨安觉得他仰下去了，整个人几乎是站立起来的姿势，他抓紧怀里的包，生怕掉落，在他的头顶一件件巨大的行李箱从行李架上跌落下来，撞到了他的脸和肩，火辣辣地疼。他腾出一只手拼命地摇晃着身边的人，可他们好像睡着了一样，毫无知觉。

突然，车厢的过道里出现一扇黑黝黝的门，一道深邃的洞穴出现在眼前，泛着深蓝的光带，隐藏着无法化解的神秘，这情景竟如此熟悉。洞穴深远悠长，里面涌出一股冷风和幽禁的旅馆房间内的腐烂的气味，霉得刺鼻，像一只死去多日的兽类的尸身在蛆虫的蠕动里慢慢分解，一种死亡的气息由内向外传递，带着半点沼气，弥漫了整个车厢。

梨安突然站在了洞口。这洞穴已经是他熟悉的了，多少次在梦境中出现过，伴着听不真切的笛声或者是谁的长长叹息，那只猫，确切地说是神秘人米修的那只猫，端坐在洞口。它果然是黑色的，它的眼睛是明黄色的，它盯着梨安，眼神里透着淡然的光泽，神秘人米修却不在这里。

梨安想他可能已经完成了任务，或者又找到了其他实验者吧。他抻长了脖子里往里面看，他真想知道时光隧道的尽头是什么样子，可他只看到黑黝黝的未知，伴着一阵奇怪的响声，这条通道便在眼前为他展开了。

那只黑猫看了梨安一眼，纵身一跃跳了进去。梨安自然跟在后面，他的脚下是一条光亮亮泛着黑色的光带，踩上去有如大理石般，但不平稳，有时高有时低，高处坚硬，低处软绵，伴着那难以名状的声响。洞穴呈狭长的山脉状，蜿蜒曲折，往里走的话，时时可能有碎石拦在脚前，仿佛里面有座随时可能喷发的火山或冰山，有一触即发的跃跃欲试的危险，但具体多长，谁也不知道。梨安战战兢兢地往前走，这是他第一次走进来，但他有点害怕，怕这死亡的气息就此将他拖入万丈深渊里，虽然他越来越对这个洞穴感兴趣。

黑洞的深处，时而清晰时而模糊，"嗞嗞啦啦"像断了电，发出声响，也像幻觉，故意躲躲藏藏似的，横着切断了画面，有一股子凉气从锥形容器样的洞底向外升腾。

黑猫走了一会儿停下了脚步，回头看他。他也停下了，他感觉自己慢慢地飘了起来，浮在空中，像多年前一样，然后黑洞渐渐亮了，确切来说，是洞壁被明黄色的灯光照亮，有如猫眼的明黄色。

他看见了洞壁上出现的一幅幅图画，像电影胶片一样，只是没有声音，一幅幅会动的照片串成了一条流动的画带。

他看见一个孩子出生在某个秋日里，也看见满院的地瓜花和奔跑的鸡鸭。他还看见了外婆，她的眼睛还是完好的模样，并且头发是黑色的，人也年轻，与这孩子的母亲说话。这人正是梨安母亲，而这秋日里出生的孩子一定就是梨安了。

·第八章·终于是烟消云散天破晓·

他又看见他读书时的事，有人欺侮他，指着他的脸笑他，背后说着古怪的话，他站在班级门口，进也不是，不进也不是。他还看见同学们秋游的情景，唯独不叫他。他作文获了奖，同学们人前一套，背后又一套，言语中伤他。

他看见他第一次离家出走的时候，一个人跑到了北山，天黑了又怕，不得不回到家里来。还有一些亲戚们的嘴脸，斜眼看他们一家人，朱留光带头欺负他，同学们瞧不起他，慧表姐冷漠地摇头说不认识他。

再就是他十六岁时的事情了，他离开，又回来，从东莞到大连，再走再回，辗转反侧，火车鸣着汽笛一列一列地从他眼前开过，他的外婆、大姨奶、父母、梨雯、哥嫂与他说着话。他什么也听不进去，只想走，走得越远越好，永远不要再回来。

梨安的眼泪慢慢流了出来，他见到了多年前的自己，满脸童稚又孤苦无依地行走在一条未知的大路上，他的背包重重地压在肩上，而那时他的脸上，看不见一点悲伤和酸楚，有的只是坚毅和笃定。

画面很快结束，他从空中落到地上，差点跌倒。有一股力量拉扯着，顺着黑洞的方向，渐渐又将他往里面牵引，但他不想走进去了，他已经看见自己的过去，伴随着难过的心脏绞痛。

他快速往回走，退出了洞门。那只黑猫远远地蹲在那里看他，不骄不躁。他突然看见原本还留在车厢里的其他乘客，像一具具没有灵魂的尸体，沉睡多年的样子，一一向洞里飘去。那只黑猫"喵"地叫了一声，转身往黑洞的深处走了，一大群漂浮的人们跟在它的身后，鱼贯而行。

梨安还是抓住了座椅的扶手，稳稳地坐了下来。几秒钟之后，车厢里的人都不见了，进入了黑洞之中，车厢瞬间凝固住，冰封一样，变得悄无声息，死了，连空气都已死了，静悄悄的，唯有他还喘着气。

洞口像只千足大虫般摇摇晃晃了五六下，又剧烈地甩了甩头后戛然而止，"嗞啦"一声，喷出一股白烟后消失不见，带着心满意足的收获，那原本车厢里的走廊重又变回走廊，像一切从未发生过。

他跌坐回椅子上，有点失望，时光隧道终于出现了，却没有他想象得那么惊心动魄，平淡得如同看一场好莱坞电影，虽然这次他走进了黑洞里面，不是门口，也看见了洞壁上出现的他的过去。那些他一直愤愤不平的往事，也没能让他觉察出有何特别，可是，此时，他突然发觉自己在看到那些曾经令人遗憾的过去时，一点怨恨也没有了，他不是应该恨到抓狂吗？他甚至有点怀念画面上的人们，竟然想和他们说说话，他惊讶于自己的古怪想法，天真到可笑，有些人明明伤害过他。

但是，他很快就明白过来了。人生就是因为那些缺憾才显得如此美好和珍贵，太完满的事都不会长久，一个百分百的人生没有丝毫波折和体验，无法感受惊心动魄和劫后余生的人生，又有何乐趣可言呢。他终于体味出来，眼下这个才是属于他的，结结实实的存在过的人生。他该感谢磨难，成就了一个从今天开始勇敢笑对一切的他。他要接受，要承认，要面对，要一点点地让自己从对旧事的耿耿于怀中走出来，并且潇洒地说一句："过去已沉浸在时间长河里的往事，就让它们随时间消亡吧。"

梨安打了一个激灵，突然醒了，脑子转了几个圈之后又回到原点。他发现自己还安安稳稳地坐在一列火车上，火车"切嚓切嚓"地往前开着，四周也并不觉得冷，因为人多，还有点暖意。对面坐着一个身材有些浮肿的妇女，她刚刚吃过两个肉包子，就着蒜，肉香和蒜味还没有完全弥散，还环绕在他们的鼻端，闻起来让人直想打喷嚏。她眼袋奇大，双目低垂，鼻头上一颗倔强的褐色小痣动来动去，显示她是一个活物。

浮肿妇女边上坐着一个五十岁左右的民工大叔，闭目养神，满脸梯田般的千沟万壑，写满了他悲惨的人生。而梨安的身边则坐着一个男学生，顶着一头蓬乱的枯草般的头发，捧着半张娱乐小报在读，神情茫然……"哈尔滨到了！哈尔滨到了！"列车员拎着一大串钥匙从梨安面前经过，大声地嚷嚷着。

这一切竟然是梨安从前遇到过的，这些人和这列火车，都是他记忆中曾发生过的……那个他初来青岛的冰冷的凄凉的夜晚,再一次鬼使神差地浮现出来,带着从萝城而来的沮丧和困顿,以及对未来的茫然无措。

他不是刚刚登上了一列由青岛发往上海的火车吗?怎么刚到哈尔滨?这又是他的幻觉吗?

他狠狠地捏了下自己的手臂,因为坐得久了身体有点浮肿,手臂很快出现青紫的凹陷的一大块,并且硬生生地疼。他确定不是梦,有别于他从前常做的那个没完没了的绿皮火车的梦,他摸那窄小的方桌,摸屁股下的椅子,还有椅面上油腻腻的面套子,都有真实的触感,还有火车上的气味,臭不可闻中透着食物的咸香,夹杂偶尔从另外一节车厢飘过来的风寒。

"请问今天几号?"梨安问旁边的男生。

男生还在发着呆,被他一叫,一脸茫然地看着他。

突然,一个清脆有力的声音传来:"现在时刻,北京时间1999年3月17日上午2点28分整。"对面坐着的中年大叔得意又满足地将手腕上的手表向前伸了一下,又迅速缩回到自己怀里,仿佛不经意间触碰到一样,然后仍旧闭上双眼,假装什么都没发生。

"啊?"梨安惊讶地张大了嘴巴,双眼如牛玲般瞪得圆鼓鼓的。男学生像看怪物一样看着梨安,似乎正在为下一秒做着准备——逃跑,他生怕遇到了神经异常的人。

车上众人纷纷看向梨安那张认真得有点可笑的惊愕的脸,以为他睡得糊涂了,让梦给魇着了,对面浮肿的妇女和坐在地上的麻面妇女不约而同地痴痴地笑起来,一瓣未吃完的蒜被浮肿妇女不小心碰到,掉在梨安身上,真实的触感。

梨安突然发觉身体变得好虚弱,好像跑了很远的路程,他剧烈地喘息着,身体疲累得不成样子。他四肢瘫软地垂在椅子上,仿佛曾经被绑在上面,手和脚渐渐和椅子长在一起,他知道是与那黑洞搏斗的结果,他怀疑刚才确实被吸入了黑洞里面,沉睡了过去,然后做了一个酣畅淋漓的长长久久的梦。此时,他刚刚苏醒,也就是说,这才是一个真实的世界。

原来，所有的一切：郁仓管、美姨、方会计、花小姐、钱经理等等以及青岛与上海只是南柯一梦，却真实得刻骨铭心。

他不再理睬周围人的眼光，瞧着车窗外的黝黑，孤山野寂、树影、大河湾、坟灯……兴冲冲地等着挨到天亮，他甚至觉得那些平日里最讨厌的亲戚们也变得可爱起来，他们势利的小聪明此刻也变成了孩子们之间一块糖果的争斗，微小得不值一提。

天亮之后，他会赶早一班大巴车去青岛。他期待着能遇到一个AU公司"目前的负责人"，他一定会拉着对方讲很多很多心里话，不管人家想不想听，虽然对方可能会凶巴巴地骂他脑子有病。他越想越觉得有趣，说不定还能赶得及吃到像美姨一样温暖的人做的早饭，然后结识一位神通广大的老先生聊聊关于一个时光隧道的话题。

"行李箱一定要看好了。"他想，"千万不能弄丢了。"

有人经过，撞到了他，怀里的背包突然掉落在地上，里面发出叮当一声脆响。梨安捡起背包的时候，抬眼看见被冰霜层层覆盖的玻璃窗上，清晰地出现一句话："布袋戏即将开始。"

图书在版编目（CIP）数据

把梦留在岛外 / 李米苏著. —北京：当代世界出版社，2017.8
 ISBN 978-7-5090-1255-0

Ⅰ.①把… Ⅱ.①李… Ⅲ.①长篇小说—中国—当代 Ⅳ.①I247.5

中国版本图书馆CIP数据核字（2017）第195521号

书　　名：	把梦留在岛外
出版发行：	当代世界出版社
地　　址：	北京市复兴路4号（100860）
网　　址：	http://www.worldpress.org.cn
编务电话：	（010）83908456
发行电话：	（010）83908409
	（010）83908455
	（010）83908377
	（010）83908423（邮购）
	（010）83908410（传真）
经　　销：	全国新华书店
印　　刷：	北京天宇万达印刷有限公司
开　　本：	710毫米×1000毫米　1/16
印　　张：	19
字　　数：	278千字
版　　次：	2017年9月第1版
印　　次：	2017年9月第1次
书　　号：	ISBN 978-7-5090-1255-0
定　　价：	42.00元

如发现印装质量问题，请与承印厂联系调换。
版权所有，翻印必究；未经许可，不得转载！